法医档案01

罪恶计划

戴西◎著

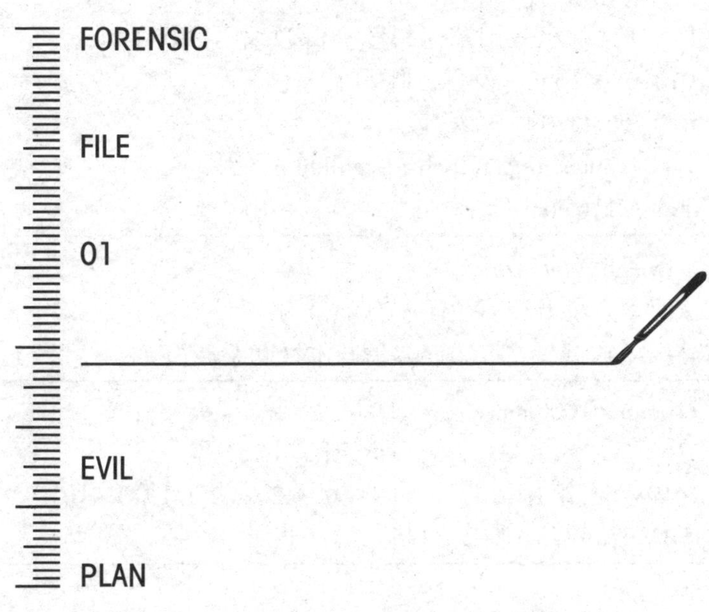

台海出版社

图书在版编目（CIP）数据

法医档案. 01, 罪恶计划 / 戴西著. -- 北京 : 台海出版社, 2019.6（2024.3重印）

ISBN 978-7-5168-2367-5

Ⅰ. ①法… Ⅱ. ①戴… Ⅲ. ①侦探小说－中国－当代

Ⅳ. ①I247.5

中国版本图书馆CIP数据核字(2019)第098856号

法医档案 01：罪恶计划

著　　者：戴　西

责任编辑：王慧敏　童媛媛　　装帧设计：仙　境

版式设计：聚贤阁　　责任印制：蔡　旭

出版发行：台海出版社

地　址：北京市东城区景山东街20号　邮政编码：100009

电　话：010-64041652（发行，邮购）

传　真：010-84045799（总编室）

网　址：www.taimeng.org.cn/thcbs/default.htm

E-mail：thcbs@126.com

经　销：全国各地新华书店

印　刷：三河市嘉科万达彩色印刷有限公司

本书如有破损、缺页、装订错误，请与本社联系调换

开　本：710mm × 1000mm　　1/16

字　数：216千字　　印　张：14.5

版　次：2019年6月第1版　　印　次：2024年3月第3次印刷

书　号：ISBN 978-7-5168-2367-5

定　价：59.80元

目　录

CONTENTS

第一章　梦魇初现　1

章桐撇了撇嘴，又换上了一脸严肃的表情。此刻，尽管她的心里对手中物证的性质已经有了八九成的把握，但是还要进一步看清楚才能下结论。想到这儿，章桐毅然把手伸进了深蓝色旅行袋的底层，一点一点地摸进去。终于，她的心里一喜，手指触摸到了一个硬硬的东西，光凭触感，章桐就已经可以判断出这是一截人类的小手指骨。

第二章　失踪的女生　26

"你要打电话是吧？小妹，没带钱没关系，明天经过时带给伯伯就可以了。"老张笑眯眯地说道，伸手打开了通话按钮锁。

女孩感激地看了一眼老张，紧接着迅速拿起话筒，用颤抖的手指拨打了一个固定号码。电话很快就接通了，电话那头刚有回应，女孩立刻就嘶哑着嗓门断断续续地说道："你好，我……我是东山学院的……的学生，我想，我认识你们认尸启事中的那个女孩子，她应该就是我失踪了三天的室友，你们快来吧！”

第三章　杀人计划　　51

“尸体表面的消毒剂是医用甲醛，其中还含有一定剂量的次氯酸钠。亚楠，咱们这个对手是个医生！而且是个医学知识非常丰富的医生！他对医学已经达到了近乎痴迷的程度！要知道如果他的次氯酸钠剂量比掌握不好的话，会抵消甲醛的作用，而他却恰到好处地把尸体表面的所有痕迹都去掉了！死者的衣服也被清洗得干干净净！”章桐忧心忡忡地看着王亚楠，“说实话，这人让我有些毛骨悚然！他太有耐心了！我有种感觉，只要他愿意，他不会给我们留下任何线索证据的！”

“他疯了！”王亚楠喃喃自语。

第四章　报案者　　75

王亚楠猛地醒悟过来，几个案发现场，最先报案的都是一个中年男性……如果不是报案人提到的可疑情况，事实上可真的不会那么容易就发现死者的尸块啊！

“那第二个死者呢？你们为什么杀她？她和你们那起车祸一点关系都没有啊！”

第五章　骨头收藏家　　99

章桐摇摇头：“我不这么认为，这太片面了，这个人非常有耐心地剔除了死者身上所有的骨头，一根都不剩！我仔细检查过死者所有剩下的部位，没有一个地方有骨头的残留，哪怕一小片都没有！这个人就仿佛是拿走了一件独一无二的珍藏品一样！他在搜集骨头！而这些剩下的死者的肉体在他的眼中就等同于一堆垃圾，被毫不犹豫地抛弃在了荒郊野外！至于头颅，我想那是因为结构过于复杂，所以凶手干脆就全部拿走了。而从死者剩下的肉体上的创痕中，我也看不出一点下刀时犹豫的迹象。一般来说，第一次杀人，下刀都会有一定的拖痕留下，但是这死者身上的伤口处却干脆利落，毫不拖泥带水。显然，他已经不是第一次下手了！”

第六章　亨廷顿舞蹈症　　123

“您知道亨廷顿舞蹈症这个毛病吗？”

“你问这个干什么？和我失踪的女儿有什么关系？”

第七章　剥离真相　　149

章桐一声不吭地冲进了母亲的卧室，拽开抽屉，拿出药瓶，颤抖着双手拧开小药瓶那浅黄色的盖子后，把里面的药全倒了出来。等看清楚手掌心中的几枚药丸，章桐的心顿时悬到了嗓子眼儿。她把手中的药丸放在了桌面上，又陆续拿出了剩下的所有八个药瓶子，里面的药也被一一倒了出来。不出所料，如果不是仔细看的话，章桐简直不敢相信母亲服用的竟然是维生素片！最初舅舅开出的处方药全都是自己亲手放进去的，怎么现在竟然变成了维生素片？难怪母亲的反应会变得那么迟钝。

第八章　妹妹　　164

“小桐，怎么样了？颅面成像出来了吗？”

章桐双手握着一张相片颤抖不止，眼泪大颗大颗地往下掉。

王亚楠的心跟着揪紧，凑上前打量。谁想到这一看就把她惊呆了，因为章桐手中这张打印相片上的女孩子竟然和她长得相差无几！几乎就是一个缩小版本！

第九章　扭曲者　196

“……你……你会不得好死的！我现在已经全都想起来了。就是你把秋秋带走的。我看见了，你躲不掉的。”

“你到现在才想起来？哼！我不得好死？我当初就该把你也杀了，挖了你的眼睛，让你们姐妹永远在一起。省得现在来找我的麻烦。”

每个人脸上都戴着面具，

因为不想被别人看到面具下那不堪一击的自己。

第一章 梦魇初现

章桐撇了撇嘴，又换上了一脸严肃的表情。此刻，尽管她的心里对手中物证的性质已经有了八九成的把握，但是还要进一步看清楚才能下结论。想到这儿，章桐毅然把手伸进了深蓝色旅行袋的底层，一点一点地摸进去。终于，她的心里一喜，手指触摸到了一个硬硬的东西，光凭触感，章桐就已经可以判断出这是一截人类的小手指骨。

在一片望不到边际的森林里，没有阳光，四周静悄悄的，眼前云雾迷蒙，黑压压的树枝就像一个个怪物的触角一般向不同的方向伸展着，隐约间耳边不断地传来一个小女孩悲伤的哭泣声。

章桐心惊肉跳地循着声音四处张望，她一步步小心翼翼地向前走着，脚底下是湿滑的地面，好几次差点滑倒了。她已经筋疲力尽，越来越浓的雾气让她根本就辨别不清方向，小女孩的哭泣声依旧在耳边断断续续。

突然，身边不远处传来树枝折断的轻微响声。有人！章桐的心立刻悬到了嗓子眼儿，她开始加快了脚步，想尽快逃离这个可怕的地方。渐渐地，她开始跑了起来，最后，变得拼命地向前奔跑，身后似乎有一个无形的鬼影在紧紧地尾随着自己。鬼影步步逼近，章桐分明感觉到了从脖颈处传来可怕的沉重呼吸声。她快要窒息了，双脚变得瘫软无力，脚步越来越慢，眼前的浓雾越来越重。章桐实在跑不动了，鬼影就近在咫尺，她绝望地挣扎着向前迈着步子，开始无声地哭泣，泪水模糊了她的双眼。

最终，章桐再也跑不动了，她放弃了逃离，只能恐惧而又徒劳地用双手捂住双眼。小女孩哭泣的声音夹杂着鬼影沉重的呼吸声渐渐地变得越来越响，越来越响，直至汇总成了绝望的尖叫……

啪！屋外的狂风把窗子吹开了，重重砸在窗框上，一阵彻骨的寒意瞬间填满了整间小屋。章桐从噩梦中惊醒，屋外狂风咆哮着，就像无数支笛子同时发出尖锐的啸声，又犹如成群的披着黑斗篷的幽灵急速飘过。

章桐毫无睡意，她知道今晚再想睡着已经不可能了。她沮丧地抬起头，发现屋里屋外一片漆黑，于是坐起身来扭亮台灯。“阿嚏！”章桐重重地打了个喷嚏，这时，她才发觉自己竟然冒了一身冷汗，激烈的心跳让她几近窒息。

尽管台灯散发出的晕黄色光线让整个屋子里看起来似乎温暖了许多，但章桐心有余悸，仍觉得冰冷。她皱了皱眉，抬眼望去，桌上的闹钟显示现在是凌晨两点半。作为天长市公安局仅有的两名法医之一，章桐每天的工作量是可想而知的，多得甚至没有时间来考虑自己个人的事，所以每天晚上下班后回到家，章桐的脑子里就只有一个字——累。可是在床上睡不了多久，又会被噩梦惊醒。长期的睡眠不足让章桐有种说不出的疲惫，做这样一个不断重复着的噩梦已经有很长一段时间了，对于梦境，她说不出个所以然，只知道那是记忆深处的一段梦魇。

刚把被风吹开的窗户关上，章桐就听到隔壁传来一阵剧烈的咳嗽声，紧接着就是拉开抽屉翻找东西的声音。章桐纷乱的思绪被打断了，她轻轻地叹了口气，披上外衣，下床走到母亲的卧室门口，敲了敲，然后推门进去，“妈，我来吧！”说着，章桐从床头柜里那一堆乱七八糟的药瓶中很快找到了母亲需要的药，倒了杯水后，看着母亲把药吃了下去。

“妈，好些了吗？”章桐的眼中充满了关切。

母亲点点头，微微一笑：“桐桐，快去睡吧，你明天还要上班呢！身体要紧啊！”

“没事的，妈，反正我也睡不着，我就在这里陪你吧！”章桐不敢把刚才的噩梦告诉母亲，她伸手关了面前的床头灯，无边的黑暗又一次把她紧紧笼罩了起来。章桐瞪大了双眼，心情沉重地看着窗外黑漆漆的天空。

每个处理凶杀案的警察都有一个极限，问题是到极限之前，谁也不知道极限在哪儿。这里的“极限”指的是多少具尸体。章桐相信，每个警察能够容忍的数目是有一定限度的，每个人的数目都不一样，有些人很快就到了极限，有些人则在处理了这么多年的凶杀案后，仍离极限还很远。章桐就是如此，她从十二年前走进天长市公安局刑警大队技术中队法医室以后就没有离开过，并且几乎天天都和死亡打交道。但是章桐心里很清楚，自己也有极限，只不过还没有到而已。

在刑警队中，死亡是法医的领域，但凡碰到“死亡”这个问题，即使是分管刑侦的副局长，在章桐面前也要客客气气地不耻下问。每天，章桐都要游走在生者与死者之间，面对前来认领尸体的死者家属，章桐面带忧郁，眼里充满同情，但只要拿起解剖刀，对待面前的死者，她就像一个技术娴熟的技工一样。不管死者是什么样的死法，章桐都能做到泰然处之，因为她有一个工作原则，那就是跟死亡保持一定的距离，别让它的气息沾上自己的脸庞。

可是面对眼前这个案发现场时，章桐的心开始颤抖了。她蹲在人潮如织的新街口拐角处的大垃圾箱里，鼻孔里充斥着垃圾酸腐的臭味，耳朵里塞满的都是来往行人和车辆的吵闹声，可是这满满当当的大垃圾箱里，却仿佛是另外一个世界，一个让人毛骨悚然的世界。

“小桐，怎么样？确定了吗？”不用回头，章桐就知道说话的人正是自己的闺密，同时也是工作搭档的女队长王亚楠。她朝身后挥挥手：“别急，我再仔细看看！”

王亚楠悻悻地嘀咕了一句：“哪有那么多时间给你耗啊！”接着就转身走开了。

章桐撇了撇嘴，又换上了一脸严肃的表情。此刻，尽管她的心里对手中物证的性质已经有了八九成的把握，但是还要进一步看清楚才能下结论。

想到这儿，章桐毅然把手伸进了深蓝色旅行袋的底层，一点一点地摸进去。终于，她的心里一喜，手指触摸到了一个硬硬的东西，这是一节人类的小手指骨。她小心翼翼地把手指骨抽了出来，抬起头，对着早晨八九点钟的日光，仔细看了看，又低头看看旅行袋中那两大包疑似煮熟的猪肉片的东西，那熟悉的肉片的纹路和组织结构让章桐脸上的笑容顿时消失了，一阵彻骨的寒意涌满全身。她立刻站了起来，不顾脏兮兮的工作服，脑袋探出齐肩膀的垃圾箱，双手紧紧地扒着垃圾箱的边缘，让自己站稳，然后冲着不远处的王亚楠高声叫了起来："亚楠，应该没错！"

此话一出，王亚楠立刻三步并作两步迅速走到垃圾箱旁，戴着手套的双手扒着垃圾箱的边缘，双眼就像锥子一般紧紧地盯着面前的章桐，一字一顿地说道："你真的确定？"

章桐认真地点点头，迎着王亚楠的目光，伸手指了指身旁垃圾箱表面的那个已经被打开的深蓝色旅行袋，严肃地说："我工作时从不开玩笑的！这里面应该是一具人类尸体！确切地说，有可能是被加工过的一个人的部分尸体！具体的还要等我回去化验对比后才能完全肯定。"章桐并没有把话讲透，而只是用一个笼统的词汇"加工"简单地一带而过。

"你先把尸体带回去，我回局里后来找你！"王亚楠的表情变得很复杂。她掏出了手机，开始边走边拨号。

见此情景，章桐朝身边人高马大的助手潘建点点头，两人合力提起了沉重的旅行袋，抬高，递给了站在垃圾箱外的同事。章桐身材属于娇小玲珑型，力气小得可怜，所以每逢此时，她都不得不尴尬地咬着牙来配合别人的工作，生怕自己一旦显露出一点点的抱怨就会被关心自己的领导给利索地调离法医的岗位，理由是女性不适合出外勤。

章桐最初的预感没多久就被证明是正确的，自己刚刚接手的这个案子并没有想象中那么简单。她前脚刚刚回到局里的办公室，电话铃声立刻就响了起来。

"小桐，我是亚楠，马上再出趟现场，就是刚才那个案子，我想我们找到尸体的另外一些部分了！所以需要你尽快过来确认！"电话中，王亚楠的口气不容一点质疑。

这一次现场是在位于新街口附近御牌楼巷的一户普通人家的厨房里。看着短信中这奇怪的地址，章桐一脸狐疑，自己的周围依旧人来人往，由于是大杂院，又正逢中午下班时间，所以住在一个大院里的邻居虽然说目光中充满了好奇，但是一切还都照旧，该做饭的做饭，该洗衣服的洗衣服。难道自己走错了？可是分明王亚楠的助手赵云在大门口撞见自己时，并没有多说什么，还提醒自己王亚楠正在里面等着。章桐下意识地嘀咕着，和助手一前一后走进了最里面的那间违章搭建的小厨房。

很多住大杂院的老百姓都希望自己狭窄不堪的居所能够尽可能地扩大一点，所以尽管是违章建筑，这间小厨房里还是麻雀虽小五脏俱全，只不过由于位置偏阴，所以即使是大白天，都得开着灯。

站在王亚楠身边的是一个年近五旬的老妇人，皮肤粗糙的脸上流露出茫然和惊恐。章桐看得出来，在自己跨进这个小厨房之前，王亚楠显然已经做好了这个老妇人的思想工作，所以看见一身警服、提着工具箱的章桐，老妇人并没有感到惊讶，只是有些紧张，目光不时地朝着章桐身后看过去，像极了一只受惊过度，随时准备逃命的兔子。由于厨房的灯泡是那种便宜到极点的老式二十瓦的，所以乍一看过去，章桐没有办法分辨清楚老妇人土黄的脸色究竟是被吓的，还是被灯光给照的。

“尸体呢？”章桐放下了手中的工具箱，边说边打开箱子拿出了一副医用橡胶手套认真地戴了起来。

一听这话，老妇人不由得愣了一下，吃惊的目光转而投向了身边的王亚楠。

王亚楠赶紧朝章桐使个眼色，紧接着就迅速转身把早就准备好的一个洗菜用的笊篱递给了章桐。

“你看看吧。”

章桐看看手中的笊篱，又抬头四处打量了一下这矮小的厨房，煤球炉子上还在炖着东西，砂锅里散发出一阵阵诱人的香味。章桐皱了皱眉，刚想脱口说出自己心里的疑虑，突然意识到什么，赶紧又咽了回去。她转头对身边的助手吩咐道：“用手电替我照着，这屋里的亮光不够！”

助手在工具箱里找出一支小小的强光手电，扭亮后，对准了章桐手中的笊篱。笊篱里是一堆白花花略带粉红色的肉片状物体，刀工细致讲究，每一片的厚薄程度几乎都是一模一样的。手电发白的光束穿透了肉片，把特殊的肉质纤维结构照射得一清二楚。

章桐皱了皱眉，她看了看自己面前的老妇人，映入眼帘的是一张表情惶恐的脸。屋外虽然是阳光明媚的春天，但是章桐却分明感觉到自己浑身一阵冰凉。她下意识地咬起了下嘴唇，一脸神情严肃的样子。

看着好友许久都不吱声，王亚楠憋不住了："怎么样？"

章桐点点头："和我在新街口那边见到的非常相似！但是我目前手头没有参照物，不好进一步确认，要带回实验室那边才知道。"

一听这话，王亚楠脸上的表情顿时凝固住了，她深吸一口气，竭力使自己镇定下来。

"警察同志，什么意思啊？我不懂你在说什么！"老妇人的神情有些焦急，她忍不住喋喋不休了起来，"我不就是拿了捡来的东西吗？贪图一点小便宜而已，现在的肉价这么贵，我见到了，想肯定是别人丢掉不要的，又那么新鲜，摸上去还温温的，看来刚出锅没多久，我当然就把它拿回来了，这应该不犯法吧！警察同志，我现在全都交给你，不就没事儿了吗……"

王亚楠尴尬地笑了笑："老人家，没说你犯法，你放心吧！你把你捡到的那个装肉的袋子拿来给我们看看，好吗？"

老妇人脸上的神情这才显得轻松许多，她大大地松了口气，跑到厨房一角的杂物柜子边上，弯着腰撅着屁股猛一通乱翻，很快就找出了一个普通的蛇皮袋，转身递给了王亚楠："喏，就在这里面放着的，我看这个袋子还好用，就拿回来了。"

王亚楠戴上手套后接过蛇皮袋，紧接着又问道："肉是直接装在里面的吗？"

"看我这记性！"老妇人一拍脑袋，转身回去又一通乱翻，不一会儿直起腰，涨红了脸，手里拿着三个塑料袋，是那种样式很普通，在农贸市场里随处可见的塑料袋。

"就在这里面装着的，肉拿出来后，我还没有洗，想着也不脏，就懒得洗了。"

听了这话，王亚楠和章桐不由得面面相觑。

回到局里的时候，时间已经接近下午三点，章桐在办完交接手续后，打算趁尸检前先偷空去食堂吃点东西。多年饮食规律的紊乱使得章桐只要一过吃饭的点儿，就会感到胃部强烈的不适。

刚走到楼梯口，迎面就碰上了分管刑侦的副局长李浩然。

“哎，小章，我正找你呢，你等等！”

章桐停下了脚步，一脸的尴尬：“李局，你找我有什么事？”

“来我办公室一趟，有个人要见见你！”

“谁？找我干吗？”章桐一脸狐疑，自己的朋友圈子很小，一只手就能数得过来，并且个个都忙得要命，一有空就倒头大睡，更别提如今在工作时间里有闲情逸致来拜访自己了。

话音刚落，李局却已经走出了将近两米开外，他头也不回地挥挥手：“你去就是了，他找你很久了！”

手里抓着两只表皮已经有些硬的包子，章桐匆匆走上楼梯，正要习惯性地拐弯朝自己办公室走去时，脑子里突然想起了李局刚才叮嘱的话。她皱了皱眉，无奈地改变了主意，转身快步朝电梯口走去，边走边抽空狠狠地咬上几口包子，好让自己逐渐紧缩抽搐的胃感到舒服些。

李局的办公室在大楼的三楼，靠近会议室，平时如果没有会议的话，办公室里就会非常安静。章桐总共来过这个办公室三次，每一次都是因为公事，只有今天，感觉有点怪怪的。

办公室的门虚掩着，里面一点声音都没有。章桐把手里啃了一半的包子用塑料袋装好，塞进了外衣口袋，伸手轻轻敲了敲门。

还没等到敲第三下，门就被迅速打开了，章桐赶紧把手缩了回来，一脸的歉意：“不好意思，差点打到你！”

出现在章桐面前的是一张娃娃脸，确切点说是一个长着张娃娃脸的男人。一见到章桐，这个男人上上下下仔细打量了一番后，最终将目光停留在了章桐脖子上挂着的工作证上，等读清楚了上面的字，他顿时面露喜色。

“章法医，我等的就是你！快进来！”说着，他把身体朝后一缩，满脸堆笑，仿佛身后的房间就是属于他自己的一样，边客套边忙着介绍自己，“我是天长日报社《犯罪记录》专栏的记者赵俊杰，这一次特地来找你是想和你谈谈有关案子的问题。”

“不进去了，有什么事情就在这儿说吧，简短点，我还有事呢！”章桐用眼角的余光不耐烦地扫了下自己手腕上的表，两只脚就像扎了根一样牢牢地站在门口，根本就没有要进去坐一坐的打算。

赵俊杰显得有些难堪，他伸手挠了挠头，换上了恳求的语气：“就一小会儿，章法医，不会耽误你多少时间的！再说了，我也已经向你们李副局长请示过了，你就放心吧！”

一听到对方竟然把李副局长的名头摆了出来，章桐无奈地意识到自己的退路已经被堵死了。她微微叹了口气，一声不吭地走进了办公室。

在沙发上坐下后，章桐开门见山地说道：“你要是为了我手中这个案子来的话，我现在只能说‘无可奉告’。等案子破了，我们有专门的对外公共关系科可以解答你的一切问题的。”

一听这话，刚刚从公文包里掏出一个小笔记本的赵俊杰摇摇头，神秘地笑了笑：“章法医，你误会了，我不是为了这个案子而来的。不过话说回来，我们记者可是很敏感的，如果你所说的这个案子破了的话，我们《天长日报》可是要拿头条的啊！”他伸出细皮嫩肉的左手，轻轻拍了拍自己那个宝贝似的公文包，“我这里面可有你们公共关系科的王科长和我们签署的媒体协定啊！”

“哦？”章桐皱了皱眉，“那你是为了哪个案子来的？方便透露一点吗？不然的话我可帮不了你。”

赵俊杰继续翻开自己手中的笔记本写满字的前几页，仔细看了看，然后抬起头，换了种口吻，脸上的神色也随即变得有些凝重，“我想知道的是二十年前发生在天长市郊外胡杨林里那宗离奇的女性幼童失踪案的详细经过。那个案子当时轰动了整个天长市，并且至今还未破，活不见人死不见尸，成了一桩彻头彻尾的悬案。”说到这儿，他略微迟疑了一下，紧接着小声补充道，“当然了，你的心情我是能够理解的，我知道失踪的女童就是你的妹妹——章秋，而你是当时现场的唯一目击证人，我这上面都有记录。我查了原始的案件卷宗。章法医，我知道你当时被凶手注射了麻醉药，险些成为植物人，在昏迷一个月之后方才苏醒，却失去了记忆。只是，现在都过去这么多年了，你是否回想起当时的一些场景了？当时发生了什么你还有大概印象吗？还有，你为什么要选择法医而不是其他工作呢……”

尽管赵俊杰已经非常刻意地斟酌每一个字眼，生怕再一次刺激到章桐，但是他却丝毫没有注意到章桐的脸色已经变得越来越冰冷，本来插在白色工作大褂兜里的手也因为不舒服而拿了出来，而那两个刚咬了几口的包子也在下意识中被她捏得面目全非。

终于，章桐实在忍不住了，她咬了咬嘴唇，皱着眉头打断了赵俊杰的话："赵大记者，我现在没有时间陪你了，下面还有工作正等着我呢。至于那二十年前发生的事情，对不起，时间都过去这么久了，我早就忘了，你去找别人吧！”说着，她站起身，不管赵俊杰脸上的表情显得多么惊讶，头也不回地径直走出了李副局长的办公室。

走廊里的窗户开着，一股清新的空气扑面而来，章桐深吸一口，顿时感觉浑身轻松了许多。为什么要选择法医这个职业，其实章桐自己也不清楚，或许缘于妹妹的失踪，所以才会对于犯罪有着超出正常人的痛恨，希望能够尽自己一点绵薄之力，为那些痛失亲人的人做出一点贡献。二十年来，章桐几乎每个晚上都在做着同样的噩梦。看着别人就要揭开自己内心深处的伤疤，章桐除了逃离，什么都做不了。

迎面匆匆走来了李局，一见到章桐，他就叫住了她："小章，这么快就出来了？”

章桐尴尬地点点头，注意到李局的目光落在了自己手中那两个已经凉了的包子上，她的耳根子顿时有些发热，赶紧把包子揣进了兜里："没事，他不过是随便问问案子，我也帮不上忙。李局，那我忙去了，下面还有工作呢！”

“哦，那就不耽误你了。”说着，李局转身一脸狐疑地继续向自己的办公室走去了。

不到万不得已，没有人会愿意来法医工作的地方敲门，特别是面前摆着一具尸体的时候。警察也是人，只要是人，都会对死了的人有着一种与生俱来的敬畏。

王亚楠推门进来的时候，脸色有些说不出的灰白，整个人看上去一副没精打采的样子。

“亚楠，怎么了？身体不舒服？”章桐一边把那些怪异的肉片小心翼翼地码放好，一边随口问道。

“嗐！”王亚楠长叹一声，皱紧了眉头，手下意识地摸着自己的胃部，“还不都是这些‘肉’给闹的，现场回来后，我中午都没吃食堂那道蒜泥肉片，连饭也没吃几口，胃到现在还在疼着呢。偏偏还得到这边来看你！”

章桐无奈地笑了笑，说：“我比你强，至少还啃了几口包子，尽管已经凉了！”她伸手指了指身后办公桌上放着的那袋包子，“喏，瞧见没？还有一个给你留着，你要吃不？”

王亚楠赶紧摆手摇头：“你饶了我吧，在这地方吃东西？我宁愿饿死。”

“那我就帮不了你了。”章桐耸了耸肩膀，继续埋头查看面前的一大堆肉片。

王亚楠凑了过去：“小桐，怎么样？目前来看，能确定尸体是男性的还是女性的吗？”

“还不行，光靠这些肉片，我只能说这个人手艺很高超，每一片都保持在厚零点五厘米左右，长三厘米，宽一点八厘米。尸体在切成肉片后经过高温水煮，有用的 DNA 结构都被破坏了，所以，除了蛋白质结构上可以分辨出来这是我们人类的肌肉组织外，我真的是一点别的办法都没有，就连他是活着被切成这样还是死了以后被分割成这样的都没有办法去做最终判定。”说到这儿，章桐停顿了一会儿，查看了一下助手递过来的资料登记簿后，想了想，继续说道，“还有，最主要的一点是，目前肉片的总重量是三十二点八斤。而一般人体总共有两百零六块骨头，占人体总重量的五分之一左右，但我目前除了一小截一厘米左右长的手指骨外，一块都没有见到，尤其是死者的头骨。”

“你怎么从这么小一截骨头就确认是人类的尸骨？”王亚楠指着托盘中

那块孤零零的有些发黄的骨头，一眼看过去，还真的看不出这骨头原本是属于人类的。

章桐微微一笑："人体骸骨的横截面构造和动物的骸骨不一样，它有特殊的环状结构，我在显微镜下仔细看过了，可以确定是人类的手指骨。要不是也经过了高温水煮的话，我就可以提取到有用的骨髓 DNA 了。"

"这么说，外面还有这样类似的'包裹'？"王亚楠的脸色更难看了。

章桐点点头，神色严峻："我想应该还不止一个！"

会议室里正中央的圆桌上铺着一张大号的天长市市区地图，上面在新街口和御牌楼巷的位置上用醒目的红笔打上了两个小叉。圆桌的周围坐满了局领导和各个单位负责这件"碎尸案"的相关人员，大家的目光都紧紧地盯着正在陈述案情的王亚楠。

"110 在今天早上八点零三分时接到报案说有人在新街口附近开口的垃圾箱顶上见到了一只奇特的旅行袋，外观没有丝毫破损，九成新，也很干净，估计是刚刚丢弃没有多久，打开后见到里面装了很多来历不明的肉片。于是，报案人怀疑有人私宰猪肉贩卖，就拨打 110 报了警。为了排除刑事案件的嫌疑，我请求咱们局里的法医协助，结果被证实是人体组织。

"报案人提供线索说当他发现旅行袋时，旁边还有一只蛇皮袋，打开后看过，里面也是一模一样的肉片，但是却被一个穿着'绿洁家园'保洁工作服的六十多岁的女清洁工拿走了。我们马上根据这条线索找到了该名女清洁工的家里，顺利拿到了剩下的那些肉片。章法医经过现场检验，证实所发现的肉片均属于人体组织。但是由于被高温水煮，所有能用来辨明身份的 DNA 结构都被破坏了，所以，我觉得目前我们最要紧的就是赶紧把剩下的那些人体碎片找到，尽量确定尸源。"

"我补充一点，"章桐站了起来，"人类的头骨是整个人体构成部分中最为坚硬的部位，用一般的工具是没有办法把它轻易分解成小块的，而就目前手头的线索来看，只有这个头骨是唯一能够帮我确定尸源特征的有用线索了。"

李局点点头："这样看来，大家目前的主攻方向就要放在死者的头骨的搜寻上，并且搜寻工作宜早不宜迟，等到确定尸源了，我们才可以着手破案。这个人非常狡猾，对我们刑侦技术工作应该有一定的了解，所以大家都要打起十分的精神来认真对待！”他回过头看了看王亚楠，“小王啊，你是第一个接手这个案子的人，以后就由你来负责。现在你分配一下搜寻任务吧！”

“好！”王亚楠站起身，用手指在地图上新街口的周围画了个大圈，“按照以往的破案经验来说，杀人后的抛尸一般都选择比较隐蔽的地方，因为犯罪嫌疑人不希望那么快就被别人发现。但是这个案子却有些不同，凶手把两个装有尸块的袋子放在了我们天长市最热闹的新街口大街上，而据报案者提供线索说，当时两个袋子是并排放着的，非常抢眼，正因为这点，本来早晨锻炼时他已经走过了那个垃圾箱，可是这突出的一幕却立刻让他意识到了不对头。由此可以看出，自负的犯罪嫌疑人摆明了就是想让别人发现这两个特殊的袋子，从而发现尸体。据此我大胆地推论，犯罪嫌疑人所选择的抛尸地点应该都是热闹的公共场所。所以，我们要搜寻剩下的尸块组织，就得先把目标放在新街口一带的垃圾箱、街道拐角处等一些人口密集的地方，以此作为圆心，再慢慢向外扩张。只要看到类似的可疑的物品，马上汇报！”说着，她伸手指了指那张拍有现场弃尸用的蛇皮袋和旅行袋的相片。

散会后，王亚楠走在了最后面，她一边整理文件，一边叫住了章桐。

“小桐，等我一下！”

章桐回转身：“有事吗？”

“听说那个专门写犯罪案件的大名鼎鼎的《天长日报》大记者今天来采访你了，说说看，有什么好消息吗？什么时候见报？这下你可出名了！到时候一定要请客啊！”王亚楠一脸的兴奋。

章桐皱了皱眉头：“也没什么，一桩老案子，被我赶跑了。”

“不会吧，你居然敢把他赶走？”王亚楠瞪大了眼珠，满脸吃惊的表情。

“这又有什么大惊小怪的？话不投机半句多，我懒得理他！”

王亚楠听了直摇头。

说话间，两个人一起肩并肩地向会议室外面走去。

去办公室的路上，王亚楠还是不死心："不会吧？咱们李局找他都得预约呢，你怎么那么大架子就把他赶跑了呢？"

章桐一脸的苦笑："你就别刨根问底了，大小姐，我真的烦透了这种人了。赶明儿再来的话，就叫他找你去！让你出名不就得了？"

"你呀，别死脑筋！走，我们吃点东西去！一会儿还得跑现场呢！"王亚楠把手里的文件夹顺手塞给了迎面走来的自己的助手赵云，没好气地吩咐道："帮我拿去办公室，我一会儿就回来！"

赵云乖乖地捧着文件夹转身走了。

"我说亚楠，你对你的副手别这么狠，人家可是个好人！好歹还是个副队长呢，搞得跟个跟班似的，你也不怕人家心里有想法？"章桐看不下去了，忍不住嘀咕了起来。

王亚楠大大咧咧地一挥手："一个男人，连点脾气都没有，办事拖拖拉拉的，不管他！咱们走！"

"章法医，李局五分钟前来电话，叫你马上去他办公室一趟，说有要事找你。"助手潘建一见到刚吃完饭回来的章桐，赶紧就把消息转告给了她。

"他有说什么事吗？"

"没有，口气挺急的，章法医，你赶紧去吧，别耽误了。"

章桐没有吱声，她放下手中的报告单，转身走出了办公室。走到楼道拐角处，她心里隐隐约约地意识到了可能又是那个锲而不舍的记者，今天把他甩在那儿，他可是一脸的不甘心。

果然，刚走到李局办公室的门口，那虚掩着的房门里传出来的说话声就让章桐皱了皱眉。她忍不住嘟囔了一句："怎么跟个牛皮糖一样！"

见到章桐这么快就推门进来，身后还跟着个人，正在埋头整理标本的潘建不由得感到很好奇："章法医，这么快就回来啦？我还以为李局找你有什么大事呢！"

章桐却并没有正面回答，她伸手指了指身后站着的满脸堆笑的赵俊杰，没好气地说道："小潘，从今天开始，咱们有了新的实习生了，有什么事情尽管叫他做好了！别客气！”

“这位是？”

“我是《天长日报》的记者，我叫赵俊杰，请多多关照！”赵俊杰笑容可掬地上前伸出了手。

“记者？哦，我想起来了，就是那个专门写大案子的赵俊杰，对吧？我可是你的粉丝啊！幸会幸会！”说着，潘建激动地刚想伸出手，想了想，又缩了回来，满脸的歉意，“不好意思，我刚刚……”

“我能理解，我能理解！哈哈！”赵俊杰依旧面不改色，一副笑眯眯的样子。

章桐忍不住瞪了赵俊杰一眼，冷冷地说道：“赵大记者，你那是白费心机，我帮不了你的。如果你真是来蹲点找别的案子的素材的，我没意见，但是如果你是醉翁之意不在酒，对不起，马上走人！别老拿李局来压我，明白吗？我不吃那一套的！”

“章法医，你放心，我说话算话的！”

章桐没有吱声，自顾自地戴上了手套，回头对潘建吼了一句：“快点做事，还愣着干吗？想忙到天黑啊！”

潘建撇了撇嘴，把赵俊杰晾在一边，继续低头忙碌。

下班回到家时已经晚上九点多了，章桐疲惫不堪地晃出了电梯，经过楼道，来到自己家的房门前，掏出钥匙打开了家门。

屋里静悄悄的，一点声音都没有。

“妈，我回来了！你在哪儿？”章桐一边放下挎包和钥匙，一边大声招呼道。

可是房间里却半天没有人答应自己。章桐不由得一愣，往常这个时候，母亲都应该是在家的，怎么今天却有些反常？章桐的心里不由得划过一丝不祥的感觉。她立刻穿上拖鞋，开始一个房间一个房间地寻找了起来。

几分钟后，章桐终于在卧室大衣柜的角落里找到了憔悴不堪、满脸泪痕的母亲。看着她缩成一团、浑身瑟瑟发抖的样子，章桐心疼地连忙伸手把母亲扶了起来：“妈，你在这儿干吗？别吓唬我！我不就是晚了一点下班嘛，我这不是好好的，你别哭啊！……”

母亲下意识地抓紧了章桐的手臂，一声不吭，两眼发直。

回到客厅后，章桐扶母亲在沙发上坐下，刚想转身去倒杯水，目光却在不经意间被茶几上的一封信吸引住了，信封旁摆着一束已经打蔫儿的百合花。章桐若有所思地看了母亲一眼，伸手拿起了信封，显然已经被母亲拆开过了。这封信表面看上去没有一点特殊的地方，和平常的信件没什么两样，收信人写的是母亲的名字，落款却只是简简单单的两个字——内详。

“妈，这到底是谁给你的信和花？”章桐抬起头看向母亲，母亲却不知何时已经合上双眼靠着沙发睡着了。

她刚想把信放下，转念一想，随即打开了信封，倒出了里面的东西。一张薄薄的信纸轻飘飘地落在了她的手中，上面写着“对不起”三个字。除此之外，没有抬头称呼也没有落款。

章桐的视线又落向了茶几上那束打蔫儿的百合花，心里不由得咯噔一下。整整二十年了，每年的今天，母亲都会收到这么一封奇怪的来信，还有一束怪异的百合花。这到底是什么意思？难道其中隐藏着什么不可告人的秘密？家里人除了母亲以外，没有人再对妹妹的生存抱有任何幻想，而每年的今天，妹妹失踪的日子，母亲都会因为这一封奇怪的来信和花而变得情绪异常激动。

章桐迅速收好了信件，伸手拿过茶几旁的电话，拨了一个号码。电话接通后，她想了想说道：“老舅，我是小桐，我妈又犯病了，你过来看一下吧。”

在得到肯定的答复后，章桐挂上了电话，帮母亲脱去脚上的鞋子，轻轻地把她的双脚挪到沙发上，紧接着又从卧室抱了一床毯子过来，盖在了母亲的身上。

十多分钟后，门铃响了，来人正是同住一个小区的章桐的舅舅，他一脸焦急地走了进来。

章桐做了个手势，小声说道：“老舅，我妈睡着了，你轻一点！”

老舅点了点头。

来到客厅的沙发旁，看着母亲熟睡中眼角依旧挂着泪痕的样子，章桐的心里感到酸酸的。二十年前妹妹离奇失踪后，紧接着就是父亲的自杀，这双重致命打击让母亲的精神顿时走到了崩溃的边缘。要不是她那当医生的老舅多年来的细心呵护，章桐很清楚母亲或许早就已经不在人世了。

“她什么时候发病的？”老舅一边检查一边问道。

“我不知道。我九点多回来时，她就躲在卧室的大衣柜里发抖。”章桐感觉喉咙有些发干。

老舅想了想，紧接着问道：“上次发病到现在已经隔了有大半年了，她平时没什么异常吧？”

章桐摇了摇头：“没有，很正常，也按时服药了。”

老舅神色严峻地说道：“小桐，你一定要注意，千万不能再刺激你妈了，她现在的神经已经非常脆弱，再这么来两次的话，她就得住院了！”

“不！我不想让她住院！”章桐脱口而出。

老舅站起身，一脸的无奈：“那你们为什么不搬家呢？都这么多年了，还是住在这个老房子里。很容易会让她想起以前的事情的。”

章桐无奈地摇摇头：“我也没有办法，劝过她很多次，我妈却总说妹妹会回来，如果她搬走了，妹妹就找不到回家的路了。”

听了这话，老舅不由得长叹一声：“明天你抽空来我们医院找我，我开点药给你。”

“好，谢谢老舅！”

送走老舅后，章桐关上了门，无力地瘫坐在了地板上。看着面前依旧睡得很香的母亲，章桐的心里有一种说不出来的苦闷。

窗外已是一片寂静，小区里的灯在一盏盏地熄灭，夜深了，章桐却一点睡意都没有。她从房间抱来了毯子和枕头，默默地铺在沙发旁的地毯上，关了灯，躺下来，身边传来了母亲均匀的呼吸声。章桐却只能心事重重地瞪大着双眼，呆呆地看着窗外漆黑一片的夜空。

“亚楠，我需要你帮个忙！”

“说吧，咱们两人之间还分那么清干吗！”

章桐伸手递给王亚楠一个塑料袋，里面装着那封信和一束已经枯败的百合花：“帮我查查线索！信上有我和我母亲的指纹。别的，能查到多少是多少。”

王亚楠不由得愣住了：“小桐，又收到了？”她晃了晃手中的塑料袋，“我记得去年和前年也是一模一样的东西？日期前后也差不了几天。究竟怎么回事？和我说说，看我能不能帮你想想办法！你一个人扛着也不是回事！”

“没关系的，我习惯了，”章桐顿了顿，说，“谢谢你的好意，你也不用问我那么多了，我不会说的，你就当看在我们多年的交情上，帮我这个忙，我不会忘了你的！”说着，章桐站起身，拿起挎包，“我回办公室了，亚楠，有结果就给我打电话。”

“好！”王亚楠点点头。看着章桐的身影消失在了门口，王亚楠下意识地皱起了眉头，要是自己没有记错的话，去年和前年也是这一天，章桐找到了自己。她随手拿过了桌上的塑料袋，并没有打开，只是仔细地端详着，信封一模一样，就连百合花的品种也是一样的。王亚楠不用看这封信，就已经可以猜到这封信里的内容。隐隐约约之间，王亚楠有种不祥的感觉，这封信和百合花的背后肯定有一个天大的秘密，章桐对这个秘密如此锲而不舍地坚守着，就连和她关系很不错的自己，也被毫不留情地拒之门外。王亚楠发愁了，也对好友章桐充满了担忧，她想了想，无奈地站起身，拿着装有证据的塑料袋径直走向了隔壁的技术中队痕迹检验室。

发现死者头颅的消息是在下午快要下班的时候传来的，地点就在天长市天子庙的一个观景台下面。天子庙位于天长市的市中心繁华地带，只要来天长市旅游的人，天子庙是必去之地，可以说，一天之中这里的人流就从来没有断过。可是此时此刻，整条天子庙前的大街被警察专用的蓝白相间警戒带给围了个严严实实，好奇的人们只能聚集在警戒带外，踮着脚尖紧张地关注着警戒带里面的一举一动。

当章桐的法医车出现在天子庙大街口时，围观者的情绪变得有些激动。标注着“法医”两个醒目大字的黑色轿车穿过警戒带，径直在天子庙前停了下来。章桐带着潘建迅速下了车，打开后车门，着手准备工具箱。

“快看，法医来了……”

“还是个女的，长得这么漂亮，干这活，真是可惜了！”

“法医都来了，看来真的有死人！”

“这女法医还很年轻啊！”

……

听到这些议论，潘建忍不住小声嘀咕了一句：“章法医，他们在议论你呢！”

章桐耸耸肩膀，毫不在意地微微一笑：“让他们议论好了，我反正已经习惯了。”紧接着，她神色一正，催促道，“快点，别磨磨蹭蹭的，现场不等人！”

潘建噘起了嘴，拎着沉重的工具箱跟在行色匆匆的章桐身后，向天子庙的大门里面走去。

远远地看见王亚楠正蹲在观景台的旁边，背朝着外面，仔细地观察着什么。身边站着王亚楠的搭档赵云，一个面容和善的年轻人，正在询问着一个穿着制服的巡逻警察。

“亚楠，尸体呢？”章桐走到近前，一边说着，一边在草地上放下了自己的工具箱。

王亚楠站起身，一言不发地伸出戴着手套的右手，指了指离她不到半米远的一个方形蛇皮袋，八九成新，红蓝相间，外表看上去鼓鼓囊囊的。

章桐跨上前几步，低头钻进了观景台的装饰木沿下面，没多久，她又探出了脑袋：“发现尸体的人有没有动过里面的东西？”

“应该没有，是辖区派出所的巡警发现的，一看里面东西不对，他马上就通知了调度台。”说着，王亚楠的下巴朝旁边歪了一下，“他还在那边呢，赵云在问他。怎么了？里面少东西了？”

章桐摇摇头，转而对潘建吩咐道：“帮我一起把它拽出来，我想里面就是我们要找的东西了！”

潘建赶紧上前，戴着手套的双手抓住了蛇皮袋的另外两端，和章桐一起发力把蛇皮袋拉出了观景台。

这个蛇皮袋有七十五厘米高，宽六十厘米左右，并不太大，但是很沉，透过外表可以很清楚地看出里面塞满了不规则的东西。章桐早就把蛇皮袋的拉链拉上了。

“小桐，你什么时候处理它？”

“我这就回局里去，你等下直接来找我。”

“好！”说着，王亚楠转身向不远处的赵云走去了。

章桐则带着潘建，拉着工具箱，一前一后抬着蛇皮袋上了车。

在赶回局里去的路上，潘建一边开车一边哼着小曲儿，一脸得意。

章桐皱了皱眉：“你小子又干什么坏事了？”

“章法医，你不觉得今天的耳根子清静多了？”

章桐一下子没有回过神来：“你的意思是？”

潘建调皮地一笑：“那个赵大记者啊，你不是要我给他安排点活干吗？我当时就猜到了你肯定不愿意他老跟着我们，碍手碍脚的，到了现场见了死人又得哭爹叫妈，所以啊，你猜我大发善心干啥了？”

“别卖关子了，快说，你要是太出格的话，李局可饶不了我，人家大记者可是贵宾啊！咱们是要顾及局里的形象的！”

“不会啦，章法医，就是那些我们吃饭的‘家当’，还有整个解剖室，清洁的活儿多着呢！……”潘建笑眯眯地一撇嘴，“我可总算解放了！”

章桐无奈地摇了摇头，转而一言不发、心事重重地看着车窗外不断掠过的景色。

王亚楠看着观景台下的水泥地面，心里不由得懊恼万分，连个脚印都没有。前面的两个现场也是如此，看来凶手选择这样的抛尸地点时早就把一切都考虑进去了。

这时，身边传来脚步声，她不用转头看就知道来的人是谁，“赵云，那个巡警怎么说？”

“他也是有人报案才注意到的，当时观景台上还有人，每天下午两点，天子庙这边都有文艺表演，人流很杂！”

“最近的摄像头呢？有没有查到什么？”

“这个角度的摄像头没有，只有天子庙门外面的大街上才有。但是天子庙有五个出入口，寻找起来有一定的难度。”

王亚楠的脑子里突然闪过了什么，她猛地一回头，瞪着赵云，严肃的神情把赵云吓了一跳：“你刚才说有人报案，那个巡警才注意到了观景台下面？”

“对！”赵云打开手中的笔记本，翻到相关的一页，“是一个五十多岁的中年人报的案，说那下面不知道是什么东西，可能是谁遗失的。因为整个观景台下面除了游人的垃圾外，别的什么都没有，那个袋子孤零零地放在那儿，一低头就能看到，很显眼！”

王亚楠皱起了眉头，想了想说：“天子庙的文艺表演是压轴大戏，应该会有人用手机拍摄，而这么一袋沉重的东西，搬运起来肯定不方便，你马上叫人把当时在场人员的手机收集起来，只要是拍摄过当时场景的，能找到多少是多少。实在不行，给我上电视台发公告，动员大家配合我们！”

“我知道了！”赵云把笔记本塞回了口袋里，转身迅速离开了。

王亚楠回头又看了看冷冷清清的观景台，长叹一声。正在这时，手机响了起来。

“我是王亚楠，哪位？”

“我是技术勘验组，王队长，你上午送来的信件和百合花束的检验报告已经出来了，你什么时候方便过来拿，还是我们给你送到办公室？”

王亚楠想了想，果断地说道：“我马上过去拿。”

章桐听到身后解剖室门上的铃铛响了一下，紧接着门就被推开了。

“亚楠，你来了？”

“嗯。”王亚楠哼了一声。她并没有直接来到章桐身边，而是走向屋里唯一一张庞大的办公桌，把手里的文件袋放在上面，这才走到门边穿上工作服。

“怎么样，有什么结果？”

章桐把身体朝另一边挪了挪，被她遮挡住的解剖台此刻完完整整地呈现在了王亚楠的面前。

王亚楠倒吸了一口凉气，眼前的解剖台上，端端正正地放着一个人的头颅。如果单单只是骨头的话，还不至于这么让人吃惊，但这是一张被完全剥去表皮的脸，脸上怪异的肌肉纵横交错，仿佛死亡在这一刻已经完全被定格了。

“这是一个女性的头颅，很年轻，从智齿的发育程度来看，应该不会超过二十岁。”章桐叹了口气，“你看她突出的眉骨和短短的下颚，有明显的岭南一带亚洲人种的特征。”

“这头颅有些怪！”王亚楠两只眼睛死死地盯着面前的解剖台，“是不是也煮过？颜色很不一样。”

“对，和那些肉片一样，都经过了高温水煮。凶手有着高超的外科手术技能，一般的人，没有办法把表皮剥离得这么干净。包括我在内。”说着，章桐指了指头颅脸颊靠近鼻梁的地方，“你仔细看这里，这是整张脸部神经系统最丰富的地方，下刀时一不小心就会破坏皮肤下面的肌肉组织，再细微的划痕都逃不过我的眼睛，但是你现在什么痕迹都看不到。”

“好像脸上的皮肤根本就没有存在过。”王亚楠嘀咕道。

“对！”章桐绕到解剖台的另一端，指着早就按照人体骸骨序列摆放整齐的现场带回来的骨头，满脸无奈地说道，“死者的盆骨也证实了我刚才对于死者年龄的判断，她不会超过二十岁，非常年轻，没有生育过。根据骸骨的重量推算，体重不会超过九十斤，偏瘦。从尸体的情况可以推断，凶手不光是个外科手术行家，而且对人体骸骨非常了解。你看，所有的骨头都在这里，除了刚开始的那一小块指骨估计是遗落的外，一块不少。而且从这些骨头的表面可以看出，凶手没有使用粗暴的外力，比如说用刀斧之类来使骸骨分离。接缝处干干净净，一点损伤都没有。真可以用‘庖丁解牛’来形容他了！”

“那，你能做到人像复原吗？我需要发布认尸启事。”王亚楠转而把目光投向章桐，后者把双手插在工作服的口袋里，一脸凝重。

“没问题，她脸部的肌肉组织还比较完整。这对我做出和死者原先外貌特征接近的人像复原图有很大的帮助！你什么时候要？”

“尽快！”王亚楠说着，皱了皱眉，“死因现在有结果吗？”

章桐噘起了嘴巴，沉吟了一会儿：“目前骸骨上没有任何外伤的痕迹，可是由于尸体的肌肉组织已经被分割成了很多片，并且高温水煮过，所以体表软组织的伤害我没有办法判定。头颅我也已经做过 X 光扫描，内部没有伤痕。归根结底，我只能说她没有受到严重的外力侵害。别的，我暂时就不知道了。对不起，亚楠，我只能根据手中的证据说话，不能推断。”

王亚楠点点头：“还有别的我需要知道的吗？”

“和死者的骸骨放在一起的有两件特殊的衣服，我已经连同外面的蛇皮袋一起送到痕迹检验室去了。”

“好，那你尽快把人像复原图给我。”王亚楠一边说着一边向门口走去，把脱下的工作服重新又挂回到门上。在打开门的那一刻，她停下脚步，回头说道，“信件和百合花束的检验报告在你桌上！”

章桐愣了一下，随即意识到了王亚楠话中的含义，她面无表情、淡淡地说了句：“谢谢。”

人像复原可不是一件简单的工作，不光要精通人类学，还要有一定的绘画功底。

章桐示意助手潘建先把特制的数码相机拿过来，按照特定的角度给死者的头颅拍了几张相片，由于死者的脸部还有一定的肌肉组织附着，所以最后的成像工作要相对轻松许多。相片拍好后，章桐立刻把数据输入电脑，并且很快打印了出来。章桐又伸手拿过了一张特制的纸盖在头颅相片上，根据先前的一系列死者特征，包括年龄、体重和地域人种，很快，一个基本图像就被勾勒出来了。再通过扫描，和电脑原有的数据库进行数据核对，几分钟后，电脑发出一阵吱吱嘎嘎的声音，一张活灵活现的十七八岁少女的头像就清晰地呈现在了电脑屏幕上。

“打印出来，马上送到刑警队办公室给王亚楠队长！”

“我马上去！”

章桐站起身，把位子让给了潘建，自己则独自走到工作台的另一边，王亚楠留下的那个大大的黄色信封正安静地躺在那里。

章桐深吸一口气，拿起信封，犹豫了一会儿，一咬牙，撕开了信封口粘贴的胶带纸，抽出了里面的检验报告。

检验报告是打印在一张薄薄的A4纸上的，章桐感觉到自己的双手在止不住地颤抖，似乎自己离真相也就短短的一步之遥，她甚至可以确信，自己总有一天能够解开那个让自己家破人亡的谜团。可是，章桐却又感到了一种随之而来的恐惧，潜意识中她知道自己没有勇气去面对真相。

"章法医，你没事吧？"潘建关切的声音在耳边响起。

章桐这才回过神来，第一个反应就是把检验报告迅速塞进了自己工作服的口袋里，然后挥了挥手，恢复了一贯的镇静自若："我没事，你赶紧送去吧，人家等着要呢！"

潘建迟疑了一下，随即点点头，转身离开了解剖室。

"小桐，是你吗？"

声音很陌生，除了王亚楠以外，周围的同事从来都没有这么称呼过自己。章桐一脸诧异地回头看去，眼前站着一个与自己年龄相仿的身着检察官制服的男人，他大约三十岁出头，头发过早地有些发白，两只眼睛里却充满了神采。此刻，他正笑眯眯地看着自己，一脸的惊喜。

"你是？"章桐还是没有反应过来。

"看来你认不出我来了？我是刘春晓啊！"男人的笑容中有些许失落。

"刘春晓？"章桐在脑海里迅速搜索着这个名字，很快，她的脸上露出了笑容，一个记忆深处的外号脱口而出，"'丹丹'！真的是你！你怎么来这儿了？"

刘春晓尴尬地笑了笑，赶紧扯开了话题："我刚被调回天长市检察院，负责刑事这一块，今天正好来你们这边熟悉情况。你呢？"

章桐撇了撇嘴："还不是老样子，法医呗，都干了这么多年了！要想换工作似乎已经不太可能了。"

刘春晓的目光中有着一种异样的神采："小桐，你过得怎么样？这么多年未见……"

"还行吧，每天上班，下班，出现场。"

刘春晓犹豫了几秒钟后，终于鼓足勇气提议道："那，你下班后有空吗？我想请你喝茶。"

章桐点点头："我五点半下班，如果没有特殊情况的话，你来法医办公室找我吧。”

“好的，我一定去！”

看着章桐远去的背影，刘春晓不由得陷入了沉思之中。

“咳！老朋友，你发什么傻呢？我才出去一会儿，你就跟中了邪一样。”背着包的赵俊杰出现在了刘春晓的身后，猛地拍了他一巴掌，“还是看见美女了？”

刘春晓尴尬地笑了笑：“我刚才见到我的高中同学了。好久没见，她变了许多。”

“你高中同学？在这个地方？男的还是女的？”赵俊杰那记者的职业敏感又一次占了上风。他下意识地转过脑袋看向走廊的那一头，“方便透露一下吗？”

“是女的，叫章桐，是这里的法医。”

“章法医？你怎么不早点告诉我你和她是高中同学啊？”赵俊杰变得异常兴奋，他一边和刘春晓一起走向电梯口，一边抱怨道，“我来这里蹲点可都是为了她！整天和死人打交道，说出来不怕老弟你笑话，我刚开始那一个多礼拜，天天晚上做噩梦！……”

赵俊杰的话在耳边滔滔不绝，但是刘春晓却一个字都没有听进去，他的思绪回到了十多年前。

他记得很清楚，那一天是学校文理科分班名单公布的日子，大家都在议论这一次不知道会有几个女孩子被分到理科班来，还有，会不会长得漂亮。正在这时，老师念到了一个特殊的名字——章桐，应声站起来的是一个非常清秀的小女生，刘春晓都看呆了，他不由得慌张地低下了头，那一刻，他平生第一次因为喜欢一个女孩子而变得脸红。

“刘春晓同学，我叫章桐，以后大家就在一个班了，请多多指教！”如银铃般清脆的问候声在耳边突然响起，刘春晓下意识地屏住了呼吸。

“听说你是年级理科‘前三甲’，真厉害！”女孩的目光中充满了崇敬。

“那……那都是老皇历了……”刘春晓结结巴巴地说，一改以往的沉着冷静，他都不敢看女孩的眼睛，刚想走，可是转念一想，自己不能这么没礼貌，于是低着头，硬着头皮，目光紧盯着对方的鞋子，匆匆忙忙地丢下一句，“别担心，以后遇到不会的题目，我……都会……都会帮你的。我……我有事先走了……”说完后，就逃也似的离开了教室。

后来听同学说了才知道，这个叫章桐的文静内向的女生，文科非常优秀，而这一次出乎大家意料选择并不是自己强项的理科，谁都搞不懂是为了什么，也没有人敢问，只知道语文老师整天为自己的得意门生错误的选择而唉声叹气。

放学的时候，刘春晓终于下定决心和章桐一起回家，尽管并不顺路，而平时，他都不敢主动和这个性格内向的女生说话，但是，刘春晓很想弄清楚章桐的选择，或者说，这个让自己动心的女生，她心里究竟是一个什么样的世界。

他记得很清楚，那时已经是深秋，人行道上到处都是梧桐树的落叶，踩在上面，软软的，几乎都听不到脚步声。身边的大马路上，来来往往的汽车时不时地卷起地上的落叶，让它们在空中飞舞，最终又静静地落回地面。

刘春晓和章桐保持着不到两米的距离，他始终都没有勇气第一个开口说话。

终于，章桐停下了脚步，皱眉回头看着刘春晓：“刘春晓同学，你老跟着我干什么？”

“我……我也回家啊。”

章桐脸上的神情变得缓和了许多：“你在说谎，你家是住在城北那边，你为什么要绕远路？”

“我……”刘春晓突然明白，在自己所喜欢的女生面前，他没有秘密可言，于是，心一横，抬头说道，“好吧，我有话问你，章桐同学，你的文科那么优秀，为什么偏偏要选择理科呢？马上就要高考了，你难道就不怕自己薄弱的理科项目影响你高考成绩吗？”

刘春晓做梦都没有想到，话音刚落，在同学们面前一向都表现得很坚强的章桐，竟然流下了眼泪，虽然她并没有回答自己的问题，相反只是扭头转身就走，并且加快了脚步，最后几乎是奔跑，但是刘春晓却意识到，这是一件章桐不愿意提起的伤心事。

第二章 失踪的女生

“你要打电话是吧？小妹，没带钱没关系，明天经过时带给伯伯就可以了。”老张笑眯眯地说道，伸手打开了通话按钮锁。

女孩感激地看了一眼老张，紧接着迅速拿起话筒，用颤抖的手指拨打了一个固定号码。电话很快就接通了，电话那头刚有回应，女孩立刻就嘶哑着嗓门断断续续地说道：“你好，我……我是东山学院的……的学生，我想，我认识你们认尸启事中的那个女孩子，她应该就是我失踪了三天的室友，你们快来吧！”

在接下来的日子里，虽然刘春晓并没有再尾随在章桐的身后送她回家，可是他依旧默默地关注着这个似乎不太合群的女孩子，她文静得让人有些担忧。十六七岁正是女孩子爱打扮爱笑的日子，可是在章桐的脸上，刘春晓却找不到快乐的影子。

后来，几经打听，刘春晓才听住在章桐家附近的同学偶然说起，章桐的妹妹从小就失踪了，没多久，平时感情最好的父亲也跳楼自杀身亡，如今家里只有一个时常会疯疯癫癫的母亲和章桐相依为命。

刘春晓这才明白为何自己在那双漂亮的眼睛里看到的只有孤独和冷漠。

几次三番，刘春晓徘徊在章桐家楼下，他很想主动帮助这个悲伤的女孩分担一点生活中的艰辛，可是，性格内向的他却一直没有将自己的心意说出口。

填写高考志愿，章桐选择了医学院法医系，刘春晓一点都不吃惊章桐的选择，因为他知道，章桐的父亲生前就是一名法医。在他内心深处，只能默默地祝福这个日渐消瘦却非常坚强的女孩。

高考发榜，章桐如愿考上了医学院法医系，那一天，刘春晓在她的脸上终于看到了笑容。只是，直到班里的同学们各奔东西，刘春晓都没有勇气向章桐吐露心声，为此，他后悔不已。

一年后，因为父母离异，刘春晓就跟着母亲迁居邻市，从此再也没有见过章桐，直到今天……

“你到底有没有在听我说话啊？”赵俊杰注意到刘春晓的失态，皱了皱眉，“你小子好像丢了魂？”

“没，我没事！”刘春晓定了定神，两人走出了电梯，来到五楼。因为和赵俊杰是大学室友，所以刘春晓的这一次基层之行，赵俊杰自然而然就充当起了陪同。而能有机会暂时离开法医办公室去透透气，赵俊杰正巴不得呢。

又到了一天之中晚报上市的时间，天长市的街头巷尾密集如云的报刊亭里很快就摆上了一份份还隐约散发着阵阵油墨香味的报纸。下班的人们用不了多久就会在回家的途中顺道把这些晚报买走。

老张是东山学院门口 2042 号报刊亭的摊主，在这儿已经卖了十年的报纸杂志，也送走了很多批东山学院的毕业生。每每提起这些每天经过自己简陋报刊亭的孩子，老张的脸上总是会流露出感慨的神情。

老张也卖晚报，只是订得不多，因为来买他晚报的人，几乎清一色都是东山学院的老师，数量有限。而老张口中的“孩子们”，他们的兴趣无非就在流行服饰和军事之类的杂志上，有时候还会捎带着把报刊亭中的漫画统统一扫而光。每当这个时候，老张的心里总会很矛盾，有钱赚，他当然开心，但是看着这些孩子动不动掏出来的就是百元大钞，老张就会暗自嘀咕，这帮孩子，一点都不心疼钱！

今天下雨，老张的生意清淡了许多，把晚报摆上货架后，老张看着报刊亭外面灰蒙蒙阴沉沉的天，皱着眉嘟囔着："这该死的天！"

"伯伯，买份晚报。"说话的声音带着点稚嫩，还有些犹豫。

老张好奇地转过头，出现在自己面前的是一个年轻的女孩子，十七八岁年纪，一条简单的白底蓝花裙子，胸前别着东山学院的校徽。此刻，女孩子的手中握着一张一元钱的纸币正递向老张。

"你要什么？"

"今天的晚报，刚到的！"女孩子的声音变得坚定了许多。

"好，你等一下！"老张迅速转身从货架上拿下了一份刚到的晚报，伸手递给女孩，"收好了，刚到的报纸！下雨了，要不要拿个塑料袋装一下？别淋湿了。"老张好意地叮嘱道，他注意到女孩子没有带伞，蒙蒙细雨把她的刘海都打湿了。

女孩子没有反应，她做了个奇怪的举动，迅速打开报纸，旁若无人地在报纸上寻找了起来，确切点说是在报纸的中缝部位。

老张对那个地方很熟悉。常年卖报纸，没事干的时候，老张几乎把所有的报纸都看了个遍，他知道那个地方最可能出现的是两种东西，那就是寻人启事和寻物启事。登这些启事的大多是私人，但是有时候公安局的认尸启事也会刊登在那里，只不过概率并不是很大。难道这小姑娘丢了什么东西，以至这么着急要在晚报中碰碰运气？老张的心里暗暗泛起了嘀咕。

突然，女孩子的目光紧紧地盯住了报纸中缝处的一个地方，脸色顿时变了，双手渐渐地开始发抖，呼吸急促。

"哗啦！"女孩子合上了报纸，转身来到老张身边的那台公用电话机旁，看上去像是要打电话，可是翻遍了全身，又没有找到钱。她回头看了看报刊亭外越来越密集的雨丝，脸上写满了焦急。

"你要打电话是吧？小妹，没带钱没关系，明天经过时带给伯伯就可以了。"老张笑眯眯地说道，伸手打开了通话按钮锁。

女孩感激地看了一眼老张，紧接着迅速拿起话筒，用颤抖的手指拨打了一个固定号码。电话很快就接通了，电话那头刚有回应，女孩立刻就嘶哑着嗓门断断续续地说道："你好，我……我是东山学院的……的学生，我想，我认识你们认尸启事中的那个女孩子，她应该就是我失踪了三天的室友，你们快来吧！”

看着女孩几乎要急哭了的表情，老张惊呆了，他简直不敢相信自己的耳朵。

王亚楠带着自己的搭档赵云匆匆忙忙地开车赶到东山学院门口时，离接到报警电话才过去不到十五分钟的时间。这个碎尸案的影响实在太大了，都惊动了市里的领导，下午的案情分析会议上，李局阴沉着脸，再三强调要尽快破案。案情性质太恶劣了，不管怎么说，把人的尸体就这么随意丢弃在人流如织的大街小巷里，就已经是一个令人发指的犯罪行为。尽管李局已经尽量和媒体通了气，要求近期暂不报道这件案子，但是，谁都知道这颗定心丸效果维持不了多久。

“到了，前面就是东山学院！看，王队，那边有一个老人在向我们招手。”赵云伸手指着警车前方五十多米处的一个报刊亭门口，“他身边还站着个女孩子，应该就是我们要找的人！”

王亚楠把车干净利索地稳稳停靠在报刊亭的门口，打开车门，两人下车后紧接着就走了过去。

“大伯，是你们给我们办公室打的报警电话吗？”赵云问道，同时亮出证件，“我们是公安局的。”

老张点了点头，然后指了指身边情绪激动的女孩子，在等警车来的时候，他已经大致弄明白了究竟发生了什么事：“就是这个小姑娘报的警，她的室友在三天前失踪了，失踪时穿的衣服跟你们登在认尸启事上的一模一样。”

王亚楠和赵云面面相觑，赵云接着问道：“小姑娘，叔叔拿两张相片给你看一下，好吗？报纸上我们没有刊登。”

女孩犹豫了一会儿，随即点点头。

赵云从随身带着的公文包里拿出了那张章桐复原的死者模拟画像和拍有死者衣物的相片，递给了女孩：“没关系，你慢慢看。”

老张赶紧伸手打开了报刊亭里最亮的那盏灯，足足有六十瓦，顿时，小小的报刊亭里被照得亮堂堂的。

女孩盯着相片看了很久，然后咬着牙点点头："没错，是晶晶，睡在我下铺的！这相片里的人就是她！"

站在一边的老张也凑过来看了看，皱眉嘀咕了一句："这女孩我也好像见过……对了，我想起来了！她前几天来我这儿充过一次手机话费，还落了一本书在我这儿。我正想着什么时候等她再来充手机话费时还给她呢。唶！真可怜！多年轻的孩子……"说着，老张弯腰到货架底下翻出了一本有些破旧的《欧洲艺术史》，顺手拍去了书上的灰尘，递给了女孩，"看看，这上面的名字是不是你同学的？是的话你就替我带回去吧！"

女孩欲言又止，最终默默地接过了书，扫了一眼封面后，一声不吭地用手摩挲着书，满脸悲伤。

"能带我们去你的宿舍看看吗？"

女孩点点头："就在学院进门左拐第一栋大楼的三楼。跟我来吧。"

在谢过老张的热心帮助后，王亚楠和赵云一起跟在女孩的身后走向了不远处的东山学院大门。

看着他们的背影消失在学院里，老张有些发呆，女孩刚才说的话又一次在他耳边响起："……我总觉得晶晶肯定出事了，她不是那种对自己的生活不负责任的女孩子，好不容易考上大学，她不会放弃的……别人都不相信我，我就自己来找，我还以为她出了车祸，所以就来看看晚报上的启事，看看能不能有她的消息……"

"真可怜啊！"老张嘟囔了一句，一边伸手关灯，一边悲伤地意识到，那个叫晶晶的女孩子，已经再也回不来了！

和众多大学女生宿舍一样，打开门后，出现在眼前的是一个温馨可爱的空间。房间并不大，但是干净整洁，在屋子的两个角各放着一张双层铁架床，上面用漂亮的花布做了一个别致的围帘，四张学习桌上，摆满了书籍的同时，尽量挤出一点空间来摆放主人钟爱的小饰物。

"你们这边住四个人？"王亚楠问道。

"对，"这个叫王艳的女孩点点头，伸手指了指左边的那个铁架床，"我睡上铺，晶晶就睡下铺，她失踪后，床铺就没有动过。我只是把围帘拉上了，我知道她不喜欢别人乱动她的私人用品。”

“宿舍里别的人呢？”赵云嘀咕了一句。

“都吃饭去了，我吃不下，总是担心晶晶……”王艳没有再继续说下去，她的情绪显得很低落。

见此情景，王亚楠伸手拍了拍王艳瘦弱的肩膀：“和我们说说晶晶的具体情况吧，特别是她失踪的那一天，究竟发生了什么？”

王艳点点头。

晚上，新街口清逸茶楼。

“小桐，能再次见到你，我真的很高兴！”此时的刘春晓换上了一身简单的休闲装、轻便的软底皮鞋，和在公安局里见到的判若两人。

两人面前的小桌上摆了几份茶点、一壶刚沏好的碧螺春。

章桐微微一笑：“老同学，这话你就见外了，这么多年没见，我该好好请你才对！”

“你母亲身体好吗？”

“还行，这么多年了，还是老样子，不过人年纪大了都这样。”章桐的脸上看不出丝毫异样的表情，“你呢？”

刘春晓尴尬地笑笑：“我爸妈离婚后，我跟着妈妈过，她去年走了，是心肌梗死。”

“对不起。”章桐咬了咬牙。

“没事，她走的时候很安详，没有痛苦。我现在孤家寡人一个，无牵无挂，日子也就那么一天天过了！”

“那你怎么会想到调回天长来呢？”

刘春晓的心里微微一动，差点脱口说出自己之所以回来就是为了章桐。怕她看出自己内心的秘密，刘春晓刻意把目光移到了面前桌上的那朵鲜艳的红玫瑰上，故作轻松地掩饰道：“哦，这里是我的家乡嘛，我不回来干什么？哈哈！对了，小桐，你今天出来喝茶，家里人不会说吗？”

章桐一脸的苦笑：“我把母亲拜托给舅舅了，晚一点回去没关系。老同学邀请，我要是不来，那不是太不给你面子了？”

“你还没结婚？”刘春晓的眉毛微微一挑。

“我们干法医的，结婚挺难的。”章桐下意识地伸出了自己的双手，无奈地一笑，“这双手，一天到晚摸死人，吓都能把人家吓跑了！”

那一刻，刘春晓分明在章桐的目光中看到了深深的失落。他犹豫着自己是不是该把内心深处压抑了这么多年的心事说出来。

正在这时，耳边传来一阵悦耳的手机铃声。章桐迅速打开手提包，掏出手机接听了起来，同时向刘春晓歉意地点了点头。

“嗯……好的……我马上到！”挂断电话后，章桐站了起来，“真不好意思，刘春晓，我负责的一个案子有线索了，要马上回局里，下次我请你吃饭！”

“没事的，要我送你吗？”刘春晓也站了起来。

“不用了，我打的过去。”章桐淡淡一笑，转身迅速走向了茶楼的楼梯口。

看着章桐的背影，刘春晓的心中充满了深深的失落。他本来想好了很多话要对她说——他这次回来不光是为了再次见到章桐，更重要的是，他要把自己的惊人发现告诉章桐，他深信这个发现很有可能会就此解开章桐心中那个隐藏了多年的可怕的秘密！

天长市公安局会议室里，灯火通明。尽管挤满了人，但是除了偶尔传来一两声咳嗽以外，现场听不到一点嘈杂的声音，大家都在耐心等待着重要人物的到来。

作为当班法医，章桐坐在最靠近门的位置上，她抬头扫视了一眼整个会议室，发现王亚楠和赵云不在其中。

很快，门口传来了一阵急促的脚步声，门随即被推开了，王亚楠风风火火地走了进来。她径直走向会议室前面的白板，拿起吸铁石，“啪啪啪啪”，一口气贴上了六张放大的相片，然后回转身向大家介绍说：“尸源已经找到了，是咱们市里东山学院财会专业大一的新生，叫王娅晶，今年刚满十七岁，老家是凯里县的。”

说着，她伸手指了指左面第一张相片，呈现在大家面前的是一个瘦弱文静的女孩子，皮肤黝黑，目光坚定。

“王娅晶与章法医的尸检报告中所提到的死者身高、年龄和体重大致相符，体型偏瘦，而她原籍凯里这个地方正属于岭南地带，所以人种方面也完全相符，可以认定她就是本案死者。”说到这儿，王亚楠又指了指剩下的五张相片，“这几张都是刚刚从死者所居住的宿舍拍摄的，由此可以看出，死者的失踪并不是刻意的，大家注意看她的床铺。”

众人的目光顺着王亚楠的手指看向了第四张相片。相片所拍摄的是一个简单的双层铁架床下铺，铺着粉红色的床单，薄薄的毯子铺开了，一个毛绒玩具正随意地放在床头，这是一个典型的女孩子的床铺。

“你们看这本书，打开了，书背朝上，摆放在毯子上。她这个举动非常随意，可以得出的结论是，这本书的主人当时正看到一半。我们在座的每一个人平时也会有这样的习惯，躺在床上看书，看到一半，因为临时有事打断了看书，就会下意识地把书往身边一放。

“而根据报案的王娅晶的室友提供的线索，王娅晶当时声称要去看一个朋友，很快就会回来，还要求她的室友晚上替她留着门。可是就此再也没有出现过。”

“王队长，根据法医报告，我们已经没有办法进行死者的DNA比对了，仅凭体貌特征来确认死者，是不是不太严谨？”李局皱着眉询问道。

“章法医给我提供了死者的人像复原图，死者的室友也认出了死者失踪时所穿的衣服正是我们在现场蛇皮袋中发现的衣物。为了保险起见，法医那边正在进行死者牙髓的提取，报告要明天才能出来，希望我们能找到有用的线索。我也已经派赵副队长和学校的保卫处老师一起前往凯里县了，他们明天一早就会把死者的父母亲接过来进行认尸和善后工作。

“在此期间，我要求治安组帮我调来王娅晶失踪那天从东山学院开始的沿途所有监控录像，并一一做出梳理，尽量还原死者那晚离开学院后的所有动向。”

治安组的负责人点点头：“没问题，我们马上处理！”

散会后，章桐在走廊里叫住了王亚楠，两人一起走下楼。

“亚楠，你真确定是那女孩子？”

王亚楠一脸沉重地点了点头：“对了，小桐，死因还没有办法确定吗？”

章桐遗憾地摇了摇头：“我跟你说过了，尸体被肢解得那么散，平均一片只有零点五厘米的厚度，我没有办法查找死者的体表伤痕，更别提尸体都经过了高温水煮，很多有用的线索都被破坏了，我目前无能为力。再说了，尸骨上也没有明显的伤痕。现在唯一的推论只有一个，即死者很有可能是中毒或者窒息死亡。”

“中毒？”

章桐点点头：“我的助手潘建已经申请了做毒物检验。他采集了一些死者的骨髓标本。高温水煮虽然会破坏脱氧核糖核酸的分子构成，但是对于一些毒物来说却做不到，这些有毒物质，特别是化学毒素会很快沉淀在死者的骨头上，浸入死者的骨髓中。”

“要多久才会有结果？”

章桐摇摇头：“毒素有很多种，我们要进行系统筛查，这需要时间。”

王亚楠皱眉了：“这个凶手很狡猾，懂得很多病理知识！”

“我也这么认为。这个女孩虽然说身材偏瘦，但是也有将近一百斤的体重，而在我们法医看来，要把一百斤体重的人在短短三天时间内分割成这么均匀的一片片，并抛尸到各处，那就必须要一个精通人体结构分布，身强力壮，心理素质非常过硬，甚至还要冷酷、无动于衷到一定程度的人不休息一口气干九个小时以上才能完成！”

“天哪！这简直不是人！”王亚楠叫了一句。

章桐点了点头，把包往肩上提了提，转头严肃地对王亚楠说道：“这个人的心理很不正常，死亡在他眼里根本就不算什么，所以，亚楠，你要小心！”

“我会的，你放心吧！我一定会抓住这个浑蛋的！”

走出电梯，章桐感到说不出的疲惫。她拖着沉重的脚步来到家门前，掏出钥匙，刚想打开门，眼前一亮，门被打开了，出现在自己面前的是舅舅焦急的面孔：“快进来，累坏了吧，孩子！”

章桐笑着摇摇头，一边换鞋子，一边问道：“辛苦你了，舅舅，我妈怎么样？”

“她还好，睡了。”舅舅指了指章桐母亲的卧室，“我在九点的时候给她吃的药，应该可以睡到明天早上。有什么情况你以后尽管找我，我反正也没有什么事。”

章桐很过意不去：“舅舅，让你费心了！”

“傻孩子！都是一家人，还说那么见外的话干什么！我走了。我留了点吃的东西在冰箱里，你自己热一下吃吧。”

章桐点点头。

送走了舅舅，章桐轻手轻脚地来到母亲的卧室。

屋里开着一盏淡紫色的小灯，朦朦胧胧的灯光中，母亲像一个婴儿般蜷缩着安详地躺在床上，嘴角挂着一丝浅浅的笑意。

章桐站在母亲的床前，默默地注视着睡梦中的母亲。她知道，也只有在睡梦中，母亲才会感觉到那一份已经远离的深深的爱。

她抬头看向墙上挂着的那幅父亲和母亲的合影，已经有些发黄的相片中，年轻的父亲的生命定格在了那逝去的岁月间。自从父亲打定主意从楼上纵身一跃从而彻底解脱自己的那一刻开始，母亲就永远活在了她自己的世界里。

看着父亲的笑脸，章桐哭了，泪水无声地滑落脸庞……

“老朋友，难道你真的不给面子，一点口风都不肯透露？”虽然看上去赵俊杰已经有点醉了，脸红彤彤的，但是刘春晓清楚得很，赵俊杰的酒量可不是区区一瓶啤酒就能够打发得了的。

“你拉倒吧，我就知道你今天突然请我喝酒肯定是醉翁之意不在酒。”刘春晓笑眯眯地摇摇头，“其实我也不太清楚小桐家里的事情，真正算起来，我和她只不过同窗两年而已。话说回来，你又怎么会对这么老的案子感兴趣？难道你的时间很多吗？你们干记者的不是一直都很忙的吗？”

赵俊杰不由得一阵苦笑：“不瞒你说，老弟，我是很忙，但是一辈子当一个碌碌无为的记者真的不是我的梦想。领导的一根指挥棒指到哪儿，我就得屁颠屁颠地跟着去报道，我赵俊杰是什么人？将来的普利策奖得主！这才是我追求的目标！我喜欢旧案子，特别是那些还没有破的旧案子，要是能够因为我的报道而破了这个案子的话，我就满足了！大丈夫死而无憾了！”

听着老同学借着酒劲儿的一番豪言壮语，刘春晓不由得笑出了声，随即又长叹了一口气，摇摇头，把面前的啤酒杯端了起来，仰头一饮而尽，紧接着神情严肃地说道：“我也只是听说而已，至今好像还没有找到那个失踪的女孩子，也就是小桐的妹妹章秋。这么多年过去了，依旧没有任何消息，也不知道她是否存活在这个世界上了。”

赵俊杰点点头：“我也有这样的感觉。我仔细看过了案子的卷宗，孩子失踪时已经八岁了，而这个年龄段的孩子，应该已经有了自己固定的记忆。如果还活着的话，那么，二十年过去了，她肯定会来找自己的家人！听说章法医她们家至今还住在原来的老房子里？”

“对，她们没有搬家。她爸爸没多久就自杀了，现场很惨，好像是跳楼的。”

“老弟，那你有没有注意到你这个同学有什么别的不一样的地方？”赵俊杰一边帮刘春晓把面前的啤酒杯斟满，一边冷不丁地问道。

刘春晓想了想：“没有啊，一切都很正常，只是家里发生了这么大的变故，她好像很不合群，很孤独。”说到这儿，刘春晓的眼前又一次出现了那个瘦弱却又坚毅的背影。

“案卷中记录说，章法医当时也在她妹妹失踪的现场。令人惋惜的是，章桐当时被凶手注射了麻醉药，差一点儿就成了植物人，清醒后却忘记了那一段记忆。”赵俊杰抽出一根烟点燃，深吸一口后，缓缓地吐出了一个近乎完美的烟圈，“老朋友，我真的无法相信，那些在美国大片儿里才出现的场景，竟然在我们的身边也能够找到，你说奇怪吧？”

刘春晓没有吭声，只埋头喝着酒，渐渐地陷入了沉思。

天长市公安局技术中队法医实验室，一台台精密的化验仪器正在无声地交替闪烁着红色和绿色的灯光，数据显示仪在不断地更换着最新检验出来的数据结果。时间一分一秒地过去，突然，检验仪发出了异样的嘀嘀声，紧接着，连接着化验仪的打印机在一声沉闷的“咔嗒”后，开始了“吱吱嘎嘎”的打印工作。将近一分钟后，打印终于结束了，早就等在一边的潘建迫不及待地撕下了报告单，兴冲冲地打开门向楼上跑去。

“章法医，报告出来了！”潘建把打印好的毒物检验报告递给了正在仔细查看显微镜底下的人骨横切面标本的章桐。

“哦？这么快！”章桐摘下眼镜，揉了揉发酸的鼻梁，随即认真地一行一行读了起来。

“真没想到，这小子竟然用的是河豚毒素！也忒可怕了点吧？”潘建站在一边自言自语地嘀咕着，“不知道究竟还有什么东西是他不懂的。”

章桐神色严峻，迅速拎起电话，拨通了王亚楠办公室：“亚楠，马上过来一趟！有进展！”

“河豚毒素？”王亚楠一脸的疑惑不解。

“对，河豚毒素！”章桐伸手指了指桌上的报告单，继续解释道，“河豚毒素是一种神经性毒剂，我们人类摄入零点五至三毫克就会致死。多则四个小时，少则十分钟，受害者就会手指、口唇、舌尖发麻，紧接着呕吐、腹痛、腹泻。随着中毒时间的推移，受害者开始渐渐地出现语言障碍、意识模糊、呼吸困难、血压下降、昏迷等现象，直至最终的呼吸循环系统衰竭死亡！”

“那你们究竟是怎么查出死者是死于这种特殊的动物毒素的呢？你不是说死者的尸体都已经经过水煮了吗？”

章桐微微一笑：“凶手的计划再怎么缜密，总是百密必有一疏！河豚毒素非常耐高温，一百摄氏度的水接连煮上八个小时都不会破坏毒素的残留，只会加深毒素在人体骸骨上的逐渐堆积。你想想，一百摄氏度的水，那些死者的肉片切得这么薄，随便搁热水中一烫就熟了，他没有想到这小小的河豚毒素耐高温的特性却暴露了他的马脚！”说到这儿，她神色一正，“亚楠，这人不光是个外科手术的高手，而且懂得生化毒素，看来他的文化程度不会低！而且这人很自负，不然的话，他也不会刻意把这个可怜的女孩子切成这么多片的！”

“凶手这明摆着是在显摆自己！”潘建忍不住插了一句嘴。

王亚楠点点头，转身离开了。

法医办公室的门刚刚关上没多久，门口就响起了急促的脚步声，紧接着“咚”的一声，门被撞开了。章桐吃惊地抬起头，立刻皱起了眉，没好气地说道：“赵大记者，你既然这么忙，我这儿就不浪费你的时间了！你还来这边干什么？”

赵俊杰尴尬地笑了笑。他自知理亏，不敢告诉章桐自己昨晚和刘春晓喝酒，到头来稀里糊涂地就在刘春晓家的沙发上躺了一晚，因为醉得太死，今天早上两个人都迟到了。他下意识地伸手摸摸脑门，到现在还疼得要命呢！

看着赵俊杰因为头痛难忍而龇牙咧嘴的样子，还有那红红的眼睛，章桐立刻明白这是宿醉后的典型症状。她无奈地叹了口气，脱下工作手套随手放在显微镜边上，走到靠墙的铁皮柜旁边，拉开柜门，取出一个小纸包，从里面倒出了两粒白色药片，又把纸包放了回去。随手关上柜门后，章桐来到赵俊杰的身边，伸手把药片递给了他。

“你这是？”赵俊杰有点糊涂了，他犹豫地一会儿看看章桐手掌心中的药片，一会儿又小心翼翼地看一眼面前紧锁着眉头的章桐。

“看什么看，吃吧，吃不死你的，对你头痛有好处。如果你今天还想干正经事的话，赶紧给我吃下去！水在那边，自己倒去！”说完，章桐头也不回地返回了工作台，再也不搭理他了。

赵俊杰突然感觉鼻子酸溜溜的。他紧紧地握着拳头，看看章桐，又低头摊开手掌，看看掌心中的药片，愣了半天，随后向墙角的饮水机走去。

电话铃声响了起来，章桐抬头朝潘建看了一眼，淡淡地说了句：“你接下电话。”

“好的。”潘建很清楚，章桐今天的耐心肯定已经到了极限，要不然的话，她不会连电话也懒得接的。

“你好，这里是法医办公室，请问找谁？嗯……好的，我和她说一下，你等等！”潘建转过头大声说道，“章法医，那个赵副队长打来电话，说王娅晶的父母想辨认一下女儿的尸体，方便吗？”

一听这话，章桐急了，丢下手里的东西三步并作两步来到电话机旁，伸手从潘建的手中接过电话，“赵副队长，你有没有和家属说过死者的尸体已经被严重毁坏？”

“我说过，但是她父母亲执意要求辨认。心情嘛，我们也是可以理解的。章法医，你安排一下吧，我们半个小时后过来。”

章桐的心情糟糕到了极点，她想了想，还是决定先把死者的衣物整理好后放在不锈钢解剖台上，然后拿出死者的头颅，放在另一张靠里面一点的解剖台上，最后把两个解剖台之间的围帘拉上，这才算了事。虽然说家属认尸的要求，她作为法医没有办法阻止，但是，她打算尽量给死者的家人留下一点精神上的承受空间。如果有可能的话，章桐真的不想打开那道冰冷的灰色塑料围帘。

半个小时后，法医解剖室的门被准时推开了，赵云第一个走了进来，在他的身后紧跟着一对面色惨白的中年夫妇。他们进来的时候，章桐注意到这对中年夫妇下意识地打了个寒战，目光中闪烁着难以掩饰的恐惧。章桐知道解剖室的温度是比外面要低很多，这些都是因为要保证尸体有一个良好的存放环境，但是从另一个角度来讲，这里和死亡太接近了，第一次来的人几乎都会有这样的感觉——说不出的冷！

章桐走到第一个解剖台前。她没有抬头看这对中年夫妇脸上的表情，不过，那耳边随之响起的啜泣声已经证实他们认出了女儿的衣物。章桐微微叹了口气：“还要继续吗？”

“要！我想看看晶晶！不管她变成什么样子了，她都是我的女儿！”声音异常坚定，说话的是死者的父亲，“警察同志，我一定要看看晶晶！”说到最后两个字的时候，死者父亲的嗓音带了哭腔。

章桐咬了咬牙：“那你们要做好心理准备！”

夫妇两个面面相觑，然后用力地点点头。

天长市公安局浴室，章桐每天下班的时候一定会到这里来洗个澡，这么多年以来她已经养成固定不变的习惯了。原因其实只有一个，那就是她不想再把太多的属于死亡的味道带回自己那个本就已经支离破碎的家。

送走前来认尸的死者父母亲后，章桐的情绪低落到了极点。她一整天都提不起精神，手头的工作只要一停下来，当初陪着母亲前去认领跳楼身亡的父亲遗体时的场景就会立刻浮现在眼前，面目全非的父亲和悲痛欲绝的母亲在章桐的记忆中刻下了永远无法抹去的印记。

章桐亦深知，多年来纠缠不休的梦魇和自己的职业有着密不可分的关联，是每天面对死亡时正常的反应。很多时候，章桐感觉自己快撑不下去了，不止一次想要换个职业，可是，每当看见受害者亲人的眼泪，章桐心里就会涌出一股子劲头，一定要尽自己所能协助办案，将犯罪之人绳之以法。

下班了，章桐拎着替换衣服推门走进了公共浴室，由于忙着整理组织样本，所以今天来得有点晚。门口的看护阿姨笑眯眯地抬头打了声招呼："章法医，看来你是今天最后一个了！"章桐心不在焉地笑了笑，点点头，领了拖鞋和牌子走进了浴室隔间。

浴室里静悄悄的，没有人，昏黄的灯光下，只有滴滴答答的水龙头漏水声，眼前雾气蒙蒙，章桐一边脱衣服，一边感觉呼吸变得有些急促。她抬头看了看镜子中的自己，一脸的憔悴。

雾气仿佛越来越浓，一种熟悉的恐惧感渐渐地弥漫全身。她皱了皱眉，摇摇头，肯定是今天干得太累了，神经绷得太紧，所以精神上难免会有些恍惚。

章桐深吸了一口气，穿上拖鞋，带上洗澡用具，继续往里面走。

整个女浴室有八十多平方米的空间，左右两排全是淋浴隔间，中间是一排长凳子。此刻浴室里空荡荡的，除了她以外没有其他人。章桐选了左手第一个隔间，打开淋浴喷头调好水温后，就把自己整个放在了温暖的水流下，任由水流冲刷着身体。她随即闭上了双眼，尽量让自己放松。

突然，隔着哗哗的水流声，她的耳边隐隐约约地传来了一个小女孩的呜呜哭泣声，声音嘶哑，撕心裂肺，分明是一个女孩子被捂住了嘴巴后拼命发出的求救和挣扎。章桐的心咯噔一下，这声音很熟悉！她猛地睁开双眼，眼前却依旧是淋浴间淡黄色的木门。而小女孩的哭泣声仍然在耳边徘徊。她迅速关上水龙头，抓过浴巾披在身上，然后推开木门，探头四处张望。哭泣声戛然而止，偌大的浴室里一点动静都没有，除了淋浴喷头里滴答滴答的漏水声。

“谁？谁在那儿？有人吗？”章桐的嗓音有些颤抖。

没有人回应，章桐的恐惧感越来越浓烈了，她感觉到自己的心怦怦地跳着，呼吸逐渐变得艰难起来。没有丝毫犹豫，她立刻收拾好东西，穿好衣服后，头也不回地离开了浴室。

夜深了，章桐依旧坐在电脑旁边，紧张地注视着面前的屏幕，“幻觉、幻听、幻视……”一个个熟悉的字眼不断地在眼前闪过，章桐的脸色越来越难看，最终，她的手无力地从键盘上滑落下来。靠在身后的电脑椅上，她闭上双眼，长叹一声。

章桐不无悲哀地意识到，自己深藏了整整二十年的记忆正在一步步地被无情地唤醒。她不知道这究竟意味着福还是祸，尽管有时候她真的很希望自己能够有勇气去直面这一段黑色的记忆，因为至少这段记忆能够解开一个困扰了她很久的谜团，但是，她又很害怕，仿佛这段记忆是一只潘多拉的盒子，一旦贸然地打开它，很有可能自己从此后就将被它散发出的黑雾永远地吞没。

章桐承认自己不是一个强者。

天长市公安局三楼监控室，王亚楠队长正紧张地注视着面前的监控屏幕，她已经在这里待了整整二十四个小时了，除了眼睛有些发酸发胀外，她的双腿也几近麻木。但是这些在她看来都不算什么，看着身后白板上越来越多的线索记录，她除了一步步接近真相的兴奋以外，没有别的感觉。

死者王娅晶失踪那晚的行走路线就像一幅正在逐渐变得完整的拼图一样，渐渐地被揭去了神秘的面纱。

六点三十二分，死者身穿白衬衣、蓝色牛仔裤离开了东山学院女生三号宿舍楼（死者所穿的衣着和案发现场发现的完全相同）。

六点四十分整，她走出了东山学院的大门，向右面方向拐弯，走上了海天路。

六点五十六分，她进入乍浦路，继续向前走。其间她曾经停下来掏出手机接了个电话。时间是六点五十九分零七秒，通话时间只持续了短短十三秒钟就挂断了，所用的时间最多只能够说上一句话而已。如果按照死者室友所提供的线索来推论，和王娅晶通话的那个人，正在询问她此刻的具体行程。

手机？王娅晶的宿舍里并没有找到有关手机存在的任何线索，比如说充电器之类，她的几个室友也一致反映说没有见过她带手机，就连她的家人也同样否认了自己女儿有手机，理由是家境并不太好，平时每月只给女儿三百块钱的生活费。而王娅晶的生活习惯也一贯节俭，那么她的手机究竟是哪儿来的呢？是那个神秘的朋友送的吗？还有，最重要的是手机现在在哪儿？

想到这儿，王亚楠紧锁着眉头，在面前的白板上用红色的笔重重地在“手机”两个字上打下了一个醒目的问号。

手机要使用的话，那么肯定要缴费！缴费？缴费？王亚楠的脑海中不停地闪烁着这两个字眼，突然，一个老人无意之间说过的一番话让她恍然大悟。王亚楠猛地转身，来到办公桌前，迅速拨通了助手赵云的电话：“你是不是还在东山学院？”

在得到肯定答复以后，王亚楠立刻吩咐道：“你马上去门口那个报刊亭，找摊主……对！就是报案那天我们见到的那个老人，叫他尽量回忆那天死者前去他那边充手机话费时的情景，能找出号码来最好，我记得他的报刊亭是手动的电话话费充值器，当月应该会有备份的！快去！我马上到！”

挂上电话后，王亚楠抓起外套刚要冲出监控室，脑子里一下闪过了什么，赶紧叫住还在低头忙着查看监控录像的同事：“尽量帮我找出从死者失踪那天起向前倒推的那几天中，她在报刊亭出现的具体时间！我要确切时间！我现在去东山学院跟线索，你一有结果就马上打我电话！”

在赶往东山学院的路上，王亚楠紧咬着嘴唇，双眼死死地盯着前面的路面，车子在飞速地行驶着。她很清楚，只要拿到这个失踪的手机号码，然后调出通话记录，那么，自己离凶手也就更靠近了一步！死者是一个非常内向的女孩子，口风也很紧，她几乎跟自己周围所有的人都隐瞒了这个神秘的朋友究竟是何许人，包括这部手机的存在！现在看来，这部手机显然是打开这个九连环迷宫的第一把钥匙！

章桐正在办公室里埋头写着尸检报告，突然，门口传来了敲门声，她抬头一看，竟然是刘春晓！他穿着一身笔挺的检察官制服，正笑眯眯地看着自己。

“你来了！”章桐的脸上也洋溢出了平日里很少见到的笑容。

刘春晓点点头：“出公差，顺道来看看你。在楼道里碰到了赵俊杰，知道你在办公室写报告。”

“他啊，整个一大闲人，说是在这儿蹲点体验生活，可是我看他是三天打鱼两天晒网！”章桐没好气地笑道，抬头看了看墙上的挂钟，随即关上了电脑，站起身，“不管他了，走吧，我请你吃饭去！”

来到职工餐厅，现在来吃饭的人还不是很多，所以整个餐厅显得有些空荡，人们零星地四处找位子坐着，头顶的几台吊扇在有气无力地旋转，试图驱散一点餐厅空气中的闷热。

刘春晓左右看了看，不由得感慨道：“你们基层公安局的餐厅看上去还真不错！装修得很好！”

章桐一阵苦笑：“可我每次来吃东西都没有什么胃口，其实也没有多少时间，尤其是手头有案子的时候，没办法，职业的缘故！在我看来，饭菜再怎么香，都是味同嚼蜡，只要能够填饱肚子就行。”

刘春晓尴尬地笑了笑。

两人排队领了餐盘后，分别点了吃的，随即来到靠近窗口的桌子坐下。

章桐一坐下来，就习惯性地把手伸向桌子上的辣椒瓶子，刘春晓看见了，不由得哑然失笑：“小桐，都这么多年过去了，你这个爱吃辣的习惯还保持着啊？”

章桐无奈地耸耸肩：“有时候有一些老习惯还是挺不错的。”

接下来一两分钟，两人都没有说话，刘春晓几次想开口，但是看着一脸平静的章桐，他有些不忍心。时间一分一秒地过去，刘春晓的心里越来越纠结，他皱了皱眉，终于鼓足了勇气："小桐，我看了那个案件的老卷宗。"

"什么案子？"

"就是你妹妹失踪的那个，我看了。"刘春晓认认真真地说道。

章桐手中的勺子立刻僵住了，停在了半空中，她脸上的表情极度复杂，迟迟没有开口说话。

"赵俊杰找过你了？"

"他是找过我，但是在他找我之前，我就看过了！"刘春晓从来都不会说谎，尤其是面对自己暗恋了这么多年的女人的时候。

"为什么？"章桐的声音中透着冰冷。

刘春晓并没有直接回答这个问题，他温柔地注视着章桐，缓缓说道："小桐，我知道那对你来说是一段不堪回首的记忆，但是，这种创伤后自我保护式的记忆性障碍会随着年龄的变化而逐渐消退，小桐，我想你一定也很想知道在你妹妹身上究竟发生了什么。如果你愿意的话，我会帮助你渡过这个难关的。相信我！我对你没有恶意，我只是想帮你走出心灵的阴影！"

此刻的章桐整个人仿佛变成了一座雕塑，但是刘春晓很清楚，虽然表面上她并没有表露出什么，但是她的内心世界里肯定不会平静。

正在这时，赵俊杰出现了，大大咧咧地一屁股坐在刘春晓身边的椅子上，伸出胳膊搂住了刘春晓："哟，老弟，吃饭也不叫我一声！"

刘春晓还没有来得及反应，章桐已迅速站起身，冷冷地说道："你们忙，我先走了！"紧接着，她就端着还没有动几口的午餐，转身头也不回地离开了。

看着章桐的背影，刘春晓无奈地摇了摇头，随即埋怨身边的赵俊杰："你这人，真是的！成事不足败事有余！现在冒出来干吗？"

"怎么了？坏你好事了？"赵俊杰一脸的坏笑。

"哪里！你别胡思乱想！"刘春晓瞪了他一眼，"我正说到二十年前的那个案子，现在只有小桐能够帮我们解开这个谜团！"刘春晓眉宇间紧锁着，"你知道吗？她是唯一的目击证人！在她妹妹失踪后的二十年里，在那片森林里，还失踪了八个孩子！”

赵俊杰再也笑不出来了。

“我一直都在关注着这个案子，从我进入检察院上班的那一天开始，就翻遍了失踪人口相关的所有案卷。”说着，刘春晓拿出了一本厚厚的剪贴簿，打开后，把它转到赵俊杰的面前，“你看看吧，我记录了很多细节。”

赵俊杰吃惊地一页页翻看着面前这本明显已经保存了很多年月的剪贴簿，从二十年前章桐妹妹章秋的失踪案开始，任何相关的报道都可以在剪贴簿上找到。

“那你是怎么发现之后的那八个案子之间的关联的呢？你本身是司法部门的人，你也知道对于这种幼童失踪案，咱们公安局一般来说是没有那么大的精力来每个案件都跟进的。还有，”赵俊杰换了一种口吻，面带狡黠的微笑，“你爱上章法医了！不然的话，有谁会这么不要命地跟这个陈年旧案呢？当然了，除了我们做记者的！”

刘春晓点点头，苦笑：“从第一眼看见她的时候起，我就爱上了她。那时候我还不敢说，只是在暗中关注着她，还有这个让她家破人亡的案子。她很与众不同！”说着，刘春晓的目光中流露出了一种异样的神采。

赵俊杰撇了撇嘴：“接着呢？”

“我那时候就开始留心着报纸电视上相关的被拐卖的小女孩的解救报道，可是，杳无音讯。我失望了。一个偶然的机会，我看到了一则《寻人启事》，也是小孩子失踪，年龄差不多，也在那片地方，看着报纸上那张可爱的相片，我的心中真不是滋味儿。于是，从那时候开始，我就有意识地开始收集在天长市报纸上刊登的有关孩子失踪的《寻人启事》，年龄都是未成年。”

“那你是什么时候发觉有关联的呢？”赵俊杰紧接着问道，记者的职业敏感让他嗅到了不同寻常的味道。

“从第五个孩子开始。”刘春晓伸手把剪贴簿翻到后面，打开，然后指着一张有些模糊的相片。

尽管相片是报纸上剪下来的，看不太清失踪孩子的具体相貌，但是那模糊的轮廓已经足够分辨出孩子的大致年龄和长相。

赵俊杰意识到了情况的严重性："那你有没有把这件事上报？"

刘春晓皱了皱眉："失踪案件跨度时间太长，多则两三年，少则也要七八个月，最主要的是，在那片林子里，甚至在外围，在整个天长市，都没有发现失踪孩子的尸体，我没有足够的证据，所以我只能凭借主观猜测。"

"生不见人死不见尸！"赵俊杰愤愤然地嘟囔道。

"所以，我把突破口放在了小桐身上，因为她是我们目前为止唯一的现场目击证人！"

"凶手在章桐体内注射了一种名为'阿法甲基硫代芬太尼'的外科手术常用的麻醉药，如果超剂量使用的话，病人就会进入深度麻醉状态。虽然经过抢救，章桐清醒了过来，但却患上了选择性失忆症，对那一段时间发生的事情完全想不起来了。"

刘春晓点点头："这是心理学中典型的一种有关我们人类自身的自我保护意识在起作用，一般来说，患者是在受到强烈的精神刺激后，因为无法面对，从而自然而然地产生的一种自我封闭的逃避心理。她主观地隔离了这段不愉快的记忆，但是随着时间的推移，这段记忆会被唤醒，即便一个简单的无意中的动作或者相关的场景，都能起到不可思议的作用。如果再加上专业的催眠的话，那么，整个记忆就能清晰完整地再现。"

"那么章法医会同意你对她催眠吗？"赵俊杰一脸的怀疑。

刘春晓摇摇头，紧锁着眉头说道："难说啊！她现在应该会有一些记忆片段的闪现，我担心的是，如果她刻意抵触却又控制不了的话，那么，后果将会是不堪设想的！"

屋子里顿时一片寂静，赵俊杰的心沉到了谷底。

"桐桐，明天是你爸爸的祭日，我想去看看你爸爸。你能请假和我一起去吗？"这时候的章桐的母亲一点都看不出精神上有问题，她一脸的慈祥，笑眯眯地温柔地看着正在埋头整理衣服的女儿。

"妈，我早就请假了，你放心吧！每年的这个时候，我们都会去的，不然的话，爸爸会想我们的！"说这句话的时候，章桐的心里一阵发酸。

"好！好！我去准备一下，多做一点你爸爸爱吃的糖糕……"母亲站起身，嘴里自言自语着走出了章桐的房间。

章桐抬起头，看着母亲越来越显得憔悴瘦削的身影，伤心地叹了口气。每年爸爸的祭日和妹妹失踪的日子是至今唯一还清晰地保留在母亲脑海中的记忆了。可怜的母亲，似乎活着对她来说就是一种折磨。她宁愿把自己封闭在那遥远的逝去的记忆里。

天长市公安局刑警队办公室，王亚楠焦急地在房间里走来走去，时不时地扫一眼身边办公桌上的电话机。

终于，电话铃声响了，她几乎是立刻扑了上去，在第二声电话铃声响起之前利索地把话筒接了起来："小赵，说吧，移动公司那边查到什么了？"

"死者王娅晶的手机号码从开通那一天开始，自始至终只和一个号码有过联系，最后一次通话就在失踪的那一天晚上，时间为十三秒钟。"

"那个号码的机主姓名？"

"没办法查到，和死者的号码一样，都是那种不用身份证登记的号码，通话记录显示也只和死者的手机号码有过联系。死者失踪后，这个号码也就没有再用过，而且就在昨天，因为欠费而停机了。"

王亚楠皱了皱眉："你看一下上面有没有和10086人工通话的记录，因为向10086人工咨询的话，会有通话录音记录的！我不能连这个浑蛋究竟是男的还是女的都不知道！"

挂断电话后，王亚楠来到写满了线索的白板前，死死地盯着白板上贴着的那张已经放大的监控录像中死者王娅晶的截图。这应该是她留在人们视线中的最后的影像了，那么，在这个女孩子的身上，接下来究竟发生了什么可怕的悲剧？王亚楠摇摇头，她想不通，为什么凶手要这么残忍地把一个几乎可以说是手无缚鸡之力的女孩子切成一片一片的，难道真的是在炫耀自己吗？还是在完成什么未了的心愿？究竟是一个什么样的人才会做出这种让人毛骨悚然的案子来？

窗外，夜色渐渐地降临，华灯初上，整个天长市顿时被笼罩在一片光彩夺目的绚烂之中。

王亚楠默默地走到窗前，伸手推开了窗，一股清新的空气立刻扑面而来，夜晚的风温柔地拂过她的脸颊，吹起了几根散落的发丝。

看着朦胧夜色中美丽的城市夜景，她却心情沉重地叹了口气。她知道必须让自己的脑子尽快冷静下来，因为正如好友章桐所告诫自己的那样，自己正在面对的绝对不是一个智商低的人。王亚楠感到在自己肩膀上有一种无法言表的压力。

第二天一早，章桐手里捧着一束洁白的菊花，身边的母亲抱着一个饭盒，两人下了出租车后，默默地走进了天长市骊山公墓。

由于不是清明时节，公墓里一片寂静，除了养护花草的工作人员外，没有见到别的前来拜祭的人。章桐搀扶着母亲径直来到了安葬父亲的那个僻静的角落。这里依山傍水，对面就是美丽的蠡湖。父亲在这里已经静静地躺了十九年了，每年的今天，章桐都会陪着母亲前来看望已经逝去多年的父亲。而每次到这里来，章桐的心都会感到说不出的疼痛，尤其是看到母亲坐在父亲墓碑前看着父亲的相片时那一脸依依不舍的样子，章桐的眼泪就会在眼眶里打转转。

还有三个台阶，跨上去后再转一个弯，走五米左右的距离，就可以到父亲的墓碑前了。章桐对这里已经很熟悉，即使闭上眼睛，她都可以分毫不差地走到父亲的墓碑前。

可是，还有五米不到的距离时，章桐却突然站住了，双脚就像钉子一样牢牢地钉在了原地。她简直不敢相信自己的眼睛，就在五米开外的地方，父亲的墓碑前，竟然放着一束新鲜的菊花，还点着一根烟！烟头还未燃尽……

“你能确定今天真的没有人来看过我的父亲？”章桐亮明身份后询问身旁的公墓管理员。

公墓管理人员点点头：“来公墓拜祭的人都必须先登记姓名以及所要拜祭的墓碑号码。警察同志，”他尴尬地咽了口唾沫，“自从上次发生了骨灰被盗事件后，我们已经汲取了教训，并且对于很多安保制度都重新制定了严格的章程，也特地安装了很多摄像头来对整个园区进行实时监控，从而杜绝那种恶劣事件的再度发生。所以呢，警察同志，这一点，你是完全可以放心的！”

公墓管理人员的话说得滴水不漏，章桐决定不再和他继续理论下去，转而问道，“我想看看今天早上的监控录像，可以吗？”

“当然可以！”为了显示自己和警方的良好合作关系，公墓管理员连忙领着章桐走进了隔壁的监控室，指着监控屏幕说道，“你可以随便看。”

章桐点点头，在监控屏幕前坐下，摇动手柄把探头旋转到父亲墓碑的所在位置，然后开始查询。

电脑很快就进入了工作状态，先是一片漆黑，渐渐地，天色亮起来，但阴森寂静的墓园里仍看不到一点生命活动的迹象。红外线探头忠实地记录着墓园里的风吹草动。

章桐尽可能地快进镜头中的影像。没多久，早上五点三十分左右，花工出现了，背着沉重的背囊来到墓园的花坛边，放下背囊后，拿出大工具剪子，开始了每天的例行修剪工作。

这些正如墓园管理人员所说，没有任何异常的迹象。

可是，八点过后发生的一幕，就让章桐有些吃惊了。八点零五分，公墓对外开放没多久，墓园小道上就出现了一个人影，身穿一件黑色风衣，手里捧着一束菊花。他径直来到了章桐父亲章肖钦的墓前，献花，点烟，然后默默站立……章桐的心怦怦跳着，由于这个人自始至终都背对着镜头，所以，章桐根本就没有办法看清楚他的长相，除了那一头花白的头发和在一米七八至一米八之间的身高。

驻足了五分钟不到的时间，这个神秘的扫墓人就迅速离开了，只留下那一束后来章桐在墓碑前看到的菊花，还有那根燃了一半的烟。

这人究竟是谁？父亲的朋友不多，自己唯一的叔叔也在去年因为脑癌去世了，因此父亲去世到现在这么多年的时间里，除了自己和母亲外，就几乎没有什么人来拜祭过他。章桐死死地盯着这个神秘人的背影，期待着他能够转过身来，哪怕只是一个侧面也好，可是，直到他消失在墓园小道的拐角处，留下的始终就只有一个背影。没多久，墓园小道的另一头就出现了章桐搀扶着母亲的身影。

拜祭完父亲后，章桐搀扶着母亲走出了墓园，她的心里七上八下的，隐约感觉到了一丝不安。在等出租车的时候，章桐实在按捺不住了，转身面向母亲，柔声问道："妈，爸爸在世的时候，有没有什么交情很好的朋友？就像陈伯伯那样的？"

母亲有点摸不着头脑，愣愣地看着章桐，摇摇头："都这么多年了，我记不太清了。"

"你再好好想想，好吗？"章桐不想放弃。

母亲依旧是茫然地摇摇头。

第三章 杀人计划

“尸体表面的消毒剂是医用甲醛，其中还含有一定剂量的次氯酸钠。亚楠，咱们这个对手是个医生！而且是个医学知识非常丰富的医生！他对医学已经达到了近乎痴迷的程度！要知道如果他的次氯酸钠剂量比掌握不好的话，会抵消甲醛的作用，而他却恰到好处地把尸体表面的所有痕迹都去掉了！死者的衣服也被清洗得干干净净！”章桐忧心忡忡地看着王亚楠，“说实话，这人让我有些毛骨悚然！他太有耐心了！我有种感觉，只要他愿意，他不会给我们留下任何线索证据的！”

“他疯了！”王亚楠喃喃自语。

“动机！我们现在最大的问题就是凶手的杀人动机！如果找到了，那么，我想我们就能抓住那个浑蛋了！”王亚楠讲话的语速非常快，只要她神情激动的时候，讲话就会像开机关枪那样让人受不了。

“你们看，王娅晶只不过是一个刚刚来到大城市没多久的农村女孩，可以说她的朋友圈子非常小，更别提和人结仇了。她在我们天长市的时间完全可以计算得清清楚楚。试想一下一个社会关系这么简单的女孩子，究竟是因为什么招惹下这样的杀身之祸呢？理由只有一个，那就是她不幸地正好符合凶手的杀人目标！而章法医也曾经证实这个凶手绝对是一个身强力壮的人，精通外科解剖、智商极高、性情冷酷，而且凶手做这起案子是有预谋的，从最初的挑选猎物，到接近猎物，然后选择好抛尸地点和时间，最后预谋下手，是一套几乎完美无缺的杀人计划！”王亚楠的话音刚落，刚刚还是鸦雀无声的会议室里顿时议论声四起。

李局清了清嗓子，皱眉说道：“大家静一静。王队长，那照你所说，这个凶手杀人的原因完全是出于自身？”

王亚楠点点头：“有这个可能，因为死者王娅晶的社会关系非常简单，所以我就自然而然地把怀疑对象转移到了这个凶手的头上。他的手段如此残忍，只有两种推论：一，他是在炫耀自己的聪明，向我们示威；另一种，也是我最不愿意去设想的，那就是凶手在报复。他用如此特殊的手段来做出报复，由此可见，他所经历过的事情肯定给他留下了不可磨灭的印象，使他受到了很大的伤害。目前看来，他的精神状态非常不稳定，并且将是很危险的！”

“他要报复谁？”

王亚楠神色凝重地摇摇头：“目前还不知道。我所担心的是，这件案子有可能只是一个‘开始’！”

“那下一步你有什么计划吗？”李局眉头紧锁。

“引蛇出洞！他的弱点就是他的脾气，从他精心挑选的抛尸现场来看，这个人心高气傲，我们就要挫挫他的威风！从而逼他自己跳出来！”王亚楠胸有成竹地说道。

当天晚上，天长市电视台的黄金时段播出了对市公安局负责刑事大案的重案组女队长王亚楠的专访。当问及有关最近的这起悬而未破的女大学生碎尸案的最新破案进展时，王亚楠一脸平静地说道，很快就会破案了。

这段新闻播出后没多久，电视台的新闻热线就被打爆了，好奇的观众纷纷问起这件案子，但是所得到的答复却完全一致——案件正在扫尾阶段，暂时无可奉告。

章桐看完新闻后，也给王亚楠打来了电话。

“亚楠，真的吗？案件有进展了？那个浑蛋真的就要落网了？”章桐的口气中充满了兴奋。

王亚楠一阵苦笑："还没有头绪呢，我在逼他自己跳出来。"

"那你要多加小心，别怪我没有提醒你。这人不光智商高，心理还极度不正常！"

"我知道，我会小心的！"

挂断电话后，王亚楠走到办公室门口，叫来了助手："马上拿两个案发现场我们拍摄的录像资料做比对，看有没有同时在两个现场出现过的相似的人，凶手肯定会在案发后回到现场旁观的！"

"为什么？"助手不解。

"他要欣赏自己的杰作！"王亚楠冷冷地回答道。

这世界上最让人难以理解的，可能就要数人的心理了。看不到它的形状，也就无法被别人真正摸透，有时候即使连自己，也不一定有办法解释得清楚这种心理的来龙去脉。

已经翻来覆去地看了好几遍录像资料了，王亚楠依旧一无所获，难道这个凶手真的没有回到现场？这完全不符合他的心理状态啊！

抑或他回来了，但是却掩饰得很好，自己没有发觉？

办公室的门被敲响了，王亚楠抬头一看，是章桐。

"小桐？快进来坐！"王亚楠伸手指了指自己对面的那张椅子。

章桐随手带上了门，来到王亚楠的办公桌前，伸手从随身带着的挎包里找出了一张已经发黄的相片放在了王亚楠的面前。王亚楠注意到，相片中是两个中年男子，身后的背景是北京的长城。

"亚楠，我知道你很忙，有空帮我找找这个人，"章桐指了指相片中左边的中年男子，"他叫陈海军，是我父亲的朋友，医生，以前在天长市工作过。我有话想问问他。我们失去联系已经很久了，从 1992 年开始的。"

王亚楠刚想开口问，可是转念一想，又迅速打消了这个念头。她看了一眼这段日子以来明显憔悴许多的章桐，点点头，说道："好吧，我会尽快给你答复！我有个同学在户政科的，可以查档案。对了，伯母还好吗？这段日子工作太忙了，我都没有时间去看她！"

章桐微微一笑："有空来吧，我妈很惦记你的。"

离开重案组办公室后，章桐径直来到了楼下更衣室，刚换好衣服，没想到王亚楠的电话就不期而至了。

“小桐，快出现场，西四胡同！”

“好的，我马上到！”章桐立刻打开工具箱储藏间的门，拎起了早就准备好的工具箱，同时通知了自己的助手潘建。

“有案子，我们马上走！你去把车开出来！”

穿着工作服，正在埋头整理解剖工具的赵俊杰听到这个消息，顿时来了精神头，凑过来，一副跃跃欲试的样子：“章法医，我和你们一起去！”

章桐瞪了他一眼：“赵大记者，你就歇着吧，破坏了现场我可负不了责任的，反正一会儿还要回来解剖，够你体验生活的了！”

西四胡同，全长不过三百多米，没有几户人家，却是天长市闹市区的一个著名景点，因为历史上某位名人的故居就在这个闹中取静的小胡同里。此刻，西四胡同整个被警戒带给围住了，两辆顶灯依旧在拼命闪烁的警车停在警戒线外。几个技术中队勘查组的同事正在弯腰仔细搜索着现场周围的蛛丝马迹。

王亚楠忧心忡忡地站在尸体边上，紧咬着牙关，一声不吭。

“亚楠，尸体呢？”身后传来了章桐的声音。

“在这儿呢！”王亚楠伸手指了指面前青石板旁，“就在里面！”

这是一具尸体，平躺着，但是让人感到诡异的是，这具长约 167 厘米的尸体却被严严实实地裹在了厚厚的塑料布里！冷不丁地看上去就像一个巨大的人形蚕茧。

“章法医，这具尸体，我怎么觉得看上去像木乃伊啊？”潘建在一边小声嘀咕道。

章桐皱着眉头，在尸体边蹲了下来。一边用戴着手套的手轻轻揭去尸体脸部表面厚厚的塑料布，一边继续询问道：“我们来之前就是这个样子吗？”

“对，没人动过，是一个旅游团的游客偶然发现的，就这个样子放在青石板的旁边。那个游客估计是破案的电影看多了，隔着塑料袋一看到里面的人脸，立刻就打电话报警了。现在赵云正在那边给他做笔录！”

塑料布很厚实，缠绕它的人显然用了很大的力气，所以光靠手还不是那么好解开，章桐伸手从工具箱里拿出了锋利的手术刀，小心翼翼地割开了紧紧缠绕在死者面部的透明塑料布。

一层层的塑料布被剥开后，很快，一张毫无血色的面容就出现在大家的面前，死者是一个年轻女性，双眼微睁，嘴唇紧闭。顺着脸部朝下看去，死者的颈部有一道很深的伤口，伤口肌肉外翻，断口处有明显的血迹残留在肌肉组织里。这表明死者在被割喉时，还处在有生命迹象的阶段。

“小桐，怎么样？死因能判定吗？”

“死者是女性，年龄暂时不能确定，目前从死者颈部的伤口来看，很可能是被割喉而死的，这道伤口足足有六厘米深！从伤口的整齐度和环绕颈部的弧状刀痕来看，所用的工具应该是一把锋利的专业刀具，就像我手上的这一把。”说着，章桐举起自己的手术刀朝王亚楠晃了晃，锋利的刀头在阳光的照射下反射出冰冷的寒光：“别的情况，就要等我回实验室解剖完尸体以后才可以告诉你了。”

正在这时，死者胸口的异样吸引了章桐的目光。她慢慢地割开了包裹住死者胸口的塑料布，很快，死者双手合十平放在胸前的样子就露了出来。在死者手掌处，有一个硬硬的不规则的小角露在外面。章桐接过了助手潘建递过来的小镊子，然后仔细地一点一点地抽出了放在死者手心的东西。没多久，一张小照片就出现在大家的眼前。章桐抬头看了一眼身边的潘建，两人脸上的神色都很凝重，这张相片是用那种一次性成像的相机拍摄的，小照片上异常干净，没有一丝血迹。显然，这是凶手留下的信息。

“亚楠，你看一下这张照片！”章桐把相片递给了王亚楠，“相片中的那个女孩子很面熟！”

王亚楠接过相片仔细一看，脸色顿时阴沉了下来。相片所拍摄的是一个女孩临死前的面容，漆黑一片的背景更加映衬出了被拍摄的女孩那绝望的眼神、无力地张大的嘴巴。果不其然，这张相片忠实地记录下了前一个死者王娅晶临终时的最后一刻。

“马上拿去技术分析室，我要知道这张相片所能告诉我们的一切情况！”王亚楠把相片装进证据袋子后交给了自己的下属。

“小桐，这个，我要尽快知道结果！”她转身指了指地上的尸体。

“没问题！”看着好友阴沉着脸匆匆离去的背影，章桐的心里感到了从未有过的不安。

天空中突然隐约响过一声闷雷，渐渐地乌云从远处的骊山背后聚集了过来，没过多长时间，整个天长市的上空就变得灰暗了许多。雷声越来越近，乌云把天空压得透不过气来。阳光早就不见了踪影，虽然说现在才是正午时分，却让人有一种已到夜晚的错觉。雨水不期而至，哗啦哗啦地浇在地面上，溅起的尘土夹杂着地表的热气，很快就和雨水混合在了一起，变成了泥浆。人们被这猝不及防的暴雨淋得四散躲避，屋檐下、马路边，很快就挤满了躲雨的人。

站在窗前，看着十多分钟前还是阳光灿烂，转瞬却暴雨倾盆的天空，王亚楠暗暗地发了句牢骚：“这天变得太快了！”

电话铃声响了起来，王亚楠赶紧跑到电话机旁，接起了话筒。

“嗯……好的！我马上下来！”

打来电话的是法医值班室的小刘，章桐那边出结果了，王亚楠心急如焚。

一走进解剖室的大门，王亚楠就感觉到气氛和往常有些不一样。潘建低着头站在工作台边，一声不吭地检查着手里显然属于死者的衣服，表情严肃；赵大记者则站在一旁，拿着笔记录着什么；章桐听到了门的响动，只是头也不抬地挥挥手，示意王亚楠赶紧过去。

王亚楠换上工作服后，忐忑不安地走近了解剖台，小声问道：“小桐，出什么事了？我怎么看你的两个徒弟好像有些不对劲啊？”

章桐撇了撇嘴：“很正常，在解剖室里，没有人的脸色会是正常的。”她伸出右手指了指面前死者的脸部，“仔细看，你发觉了什么没有？”

此时的死者已经被完全从原先裹着的厚厚的塑料布中解放了出来，而那些沉重的“裹尸布”则被小心翼翼地放在了不到两米远的另一张不锈钢解剖台上。令人感到讽刺的是，如果只是乍看一眼的话，那就是一具人体的模样。

死者的外衣已经被脱下，整整齐齐地摆放在了工作台上。此刻的死者，全身上下只简单地盖了一块消毒后的白布，在强烈的白色灯光照耀下，显得格外刺眼；而揭开白布后，死者表面的皮肤则因为失血过多而显得异常惨白。

王亚楠看了半天，还是没看出什么，无奈地摇了摇头："你别考我了，小桐，我又不是法医。"

章桐并没有笑，只是指着死者表面的皮肤："你有没有感觉死者特别干净？你看，这几处皮肤还有破损的迹象，感觉被什么东西用力擦拭过。还有死者的手指甲，"说着，她把死者的手抬高，指着被修剪得干干净净的指甲说道，"我从没有看见过修得这么完美漂亮干净的指甲，我根本就没有办法从里面提取到有用的证据！你再闻闻死者皮肤的表面。"

这还真得多亏那厚厚的"裹尸布"，死者表皮的气味没有很快发散，王亚楠把鼻子凑近了尸体，一股刺鼻的味道迅速扑面而来。她又迅速来到那些塑料布的面前，同样闻了闻，一样的味道，这味道很熟悉！

"小桐，她身上怎么会有医院消毒水的味道？"王亚楠皱着眉头，一脸的疑惑。

"她被彻底清洁了！"章桐刻意加重了"清洁"两个字。

"那么，死因呢？"

章桐伸手指了指死者的颈部，语气比解剖室里的温度还要冰冷："深达六点三厘米的创口，颈动脉被割断，喉管被割断，她是被自己的血液给活活呛死的。"

"死亡时间？"

"十八个小时前，不超过二十个小时。"

"她的身份目前还没有办法确定。"王亚楠忧心忡忡地看着死者死后严重肿胀变形的脸，心里想着，即使是这个死者再亲密的朋友也不一定能够认出她来了。

赵俊杰却在一旁开口了。他显然犹豫了老半天："我……我想我知道她是谁！"

屋子里所有人的目光顿时都集中在了他的身上。

天长市公安局的会议室里，连负责刑侦工作的李局在内，总共才坐了八个人。其中有一张面孔，王亚楠好像从来都没有见过，脑子里一点印象都没有。

为了减少媒体的关注度，李局在会前就下达了硬性的要求，知道的人越少越好。案件接二连三地发生，李局被无孔不入的媒体给折腾得有些受不了了。

“死者叫赵慧琴，是市里电视一台的女主播，三十六岁。”王亚楠一边介绍着死者的相关情况，一边向大家出示死者生前的相片。众人的目光不约而同地在前后两张对比非常明显的相片之间来回游弋着。这样的行为是很自然的，死者生前的相片，年轻且充满朝气，而作为天长市的新闻“一姐”、天长市的“门户脸面”，赵慧琴的长相无疑是夺人眼球的，尽管已经三十六岁，但是在这张脸上，却根本看不到岁月留下的痕迹，保养得体的脸上流露着成功人士所特有的骄傲。可是回头再看那张死后的相片，同样的角度，死者脸色惨白，嘴唇紧闭，眼睛微合，脸部因为死亡而扭曲肿胀变形，尤其是脖颈上那道深深的致命伤口，更加让每一个看过的人都不约而同地感到触目惊心。

“死者生前没有任何仇人，也从未与人结过怨，虽然身为电视台主播，但是生活圈子却极为简单。她最后一次出现在人们的视线中是这周二的晚上八点半，她下班后按照惯例前去路口搭出租车回家。但是直到当天午夜，她母亲都没有等到女儿回家。我也看过了路口的监控录像，一切正常，死者搭上一辆深蓝色桑塔纳 2000 型出租车后就离开了电视台。根据出租车的颜色我们走访了市里最大的宝鼎出租车公司，经过 GPS 定位排查，结果显示，在这个时间段，根本就没有该公司的出租车在电视台的附近搭载过客人。也就是说，这辆带走死者的神秘出租车很有可能是凶手假冒的！”

“那到底是什么样的人会这么费手脚呢？一辆假的出租车？就只为了杀一个女人？”

听到这样的质疑声，王亚楠刚想回答，那个自己从未见过面的陌生男子站了起来：“我来说几句。”

李局在一边介绍说："这是市检察院的犯罪心理学专家刘春晓检察官，他这一次是专门过来协助我们侦破这个系列凶杀案的！"

刘春晓微微一笑，向大家点点头就算是打过招呼了："专家这个头衔我可不敢当，这只是我的业余爱好而已。那么，我就直接说说我的看法了。"他低头看了一下自己面前摊开的笔记本，随即开口直奔主题，"将前后两个案子合并起来看，这个犯罪嫌疑人所定下的目标都是那种社会性质非常简单的女性，可以说他的选择是随机的，她们之所以被挑选中，只不过是因为她们的各自条件在不同程度上符合凶手的要求而已。她们本身并没有做过什么。凶手选择第一个目标女大学生的时候，显然做了很充足的准备，从最初的接近到后来的动手乃至抛尸路线，他都精心挑选。死者从被绑架到被害，中间持续了一段比较长的时间。而对第二个死者，却显得很匆忙，绑架后没多久就加害了，这一点说明凶手受到了外部信息的刺激，凶手主要就是想向我们传递信息，他通过死者来向我们证明他的无所不能，我们抓不住他。"说到这儿，他刻意停顿了一下，"我下面想就这个凶手的一系列相关情况做一个性格分析。"

王亚楠皱了皱眉，她不喜欢自己干得好好的工作被别人横插一脚，可是又不好表露出来，只能耐着性子慢慢听。

"这个凶手是典型的完美主义者，并且很自恋，这一点可以从他对死者的尸体处理方式中很明显地看出来。死者的尸体就像是他的杰作一样，他哪怕花上很长的时间，都要一丝不苟地按照自己的想法处理好，控制欲望非常强烈。他的生活中曾经经历过一场很大的变故，使得他对周围的某种人或者事物充满了说不出的仇恨，他是在报复那些曾经伤害过他或者他生活中最在意的人或者团体。这一点上我倾向于我们公安部门，他要看我们的笑话。如今我们已经很明显地感觉到了来自媒体和社会大众的巨大压力。上一起案件发生到现在，很多报纸杂志上都对我们的破案速度颇有微词。而这些，我想都是他最愿意看到的回报。

"关于凶手，我给出的描绘是男性，三十至四十五岁之间，体格强壮，有着深厚的医学背景知识，精通人体解剖学和生物药理学。单身。收入丰厚，至少有一辆桑塔纳 2000 型小轿车。拥有私人住宅，因为如果没有私人住宅的话，那么，他没有地方对第一个死者进行那么烦琐的解剖。

“我的建议是，对我们天长市境内近期发生过的所有和我们公安部门相关联的引起死者家属争议的案子进行排查，再结合凶手的年龄和医学背景，两方面比对后，应该就会有所发现。”

刘春晓的陈述有条有理，话音刚落，刚才还鸦雀无声的会议室里立刻响起了一阵热烈的掌声，就连起先并没有把他放在眼里的王亚楠也来了个一百八十度的大转弯，转而用敬佩的目光暗自打量起了这个和自己年龄相仿的检察官来，尤其是他那双睿智的眼睛，给王亚楠留下了很深刻的印象。

“小桐，你知道那个叫刘春晓的检察官吗？”王亚楠的目光中神采飞扬。这在章桐看来，可是很难得的。这也是迄今为止唯一一次王亚楠不是因为公事而在上班时间前来法医解剖室找章桐，“我刚开完会，他真厉害！是个心理学专家啊！分析东西头头是道！”

章桐点点头：“我知道，他是我的高中同学。但他是检察官，心理学并不是他的专业啊。”

“这不重要！刘春晓是你高中同学？真没有想到！”王亚楠大大咧咧地一屁股坐在了不锈钢解剖台上，“他有女朋友了吗？”

一听这话，章桐吃惊地张大了嘴巴。虽然说自己和王亚楠从认识到现在也已经有十来年的时间了，知道她一直独身很大程度上是自己的工作给闹的，毕竟没有多少男士愿意自己的老婆是个风风火火、动不动就来几招擒拿术的警察，但也有一定的因素来自王亚楠自身的心高气傲，能入她法眼的男人并不多。如今竟然阴差阳错地对刘春晓动了心思，章桐想到这儿，不由得笑出声来。

“你笑什么？”

“你看上人家刘春晓了？这没问题，我可以帮你牵线啊！”章桐一语道破天机。

王亚楠竟然脸红了，吞吞吐吐地否认道：“谁……谁说我看上他了？我只不过问问，就问问而已！”

章桐笑得更开心了。

一边的赵俊杰却动了心思，他若有所思地看着这两个笑得像个孩子似的女人，尤其是坐在工作台边的章桐。赵俊杰欲言又止，想了想，随即微微叹了口气，又继续埋头写他的笔记去了。

正在这时，法医解剖室的门被推开了，潘建匆匆忙忙地走了进来，手里拿着两份报告，一言不发地来到章桐身边，伸手递给了她。

章桐看完报告后，脸上的笑容消失了。她抬头严肃地看向身边的王亚楠："在第二个死者的体内查出了过量的恩氟烷残留物，是正常使用剂量的五十倍。"

"恩氟烷？它是用来干什么的？"

"手术专用麻醉剂！"

王亚楠皱了皱眉。

"尸体表面的消毒剂是医用甲醛，其中还含有一定剂量的次氯酸钠。亚楠，咱们这个对手是个医生！而且是个医学知识非常丰富的医生！他对医学已经达到了近乎痴迷的程度！要知道如果他的次氯酸钠剂量比掌握不好的话，会抵消甲醛的作用，而他却恰到好处地把尸体表面的所有痕迹都去掉了！死者的衣服也被清洗得干干净净！"章桐忧心忡忡地看着王亚楠，"说实话，这人让我有些毛骨悚然！他太有耐心了！我有种感觉，只要他愿意，他不会给我们留下任何线索证据的！"

"他疯了！"王亚楠喃喃自语。

刘春晓并没有立刻返回检察院，他径直来到了楼下的法医办公室，站在门口犹豫了一会儿，刚想敲门，赵俊杰推门走了出来，一见到刘春晓，立刻一把把他拖到了走廊拐角处，左右看了看，这才小声说道："你小子也太大胆了，没事儿净往这儿跑！"

"我怎么了？不能来吗？"刘春晓一头雾水。

正在这时，办公室的门被推开了，王亚楠和章桐一前一后走了出来，拐向走廊的另一个方向，两人边走边议论着什么。

直到她们的脚步声消失在了楼梯口，赵俊杰这才把刘春晓拽了出来。

"干什么你？神神道道的！"刘春晓没好气地拍了拍衣服。

“你小子惹事儿了，知道吗？人家重案组的‘母老虎’喜欢上你了，刚刚还在向章法医打听你呢！”赵俊杰有时候讲话就是很不给别人情面。

“不会吧？你说的是王队长？”

“重案组除了她还有谁是‘母老虎’？”赵俊杰一瞪眼，“人家王队长和章法医的关系非同一般，我来这边也好几天了，除了王队长过来外，我从未见章法医笑过。她们两人就像亲姐妹一样，黏糊起来比亲姐妹还亲，你说你该咋办吧？你没事儿在会上显摆个啥呀！”

听了老同学的埋怨，刘春晓确实感到了情况的尴尬。他皱了皱眉：“那我去跟人家说去！”

“你说啥？说你只喜欢章法医，都单相思这么多年了？我看你的脑袋是被驴踢了！你叫人家章法医怎么做人？”

刘春晓赶紧乖乖地闭上了嘴巴。

“你现在只有装傻子，假装啥都不知道，明白不？如果你对人家王队长没意思的话，以后要注意保持距离，尽量不要两个人单独相处，明白吗？别没事儿惹得一身臊！”

刘春晓感激地看着赵俊杰，连连点头：“兄弟，谢谢你！”

赵俊杰无奈地摇摇头，嘟囔了一句：“我真弄不明白，我什么都不比你差，怎么就没你那么有人缘儿呢？”

下班了，章桐收拾好工作台，随手关上了台灯，屋里顿时只剩下门口反射进来的走廊的灯光。法医办公室位于地下，所以所有的房间都没有窗户，只要关上了灯，屋子里就几乎是一片漆黑。

“小桐！”是刘春晓的声音，有点忐忑。

章桐讶异地回转身，果然是刘春晓，因为背对着走廊的灯光，所以看不清楚他脸上的表情。

“你找我有事吗？”自从上次餐厅不愉快的经历后，章桐似乎总是在躲避着什么，她没有直面刘春晓的目光。

“也没什么事，顺便来看看你有没有回家，还好你没走。”刘春晓犹豫了一下，“我想请你吃饭，算作对上次不礼貌的赔罪！好吗？”

“你没错呀，不必赔罪，搞得这么正式干什么，老同学？”章桐忍不住笑出了声。

刘春晓微微一笑，心里悬着的石头总算放下了：“那，你今晚要是没别的约会的话，我……我想请你吃饭，好吗？”

章桐想了想：“好吧，这一次我就答应你！”她低头看了看腕上的手表，嘀咕了一句，“赶紧走，要不一会儿又该堵车了！”

“王队，这是你要的过去五年当中所有对你们的处理有不满情绪的案件受害者家属的资料。”赵俊杰把一个U盘递给了王亚楠，弄到这些信息对专门报道犯罪案件的他来说简直就是手到擒来的小事情。

“你没打印下来？”王亚楠看着手里小小的U盘，皱了皱眉，“我讨厌盯着电脑看那么小的字！”

“节约成本嘛，王队，体谅一点，咱们现在不是整天都在宣传说要低碳环保吗？”赵俊杰狡黠地一笑，转身走出了王亚楠的办公室。

王亚楠无奈地摇摇头，伸手把U盘塞进了电脑插口处，没多久，显示器屏幕上就出现了一份目录菜单，在输入搜寻对象的职业、大致年龄以及家庭条件等更多标准后，目录中只留下了一个案件。王亚楠屏住呼吸点开了这个案件的相关报道文档。

“‘一尸两命’，天长市最优秀的外科医生痛失爱妻，悲愤之余，自杀身亡……”

文档并不长，前后总共也就五百多字。案件发生在三年前，天长市第一医院的外科主任医师侯俊彦陪同怀孕八个月即将临产的妻子傍晚在江堤边散步时，妻子意外被一辆违章行驶失控的土方运输车撞击身亡，侯俊彦也因此而伤了手部神经，从此以后再也没有办法继续做外科手术了。而肇事司机却因为某些特殊原因而迟迟无法受到法律的严惩，侯俊彦投告无门，加上承受不了丧妻之痛和自己事业被残酷终止的双重打击，于是愤然自尽，在临死前留下一份遗书，痛斥某些官员官官相护，包庇罪犯。

看完文档，王亚楠的心情很沉重。她感觉有些喘不过气来，于是，站起身，来到窗前，把打开的窗户又尽力向外面推了推，让更多的新鲜空气能够进到这个狭小的空间里。

王亚楠很清楚，无论换了谁，如果处在侯俊彦的位置上，都会产生绝望的心理。家破人亡，事业终止，一个人剩下的生命就是一片黑暗，望不到头的黑暗。可是，暂且不管这个陈年的交通肇事案，最有可能是凶手的侯俊彦早就在三年前自杀身亡了呀，那么，现在做这个案子的人又会是谁呢？难道自己的判断方向有误？

她想到这儿，又转回到办公桌前，继续查看侯俊彦的相关资料——侯俊彦，男，四十一周岁，在外科手术领域有着很高的成就，被称作天长市的“一把刀”，曾经留学德国深造……

王亚楠怎么看，都觉得这个侯俊彦和刘春晓描述中的凶手形象非常相符，只有一点，那就是这个人已经死了。总不见得是他的鬼魂出来作案吧？王亚楠不由得一阵苦笑。

既然卡壳了，与其在这儿费工夫，那还不如去第一医院看看，问问他过去的同事，没准会有些意外的收获。

想到这儿，王亚楠拨通了赵云的电话：“走，咱们马上去一趟第一医院。”

刘春晓把章桐带进了一家咖啡厅，看他熟门熟路的样子，显然经常来这个地方。在和服务生打过招呼后，刘春晓笑眯眯地看着章桐：“我今天请你吃正宗的苹果派！”

“不用这么破费吧？”

“我是一个人吃饱全家不饿。看你整天和死人打交道，也该让你休息一下了，这里的苹果派不错，我在上海上大学的时候，校门口就有这么一家，环境很好，苹果派也是多年保持原来的味道！所以，回了天长，我还是经常来。念旧嘛！”

看着刘春晓眉飞色舞的样子，章桐没吱声，她点了一杯黑咖啡，有一口没一口地品着。

“你在想什么呢？”

“没什么，”章桐摇摇头，“对了，你怎么还没结婚呢？你也不小了吧？”

章桐此话一出，刘春晓不由得愣住了，张了张嘴，半天没有吐出一个字来。

章桐意识到了自己话语的突兀，赶紧解释："是这样的，我的好朋友王亚楠，我想撮合你们，我这人不太会绕弯子，有什么就说什么，你看怎么样？亚楠人长得挺不错的，性格脾气也很好，家里也没有负担，就是因为工作而耽误了个人大事，我和她认识十多年了，我很了解她的。刘春晓，我看你们两个真的很合适的！"

看着章桐信誓旦旦、胸有成竹的样子，刘春晓傻了，一句话刚到喉咙口，赶紧硬生生地用面前的一大口咖啡给堵了下去。

"我暂时还不想谈恋爱，工作要紧，再加上我刚回到天长，还不太熟悉这里的环境，对不起了，小桐。"刘春晓憋了半天憋出了这么一个根本就不是理由的理由，连他自己都觉得心虚。

"那……好吧。"章桐有些尴尬，"不好意思，我失礼了！"

刘春晓赶紧把话题绕开："说说你现在的境况吧，好吗？你为什么选择当法医的？据我所知，基层女性法医可不多啊！"

章桐这一回没有再回避，她想了想，点点头："其实也没有什么秘密，我父亲在世的时候就是一名法医。女承父业也是理所当然的事情……"

虽然说话的语气显得很平淡，但是有那么一刻，刘春晓分明从章桐的目光中读到了一丝幸福的笑意。

"那你有没有害怕过？"

章桐当然明白刘春晓话语中的害怕指的是什么，她微微一笑："说不怕，那是骗人的，刚开始的时候，见到那些面目全非的死人，心里多少会有些别扭，但是后来天天接触了，自然也就慢慢地习惯了。"说到这儿，她话锋一转，"刘春晓，你是学法律的，是检察官，为什么又会对犯罪心理学感兴趣呢？我今天听亚楠说你在会议上很出风头啊！"

"犯罪心理学的研究纯属我的个人爱好而已。"刘春晓显得很谦虚，"昨天正好李局来检察院时说起想找人做一个模拟，我们主任就推荐我了。"刘春晓本来就是一个不善于撒谎的人，所以说这些话的时候，他都不敢直视章桐的眼睛。

“小桐，如果你想找我谈谈的话，我随时都有时间的！”看着章桐此刻的心情不错，刘春晓转念一想，就说出了自己心里一直压抑着的话。

章桐不由得愣了一下，随即明白了刘春晓的心思。她深吸一口气：“我知道你是为了我好，我答应你，刘春晓，只要时机合适，我会找你的。”

天长市第一医院拥有整个天长市最豪华的门诊大楼。这也难怪，这里的医生是最优秀的，每到专家门诊的日子，一大早两三点天不亮的时候就会有人前来排队挂号，而一张小小的印有号码的普通小纸片，经过黄牛一倒手，价钱就会涨四五十倍，买的人却还是趋之若鹜。

王亚楠从没有进过医院，除了那一次抓捕的时候被砍伤了手臂以外。所以在医院里排队挂号看病的种种麻烦她根本就没有概念。

这一次要不是因为公事，王亚楠也不会来第一医院，最多只是打门口经过而已。

走进第一医院富丽堂皇的门诊部大厅，王亚楠抬头四处张望了一圈，不由得感慨道：“这里真比得上五星级宾馆了！”

两人走上了楼梯，径直来到了三楼的院长办公室。

院长姓袁，人也长得很圆，是个矮胖的中年人，一开口就笑眯眯的。一番客套之后，当得知王亚楠和赵云的具体来意时，袁院长脸上的笑容消失了。

“那真是一场人间悲剧！”袁院长长叹一声，“我和老侯是同学，只不过我们走的路不一样，我最终选择了从政，而他，仍然痴迷他的手术刀！他的性格很倔强，几乎没什么朋友，除了我以外，其实我也算不上是他的朋友，这个人，太执着了，两句话不到就会得罪人。”说着，袁院长踮起脚尖，努力伸展着胖胖的手臂，终于够到了在柜子顶上放着的一个小相框，又拍了拍相框上的灰尘，满脸歉意地递给王亚楠，“左边的那个就是他。其实，说句真心话，凭我这么多年来对他的了解，他在那种打击之下最终选择了自杀，我真的一点都不感到奇怪！”

“哦？此话怎讲？”

“他太认真，太死拗，认死理。就说他妻子小李被撞死后，他整个人就跟疯了一样，手术是做不了了，班也不上了，几个懂事听话的徒弟也不管了……”

王亚楠突然问道：“他带徒弟了？”

袁院长微微一笑，显得很骄傲的样子，可是随即却又露出了伤感的神情：“他是我们院里最年轻的研究生导师，因为他一手出色的外科手术技能，领导都很器重他，但是，也许是才能高了，人就自然显得有些骄傲了。”说到这儿的时候，或许是意识到人死后在背后议论人家并不厚道，所以袁院长假意咳嗽了一声，换了一种口吻继续说道，“总之呢，侯俊彦侯主任是一个很不错的医生，他的离去不光是我们医院，也是我们周围很多人的一大损失啊！”

听了这番冠冕堂皇的话，王亚楠和赵云不由得面面相觑：“那，请问袁院长，侯俊彦还有徒弟在我们天长市吗？如果有可能的话，我们想和他谈谈。”

袁院长点点头：“当然可以，他的大徒弟现在就是我们第一医院外科室的主任医师丁主任。你们现在可以去她办公室找她，她应该还没有走。今天不是她门诊的日子。”

离开院长办公室后，王亚楠大大地松了口气：“这个袁院长，明明心里对人家有看法，可是嘴里还得一个劲地往人家脸上贴金，你说累不累啊！咱们李局长可不是这种人！”

赵云不由得一阵苦笑：“依我看，咱们只能说是幸运罢了，能碰上这样和咱们掏心窝子的领导！”

出乎赵云和王亚楠的所料，丁主任竟然是一个小巧玲珑型的女人，身高最多在一米五五左右。王亚楠不由得皱了皱眉，她很难把眼前这个弱不禁风的女人和叱咤风云的外科手术“一把刀”的传人结合在一起，要是站在手术台边，她说不准还得在脚底下垫个凳子才能够得着手术台。

得知了赵云和王亚楠的具体来意后，丁主任显得有些诧异：“老师都已经过世好几年了，你们现在怎么竟然会想到要调查他了？”

王亚楠当然没有说出自己心中真正的疑虑，她微微一笑：“只要是案子，都在我们的调查范围。”

“那你们当初为什么没有把撞死师母的凶手判刑？凶手到现在还逍遥法外！都过去这么多年了，人都死了！你们还来这边猫哭耗子假慈悲干吗？”

一提起自己老师一家的遭遇，刚才举止还很得体的丁主任立刻显得怒气冲冲。王亚楠看了看身边的赵云，两人心照不宣地点点头。

“丁主任，你的心情我们能够理解，我们现在也正在努力纠正以前的办案失误，所以才会特地赶来找你。也希望你能够同样理解和支持我们的工作。”赵云不温不火地说道。

丁主任沉默了半晌，这才勉强脸色缓和了一点：“好吧，你们想知道什么？”

“你能说说当时和你一起在侯俊彦医生身边学习的同学吗？”

丁主任一脸的疑惑，刚要开口问，转念一想，随即打消了这个念头：“和我一起学习的总共有两个人。一个去年已经调动到外地去了，好像是北京吧，听说干得挺不错的，现在也是主任了；还有一个嘛，移民美国了。目前为止，天长这边就只有我一个人了。”

“你真的没记错？”王亚楠显得有些失望。

丁主任皱了皱眉：“我怎么可能会记错？那时候天天在一起，几个人我总还是搞得清的！”

走出第一医院的门诊大楼时，已经是华灯初上了，赵云一边开着车，一边偷偷地瞧一眼身边始终一声不吭的王亚楠。两人搭档这么多年了，这副表情对他来说是最熟悉不过的了。王亚楠正在为走不通的线索发愁呢。

王亚楠是想不通，刚刚有点头绪的线索，怎么转眼之间就走进了死胡同呢？所有符合线索要求的人员都无一例外地被排除了，要么没有作案的时间，要么……想到这儿，王亚楠的脸上不由得露出一丝苦笑，那个姓丁的女人，瘦骨嶙峋不说，个子比自己整整矮了一个头，即使自己脱去高跟鞋，也可以轻而易举地看到她的头顶而无须仰视。这样一个女人，要想解剖一个比自己整整大了一圈的受害者的话，无论是力量还是耐力，似乎都成问题。可是这样一来，凶手的线索就断了。下一步，自己究竟该怎么做呢？王亚楠紧锁着眉头，把自己的身体深深地埋进了座椅里，无奈地闭上了双眼。

刘春晓的本田雅阁刚刚在小区的过道上停稳，前面小区花园里传来的一片嘈杂声就引起了他的注意。

“前面发生什么事了？”

章桐刚要打开车门，听到这句话后，下意识地停下来仔细一听。突然，她的脸色变了，一声不吭地向前面嘈杂声传来的方向跑了过去，就连自己的挎包掉在地上都没有顾得上去捡。

刘春晓见状，赶紧捡起包，紧紧地跟在章桐的身后。

小区花园里，人们正团团围着一个声嘶力竭哭泣着的老妇人议论纷纷。老妇人坐在青石铺成的花园小道上，披头散发，目光散乱，喃喃自语，拼命哭泣，根本就听不清楚她到底在哭诉着什么。

在老妇人的身边，一个满脸怒容的中年妇女正紧紧地护着一个不停地哭闹着的八九岁模样的小女孩。小女孩显然被吓坏了，中年妇女一边安慰她，一边还在冲着坐在地上的老妇人不停地怒骂：“你这种神经病，谁说这是你的女儿了！你也不看清楚！把我孩子吓坏了我可要找你算账的……这种神经病跑出来怎么就没有人管管呢，出了事情我找谁啊！”

章桐拼命挤进了人群，扶起了地上的老妇人，柔声安慰道：“妈，没事，我在这儿呢，你别怕！”

“秋秋！我刚才看见秋秋了！秋秋！秋秋！……妈妈在这儿……”老妇人紧紧地握着章桐的手，就像抓住了一根救命稻草一样，却还在转头四处张望寻找着什么。

“妈，秋秋不在这儿，你认错人了，咱们回家吧！”章桐感到自己的声音在颤抖。

“是你们家的老人啊，怎么不看着点？疯疯癫癫的，还要四处乱跑，出了事情可就麻烦了！”身边围观的人们好意提醒道。

章桐一边赶紧向围观的小区住户们道歉，一边把母亲搀扶出了人群，边走边柔声劝慰道：“妈，没事的，我们回家吧！我今天回来晚了，真对不起，下次一定不再让你担心了……”

“哦，回家！”老妇人乖乖地跟在章桐的身边，走向了不远处的楼栋。她一边紧紧地抓住章桐的手臂，一边却还不忘记时不时地向身后看一眼，似乎那个她口中的“秋秋”此刻正悄悄地躲在自己身后一样。

这一幕都被一旁的刘春晓看在眼里。他默默地跟在章桐的身后，直到上楼，来到家门口，在打开门的那一刻，章桐才意识到刘春晓一直跟在自己的身边。她的心里不由得一热，回身接过了刘春晓手中的挎包，尴尬地一笑：“谢谢你！你早点回家吧，时间不早了！”

刘春晓欲言又止，他若有所思地看了章桐一眼，随即点点头，转身离开了。

“小桐，我实在是想不通，所有符合罪犯行为模拟画像要求的人都被排除了，我现在算是彻底走进了一个死胡同里。”王亚楠坐在章桐身边的不锈钢解剖台边上，双脚不停地来回晃动，嘴里嘀嘀咕咕的，满面愁容。估计整个天长市公安局里，也只有王亚楠才有胆子动不动就把法医的不锈钢解剖台当作自己屁股底下的凳子了。

见此情景，章桐不由得暗暗苦笑，很少有事能把王亚楠给急出一嘴巴泡来，看来这个案子真的碰到麻烦了。

“唔……”章桐长叹一声，“亚楠啊，我也真的帮不了你！如果你问我死者的死因，那绝对不成问题，可是要论破案，我可没你那么聪明的。”

王亚楠不由得瞪了章桐一眼：“难道你就没听说过‘三个臭皮匠赛过诸葛亮’这句话吗？人家这不特地跑来听听你的意见嘛！”

“我能说得了什么呢？”

“那就说说两个死者吧，都是你负责解剖的，你想到什么就说什么！”王亚楠有些不耐烦了，“这可是你的本行，我想你也不会没话说的！”

章桐无奈地叹了口气：“好吧，我就把她们进行一下比较。这些可都是我的个人观点。”

王亚楠顿时来了精神头，“哧溜”一下从解剖台上滑下来，来到章桐的办公桌边，随手拿起了桌上的纸和笔：“慢慢说！我记着呢！”

“首先，死者都是未婚女性。年龄差距比较大，一个十九岁，一个三十六岁。第二点，两人来自不同的地域，一个是岭南，一个是我们天长本地。”

“这些我们都知道了！”王亚楠忍不住嘟囔了一句。

章桐皱了皱眉：“那我就直奔主题了。说实话，我一直觉得有些奇怪，凶手杀第一个被害者时，非常有耐心，先对其下毒，然后在其死亡后进行了尸体分割，对待死者的躯体就像对待一件艺术品一样，每一片肉的厚薄程度几乎都是一样的！他在死者的身上可以说是费尽了心思。而相反第二个死者，却处理得很匆忙，从被绑架到被害，没有持续多长时间，更重要的是他对死者的处理方式，一刀毙命！死者的伤口显示她是在活着的时候被残忍地割了喉，虽然说死后被精心清洁过尸体，但是总体来说，和第一个死者的尸体处理方式相比较，还是显得有些粗糙。我也曾经想过，究竟是什么让凶手彻底改变了尸体的处理方式？难道他的时间不够用？按照我的经验来看，第一具死者的尸体最起码得耗费掉凶手九个小时以上的时间，而第二具尸体，用不了多久，只要是专业的医护人员，在短短的一两个钟头内就可以搞定尸体的全部清洁工作。亚楠，你有没有考虑过有可能第一个案子才是他的真正目的所在，而第二个死者只不过是临时起意？只是为了混淆我们警方的视线？抑或是在发泄自己心中的愤怒？因为来不及提前布局好，所以才会下手这么匆忙？”

王亚楠紧锁着眉头，脸色有些发白。突然间，她站起身，连个招呼都不打，迅速转身离开了解剖室。

章桐早就已经习惯了王亚楠这种突如其来的不告而别，她没有生气，相反心里重重地放下了一块大石头，因为她知道，自己的话或许已经让王亚楠看到了一点希望。那么，作为好朋友的她，就很满足了。

“赵云，马上调出所有和第一个死者有关的资料，从她出生开始，到她死的那天为止，一项都不能漏掉！马上去办！”一走进办公室的大门，王亚楠就扯着嗓门四处寻找自己的助手副队长赵云。

“马上就要吗？”赵云有些迷糊，“一个人的资料有很多啊！”

王亚楠一瞪眼：“重要的事情，包括她身边家里人身上发生的，我要知道究竟为什么凶手会找上这么一个看上去普通到极点的女学生！”

赵云不吭声了。

走进自己的小隔间，王亚楠重重地叹了口气，随即紧锁着眉头，来到办公桌前，打开了面前的电脑。

一个多钟头以后，王亚楠把车停在东山学院门口，看了看手腕上的表，傍晚六点三十分整。她略微停留了一下，当分针转过三十二时，她毅然打开车门下了车，然后径直沿着监控录像中所显示的死者王娅晶所行走的路线向海天路方向走去。

她一边走，一边留意着沿路的监控探头。案发后，当班民警进行过沿路的走访，但是这一次不一样，王亚楠总觉得自己肯定是遗漏了什么。在她的心中一直有个疑问在困惑着她，死者为什么要选择走这一条路？沿路还会不会有人记得她？

当时间指向六点四十六分时，王亚楠拐进了乍浦路，她严格按照监控录像上所显示的时间安排着自己的每一步路。

乍浦路因为毗邻东山学院和两个很大的社区，所以并不大的街上挤满了很多小商铺，每天的这个时候正是人流量最大最拥挤的时候。王亚楠的耳朵里充斥着小商贩的叫卖声、电动车的鸣笛声、小孩的哭闹声还有各种各样的说不清道不明的嗡嗡声，一个不大的菜场就在乍浦路的拐角处。那么，王娅晶为何单单选择这么一条路呢？

六点五十九分零七秒，王娅晶接电话的时间。王亚楠站在监控录像里所显示的死去的女孩最后站立的地方，四处张望着，难道这里就是自己所有线索的终点？每天匆匆来往于这条小街上的行人中真的就没有人留心过这个可怜的女孩子？她不甘心地站在原地仔细观察着周围的情景。

商铺、招牌、行人、震天响的音乐，诱人的油煎大饼的香味扑鼻而来，没多久又被川菜馆刺鼻的辣椒味、花椒味给冲得干干净净……王亚楠默默地闭上了双眼，在心里一点一点仔细地梳理着刚才映入自己眼帘的东西和人，这里是王娅晶在监控录像中最后出现的地方，王亚楠不相信她会什么都没有留下。

一阵刺耳的刹车声在耳边响起，王亚楠猛地睁开双眼，出现在自己面前的是一张愤怒的脸:“你干什么？没事儿在马路中央傻站着，不要命啦！”

怒斥自己的是一位骑在电动摩托上的中年妇女，一兜子菜摆在前面的车筐里，看样子正急匆匆地赶着回家。

王亚楠刚要开口解释，突然，中年妇女身后不到二十米处一家不起眼的当铺引起了她的注意。当铺橱窗的角落里竟然有一个黑黑的小小的影子，还在不停地闪着微弱的红光！王亚楠心中不免一喜，她对眼前这个东西再熟悉不过了！

章桐正要上床休息，突然，手机响了。她下意识地扫了一眼床头的闹钟，都快晚上十一点了，在这个时候找自己的电话，绝对不会有什么好事。章桐一边接起电话，一边开始打开衣柜门寻找外套准备外出。

“小桐，我就问你一个问题，作案的凶手，会不会是个女的？”电话中，王亚楠的声音听上去显得有些异样。

章桐不由得愣住了，她的右手停在了衣柜门上，皱眉问道:“女的？亚楠，你怎么会突然想到问这一点的？”

“我记得你对我说起过，这个案子之所以会断定为男性嫌疑人，那是因为第一个死者的尸体，在这么短的时间里，要解剖成这么薄的一片片，没有一定的体力是完全做不到的，对吗？”

“对，我是这么说的。”章桐一屁股坐在了衣柜旁边的沙发上，“根据死者的身高和体重推断，保守估计时间要九个小时左右。一般的女性没有这么好的体力。”说到这儿的时候，章桐突然意识到了什么，低呼一声，“难道你发现了新的证据？”

“你最好来一趟公安局，我在会议室！”

当章桐匆匆忙忙赶到公安局会议室时，时间已经接近午夜。尽管如此，会议室里却不止王亚楠一个人，除了分管刑侦的李副局长外，章桐还看到了副队长赵云和刘春晓，而刘春晓的身边甚至还坐着那个白天老在自己身边晃来晃去的赵大记者。在大家的脸上看不到一点睡意，因为在座的每个人心里都很清楚，这个时候被叫来开会只有一个原因，那就是案情有了决定性的进展。

“都到齐了，小王，开始吧！”李副局长边说边朝王亚楠点点头。

“是这样的，大家先传看一下这组相片，是从一家当铺门口的自设监控摄像的镜头中所截取的。而当铺所处的位置就在第一个死者王娅晶最后出现的那条乍浦路的小街上。”

说着，王亚楠递给身边的刘春晓一叠放大的相片，在大家慢慢传阅的过程中，她继续解释道：“时间正好是死者失踪的那天，我也是在一个偶然的机会中才发现这架非常隐蔽的监控摄像机的。店主被偷了好几回，被逼无奈才花了大价钱自己买了这套进口的监控探头，所以画面质量可以说是非常好的，也能保存一个月的记录。它每五秒钟工作一次，能清晰地记录下它所见到的每一样东西，包括人的脸！”

相片传到了章桐的手中，这时她才总算明白为何刚才电话中王亚楠会问自己凶手有没有可能是一个女性的问题。相片中，死者站在一辆黑色桑塔纳 2000 的旁边，正打开后面的车门弯腰往车里钻，而司机位置上，清晰地露出一个女人的手臂。总共八张相片，尽管司机刻意掩饰自己的相貌而并没有下车，但是从林林总总的线索中已经完全可以肯定当晚接走死者的，正是一个女人！

章桐被其中一张相片的一部分吸引住了，她想了想，抬头看向王亚楠：“这个司机的右手相片能不能再放大一点？最好放大到最大限度！”

王亚楠猛地醒悟过来，几个案发现场，最先报案的都是一个中年男性……如果不是报案人提到的可疑情况，事实上可真的不会那么容易就发现死者的尸块啊！

“那第二个死者呢？你们为什么杀她？她和你们那起车祸一点关系都没有啊！”

“应该没问题，那个监控设备的像素是我所见过的最高的。我马上通知音像组送来。”

王亚楠打过电话后过了五分钟不到，章桐要的相片特写就被一个技术人员急匆匆地送过来了。

尽管光线并不是很好，但是相片中那个放大的手部特写，已经让章桐找到了她想要的结果。

“要是我没有判断失误的话，这个女的应该是一个外科医生，”说着，她站起身，拿着相片来到白板前，把它贴在了白板上，指着那个平摊在方向盘上的右手食指，“大家看，这个食指的指肚有些块状凸起，还有虎口这边，也有一道很特殊的凹痕，这些痕迹都是长期拿手术钳和手术刀留下的！你们看我的右手，痕迹大致相同。”章桐举起了自己的右手，果然，两相比较，确实没有很大的差别。“所以，这个女的要么是一个外科医生，经常做手术的，要么，她就和我一样，是个法医！”

听完章桐的意见，王亚楠点点头，回头看了看身边的赵云：“你把了解到的有关王娅晶的事情讲一下。”

赵云摊开了手中的笔记本：“王娅晶的父亲王俊生在五年前是一名开长途运输车的司机，因为一起车祸，造成一死一伤。最终车祸调查结果是车辆本身刹车的制动性问题，属于厂家质量不过关所导致的，与王俊生的驾驶过程无关，但是王俊生因为违章绕行居民区，所以对这起事故也有相应的责任，法院判决赔款五十万，”说到这儿，赵云叹了口气，“王俊生的家庭拿不出这笔钱，赔款就一直悬而未决。后来，死者家属一时难以接受没有人为自己妻子的死负责而做出了自杀的过激举动。”

“我们走访过死者侯俊彦生前所在的第一医院，得知他并没有后人，但是他有三个徒弟，同他感情很深厚，其中一个至今还在我们第一医院外科某科室担任主任，”王亚楠拿出了一张相片，“她叫丁蓉，是一个杰出的外科医生。”

章桐不会看相，但是相片中的女人却让她有种不寒而栗的感觉，那张棱角分明的脸，充满着常人难以想象的刚毅与坚定，那微微上翘的嘴角、薄薄的嘴唇，还有紧锁的眉头，根本就看不出一点儿女性温柔的象征。章桐相信，即使面对死者，这个女人同样连眼皮子都不会眨一下。

“经我们多方了解，丁蓉性格内向，做事果断不近人情。毋庸置疑，她的技术是一流的，也正因为她过人的技术，第一医院才理所当然地把她选定为侯俊彦的接班人。但是据她的同事反映，丁主任没有任何同情心，做手术也只求完美，而不为病人考虑，甚至有很多怪癖。有一次，一个女病人因为是‘小三’，被人家打了，送到医院，经检查腿部严重骨折、肋骨断了三根，随时有生命危险，可是，当这个丁主任得知患者被打的真正原因时，竟然拂袖而去，拒绝为病人手术。”

听到这儿，李副局长微微皱了皱眉头：“这个丁蓉确实可疑。那么，还有别的线索可以联系到她的身上吗？”

“侯俊彦名下曾经登记有一辆桑塔纳2000型的小轿车，在他死后，因为没有人接手，就一直停放在第一医院的停车场，由停车场的老看门人负责照管。我查过车管所的年检记录，这辆车一直没有参加过年检。我的几个同事正在申请调查这辆车！”王亚楠合上了手中的笔记本，“如果在这辆车中能找到线索连接起前面两起凶杀案的话，那么凶手就能够确定了，因为目前看来，我们还没有直接证据指证丁蓉杀人！”

散会后，章桐独自一人走出了会议室，没有走几步，身后传来了刘春晓的声音：“小桐，等等我！”

章桐下意识地停下了脚步，回过头：“你今天在会议上什么意见都没有表露啊！你的小尾巴呢？”

“赵俊杰啊？不知道去哪儿了，躲着抽烟去了吧。再说了，我本来就是个旁观者嘛，也没什么意见好表达的。”刘春晓微微一笑，随即脸色一正，“你母亲怎么样了？好些了吗？”

“还行吧，有时清醒，有时糊涂的，总的来说，还是清醒的时间比较多。”

“真难为你了。如果你需要帮忙的话，我有个朋友……”

章桐摇摇头，打断了刘春晓的话：“谢谢你的好意，我不想把我母亲送到精神病院去，她年纪都这么大了，禁不起折腾。再说了这也是我自己的事情，不应该麻烦别人的！”

正说着，王亚楠匆匆忙忙地赶了上来，假意生气地看着章桐和刘春晓：“你们怎么走这么快！也不等等我！”

章桐若有所思地看了两人一眼，随即微微一笑：“要不这样吧，你们先走，我有事要回趟办公室！不用等我了！”说着，她径直走向了不远处的楼道口，再也没有回过头。

刘春晓尴尬地皱起了眉头。

章桐不是不想接受刘春晓对自己的好意，自始至终，她都知道刘春晓是一个好人，至少是一个可以信赖的好人。但是，章桐却又感到一种莫名其妙的害怕，尤其是每次刘春晓注视着自己时的那双眼睛，目光仿佛能直透心底。章桐感觉都快透不过气来了。她不敢，至少是现在。

走进办公室的时候，手机响了，章桐低头一看，是王亚楠打来的，她微微有些讶异："亚楠，有事吗？"

"小桐啊，刚才你走得太急，我都来不及告诉你，你上次要我查的人我查到了，信息已经发到你的工作邮箱里了，你看一下吧。"王亚楠略微停顿了一下，小声说道，"小桐，还需要什么，尽管给我来电话。"

"谢谢你！"

"我们之间还要那么客气干什么！你也早点回家休息吧，别太累了。"王亚楠作为一个女人所独有的温柔似乎只有在这个时候才会真正地流露出来。

挂上电话后，章桐随即打开了自己办公桌上的电脑，登录邮箱，果然，一封标注为"内部"的邮件出现在了她的眼前。说实话，章桐很庆幸自己有王亚楠这么一个真心实意的朋友，因为这个朋友不光会在自己需要的时候帮助自己，更重要的一点是，出于对自己的信任，王亚楠从不多问一句"为什么"。其实章桐的心里一直很矛盾，她渴望知道自己妹妹失踪的真相，但是同时却又害怕知道真相，内心深处总有一个声音在不断地警告着自己，妹妹的失踪与自己有着千丝万缕的联系。章桐害怕，就像每一次害怕梦中那在自己耳边呼吸的鬼影一样，日复一日，她越来越确信自己没有勇气去坚强面对。

邮件点开后，有一个25K的附件，打开附件，出现在显示器屏幕上的是一个神经外科老专家的档案，功绩显赫，头衔一大堆，很多如天书般的文字让章桐看得眼花缭乱。直到把目光最终停留在一张并不是很大的个人相片上时，章桐这才勉强在相片中这个人的眉宇之间找到了些许久远的记忆。尽管已是满头白发，但是那深邃的目光、棱角分明的面部却都是岁月无法改变的。凝视良久，章桐轻轻吐出了三个字："陈伯伯！"

因为已经是深夜，街头很难打到出租车，于是，不管王亚楠怎么推托，比如说自己是警察，百毒不侵之类，刘春晓仍然决定亲自开车绕大半个天长市区送她回家。最终，王亚楠拗不过，还是点头同意了。

由于先前有了赵俊杰的善意提醒，刘春晓的心里总是感觉有些忐忑不安，一路上开车，他都尽量做到手握方向盘、目不斜视，如果回答问题也是做到用词越少越好。他不想给自己惹来不必要的麻烦。

见刘春晓一本正经的样子，王亚楠倒是忍不住笑了，打趣道："刘检察官，你今天是怎么了？和那天会上比就跟变了一个人一样，我都快要认不出你来了，你的侃侃而谈的风度都去哪儿了？"

刘春晓尴尬地笑道："我本来就是一个不善言辞的人。"

"对了，你认识小桐多久了？"刘春晓刻意把话题从自己的身上引开。

"我啊，刚分来天长公安局这边就认识她了，她比我早到一年，所以说，按辈分排的话，我应该叫她'师姐'才对！"

"那时的她，怎么样？"刘春晓小心斟酌着自己的言辞。

"你的意思是？"王亚楠一时没有明白刘春晓话中具体所指的含义。

"哦，我是说小桐的工作干得怎么样？"

"那还用说，好几次出现场，连男同志都有些犹豫的场面，她却连眼皮都不眨一下。说实话，我们干刑警的也是人，都是父母生养的血肉之躯，见到现场的尸体多多少少都会有一个心理逐渐适应的过程，可是小桐好像天生就是一块干法医的料，我都没见她皱过一下眉头！她的心理素质特别好，我们都很佩服她！"谈起自己的好友，王亚楠的脸上下意识地流露出了骄傲的笑容，"要知道我们整个省里可就她一个女法医啊！你这个高中同学可为我们天长公安局露老大的脸了！"

听了这话，刘春晓的心情却很沉重，因为他太了解章桐了，深知章桐这么做有她自己的原因。她在逃避，逃避内心深处的阴影，就像一只被逼得走投无路的鸵鸟把脑袋埋进沙里一样，她最后的招数，就只能是一头扎进那无穷无尽的工作中去了。

难道拼命工作真的能够让人变得麻木吗？刘春晓相信不只自己，肯定还会有很多人没法准确回答这个问题。因为这个问题本身就没有答案。

"姐姐，我在这儿！你快来找我呀！"

章桐迅速转过身，可是眼前只是一片迷雾腾腾的森林，除了高大的树木，她什么都看不到。

“姐姐，我在这儿！我就在你身边！哈哈……”调皮的小女孩的声音，转瞬之间就到了她的身后，章桐循着声音跑过去，还是什么都没有！仿佛这声音就来自身边无形的空气！笑声渐渐远去，哭声渐渐响起，是那种幽怨的、哀伤的哭泣声，夹杂着几丝恐惧。

“不！不！不！”章桐急了，拼命地喊，“秋秋，你在哪儿？别躲着我了，好妹妹，姐姐求你了，快出来吧！……”

哭声依旧断断续续，在密不透风的森林里四处飘荡。突然，天空变得一片黑暗，刚才透过婆娑树影还能见到几缕阳光，转瞬之间就伸手不见五指。小女孩哭得越来越伤心。章桐努力睁大双眼，双手在空中徒劳地摸索着，嘴里不停地呼唤着妹妹的名字，心里的恐惧也变得越发强烈。空气已经凝固得让人透不过气来，章桐的声音越来越微弱，到后来，她即使张大了嘴巴，也发不出一丁点的声音。

就在这时，一双突如其来的如铁钳般的大手猛地一把拦腰抱起了章桐，并且捂住了她的嘴巴。

章桐一声尖叫，顿时从梦中惊醒，一翻身从床上坐了起来，浑身湿透，头发都被汗水浸湿了。她拼命地喘着粗气，惊魂不定地看着天花板，又看看窗外已经泛起鱼肚白的天空，良久，默默长叹一声，新的一天又开始了。

“桐桐，你昨晚又没有睡好？做噩梦了？”早餐桌上，母亲心疼地看着一脸憔悴的女儿，“你有没有考虑过不干这一行了？你们公安局里应该有很多适合你的位置吧，要不，做个普通的内勤也好，少点工资没关系，钱不够花妈这儿有！”

章桐知道此时的母亲脑子是很清醒的，一天之中也只有这个时候，母亲才会清楚身边还有自己。要不了多久，母亲又会重新回到她自己的世界中去了，在那个世界里，父亲还在，不像现在，只是在墙上看着她们母女俩微笑。

“妈，我没事，你放心吧，我会照顾好自己的！”

“桐桐，你老大不小了，也该结婚了，妈想趁着现在手脚还灵便一些，替你带一下孩子！”母亲突然的提议让章桐难免有些愕然，她张了张嘴，最终只能无奈地挤出一脸的微笑。

“章法医，你的脸色不太好，身体不舒服吗？”赵俊杰嘴里啃着包子，胳膊肘底下夹着公文包，站在公安局门前的台阶上，远远地冲正朝着自己走来的章桐打着招呼。

章桐走近后，微微叹了口气：“谢谢赵大记者的关心，我挺好的！再说了，干这一行的，你看见哪个警察的脸色是红扑扑的？工作忙，很正常。”正说着，一股浓烈的韭菜味直扑过来，她嗅了嗅，忍不住皱眉问道，“你大清早的怎么吃韭菜包子？”

“怎么了？不可以吗？”赵俊杰一头雾水，看着章桐瞬间多云转阴的脸，他的手不由得僵在了半空中。

“知道味儿冲鼻吗？你在外面吃完了漱漱口再进法医办公室！我可不想一整天都闻到让人讨厌的韭菜味儿！”说着，章桐气鼓鼓地头也不回地走进了公安局大楼。

赵俊杰傻眼了，看看手中吃了一半的韭菜包子，又抬头看看渐渐消失在楼道拐角处的章桐的背影，不由得暗暗嘀咕：“这韭菜的味儿难道比死人的味儿还要难闻吗？我看不见得！”

牢骚归牢骚，赵俊杰还是乖乖地站在大楼外，也不管周围人投来如何异样的目光，自顾自大口大口地努力啃起手中的韭菜包子来。

潘建一脸幸灾乐祸的微笑，快走几步追上正站在办公室门口埋头在挎包里找钥匙的章桐：“章法医，看到那赵大记者了吗？站在大楼外边的台阶上，好像这辈子都没有吃过包子似的，拼命地狼吞虎咽，嘴都挤变形了！”

“是我叫他在外面吃完了进来的！韭菜味儿冲鼻，我受不了！”

潘建咧了咧嘴，同情地转头朝大楼外的方向看了一眼，摇摇头，再也不吱声了。

“王队，这是技术中队那边刚送来的有关侯俊彦那辆桑塔纳 2000 上的痕迹检验报告，上面没有发现遗留什么和我们的案子有关的线索痕迹。具体的，你可以看一下！”说着，赵云把报告放在了王亚楠的桌子上，转身正要走出办公室。

王亚楠突然想起了什么，赶紧叫住了他：“派去监控丁蓉的人有回报吗？”

赵云点点头：“丁蓉现在就在我们的二十四小时掌控之中，只要证据确凿，我们就可以实施逮捕！”

“好的，那有情况及时通知我！”

“没问题！”赵云走出了办公室。

王亚楠隔着办公室的玻璃窗看着赵云回到了自己的办公桌前，坐下后，打开电脑继续工作。她不由得暗暗叹了口气，这个男人和自己搭档已经有两年的时间了，虽然职务是副队长，只比自己低了一级，但是却一点架子都没有，心甘情愿地做着自己的助手，王亚楠的心里不知道是什么滋味儿。

她摇摇头，把自己的思绪集中到手中打开的这份检验报告上，一行字一行字认认真真地看了起来。

正如赵云先前所说，整个车子里干净整洁到了极点，甚至连一枚指纹都没有，一点都不像已经三年没有人使用过的样子。虽然说这一点也正是车子的疑点所在，但是，只要找不到把车子和丁蓉联系起来的直接证据的话，自己就没有办法把她请到公安局来。王亚楠紧紧地锁起了双眉。突然，她想到了什么，赶紧站起身，来到办公室门口，打开门大声询问了起来。

“赵云，你们检查侯俊彦车子的时候，它的车门是怎么样的？”

“关闭的。”

“关紧了？”

“对！”

“现在车在哪儿？”

“咱们局里技术组停车库，我们下午刚拉来！”

“太棒了！马上通知技术组的人把车子封死，然后等我！”说着，王亚楠难以掩饰脸上的激动，兴奋地冲出了办公室，向楼下法医办公室跑去。

“小桐！小桐！”

走廊里传来了王亚楠的叫声，潘建皱了皱眉，抬起头看向工作台对面正在仔细查看组织样本的章桐："章法医，好像有人叫你。"

章桐点点头，摘下护目镜和手套："你接着看，我马上回来。"说着，她转身走出了法医办公室。

"亚楠，出什么事了？看你火烧屁股的样子！"

王亚楠拍了拍手中的检验报告："还记得半年前你和我说起过的那件轰动美国的杀妻案吗？"

章桐茫然地点点头："怎么了？"

"我记得你说过起初一直没有办法确定她丈夫，也就是犯罪嫌疑人在那辆车中出现过，后来，通过一项检测，在方向盘上发现了她丈夫最新鲜的DNA 痕迹遗留！还有手柄操纵杆上！你再详细说一遍究竟是怎么发现的？快！技术组的在停车库等我呢！"

看着王亚楠急切的表情，章桐顿时恍然大悟："车子的方向盘上的皮质是什么样的？"

"凹凸不平的颗粒状！"

"我和你一起去！"

不容分说，她一把拉着王亚楠就向停车库跑去。

在并不大的停车库一角，有一个特殊的隔离间，有二十多平方米的空间，平时如果碰到车祸等一些涉及交通疑难事故案件的证物都会被拉到这边进行勘验。原因很简单，天长市交通警察大队和公安局共用一栋大楼，由于专业人手严重不足，只有五个人的技术勘验组既要跑重大交通事故现场，又要兼顾刑事案件现场，所以，他们被善意地称为"消防员"。

此刻，两个"消防员"正恪尽职守地看护着那辆特殊的桑塔纳 2000，车子的周围被牢牢地缠上了一层厚厚的塑料布，封得死死的。

章桐跟着王亚楠来到车子近前后，迅速戴上手套，然后从技术勘验员的工具箱里找出了一瓶看上去普普通通的透明液体，再拿上两根棉签、两个二号试管，紧接着就示意打开塑料布，最后拉开车门，钻进了车里。

不大会儿的工夫，章桐就钻了出来，然后把两个已经盖好盖子的试管递给身边站着的勘验组的同事，吩咐道："马上做 DNA 检验！"

"成功了？"

章桐笑着点点头，一边摘下手套，一边说道："虽然车子内部被整个擦拭过一遍，但是方向盘保护层上的细小颗粒状凹凸处依然会保留下近期使用者的汗液残留。现在是夏天，不会有人戴着皮手套开车的，而我们人类的手无时无刻不在分泌着细微的汗液，皮肤的新陈代谢也是时时刻刻都在进行，凶手没有料到这一点，百密一疏啊。我刚才用苯酚溶液擦拭过，确定有 DNA 样本残留。如果是三年前留下的话，我想现在早就应该检验不出来了，即使有，样本也已经过度氧化而变得不完整了。这车子密封性能很好，我们只要确定我刚才所采集到的样本的纯度，并且分离出相应的 DNA，再有参照物相对比的话，那么一切就能够迎刃而解了！"

王亚楠当然明白章桐话语中所提到的"参照物"究竟指的是什么，她点点头，转身就走。

出乎王亚楠所料，丁蓉丁主任一点都不慌张，向自己投射来的目光中竟然充满了挑衅的意味。那双骨节粗壮的手和眼前这个瘦小的女人之间似乎一点关系都没有，王亚楠突然有种奇怪的想法，这双手应该属于另外一个人。

"王队长，你这样很没礼貌地盯着我看了有六分钟了，我的时间可是很宝贵的！我一会儿还有一个手术，病人那边，你可耽误不起的！"

看着自己的对手那与生俱来的高傲，王亚楠皱了皱眉："我们把你叫来，那肯定是有原因的，公安局是你随便来的地方吗？"

丁蓉换了一个坐姿，微微弓起后背，目光中竟然带着一丝笑意："好啊，那你倒说说，叫我来是配合你们什么工作？"

"在侯俊彦自杀后，他的那辆灰色桑塔纳 2000，你驾驶过吗？"

丁蓉摇摇头，不慌不忙地说道："我干吗要去开我老师的车？我自己有车。"

"那你能解释一下为什么在车中会发现你的指纹吗？"这是一着险棋，王亚楠知道自己根本就没有发现丁蓉的指纹，不过她要试探一下，看看丁蓉的表情。

“那也是可以解释的，老师生前我坐过他的车，和师母在一起。我也开过这辆车。”

王亚楠不得不佩服丁蓉的沉着冷静，自己面对过数不清的犯罪嫌疑人，还从没有一个能够这么毫不慌乱地和自己应对自如的。

“王队长，难道你真的认为我杀人？证据呢？没证据的话你就没有权力阻拦我！否则我要告你非法扣押！”丁蓉的情绪渐渐地有些激动了。

王亚楠不免暗暗着急，她抬头看了一眼审讯室墙上的挂钟，那份至关重要的DNA检验报告单还没有到，难道就这么眼睁睁地把她放走吗？明明各条线索都是指向她的。就少了那么一环！

正在这时，电话响了，王亚楠赶紧接起电话，号码显示是法医办公室打来的。

“怎么样？”王亚楠使自己的声音听上去很平静。

“共分离出三种DNA样本，方向盘上的一种DNA样本未知，另一种DNA样本和参照样本提供者相符合，但是，手柄控制杆上却又有一种DNA样本和她有四对基因符合，而这种样本中含有二号死者的微量血迹，也就是说，有可能真正的嫌疑人另有其人，且和参照样本提供者有着直系血缘关系！”

王亚楠一声不吭地挂上了电话，想了一会儿，她直视着丁蓉：“你没事了，可以走了，但是在你走之前，我有个问题。”

“说！”

“你的儿子在哪儿？我想和他谈谈！”

一听这话，丁蓉的双眼立刻眯成了一条缝。她的话语中充满了警惕：“你找我儿子干什么，他和这事情没有任何关系！你不能冤枉好人！”

王亚楠和赵云对视一眼，冷静地说道：“我们又没有说为了这个事情找他，只是想向他了解一下情况，请你配合一点！”

丁蓉却再也无法平静下来了，她的眼神中闪过一丝慌乱，一拉椅子迅速站了起来：“对不起，王队长，你们没有证据扣留我，我走了！后会有期！”

赵云刚想开口，却被王亚楠拦住了，她微微摇摇头，示意让丁蓉离开，不要阻拦她。等到确信丁蓉已经走进电梯了，王亚楠立刻吩咐赵云："马上跟踪丁蓉，她现在肯定会带着我们去找真正的杀人凶手！"

坐在车里，看着车前方二十多米处，刚才还沉着冷静的丁蓉此刻脸上却充满了焦急。她从出租车里出来后，急匆匆地走进了郊外的一个连体别墅里。王亚楠不得不感叹母性的神奇，这个女人精心编制的严密的防护外罩被彻底打破了。王亚楠虽然不是一个母亲，但是她却很清楚天底下所有的母亲最大的软肋就是她们的孩子。

手机终于响了，王亚楠接起电话，在听完简单的汇报后，她点点头："我知道了。"

挂上电话，王亚楠和赵云两人拉开车门，走下车，然后迅速向别墅靠近。

这是一栋表面灰色的别墅，建筑呈现巴洛克风格，已经有一定的年份，斑驳的墙面上爬满了绿色的爬山虎。别墅有三层，别墅前的花园已经明显有些荒废，除了不知名的野花以外，就是杂乱丛生的野草，显然这别墅的主人的心思已经不在自己的生活中了。如果不是丁蓉刚刚走进去的话，王亚楠真会怀疑这地方是否还住着人。

门铃发出了一种刺耳的声音，仿佛在打磨着一个年代已久的砂轮，就像这栋老房子一样。来之前因为太匆忙，所以并没有来得及申请逮捕令，这一次王亚楠也就只能以拜访之名站在别墅门前的台阶上。

门铃响了很久都没有人来开门，王亚楠有些焦急，瞟了一眼身边的赵云："会不会出什么事情？"

"不知道，怎么样，要不要……"赵云的意思是要不要硬闯进去，他把手伸向了自己的后背。

王亚楠也掏出了随身带着的手枪。她打了个手势，示意两人分头从屋子的两边摸索前进，找到能进去的门。

赵云点点头，朝左面快步走去了。

别墅看上去并不大，但是横向面积却不小，王亚楠一连走了三十多米杂物堆积的羊肠小道后，才终于找到一扇可以进入别墅的小门。她转动了一下门把手，门很快就被推开了。王亚楠左右看了看，然后迅速走了进去。

眼前顿时一片漆黑，这是一条狭窄的过道，过道两旁堆满了乱七八糟的东西，用帆布盖着。王亚楠努力睁大双眼，向着过道尽头那一点微弱的亮光处摸索前进着。

走到亮光处发现那是一道门缝，她用力推开门，眼前顿时一片光亮，她发现自己正站在别墅一楼的大厅中。

最先吸引她的目光的，是正前方墙上挂着的一张很大的相片，用油画的方式处理过，有一人多高。相片中的两个人她认识，正是自杀身亡的侯俊彦与他那因车祸而死的妻子，不过在相片中两人的脸上看不到一丝悲伤，两人笑得很开心，很满足。

王亚楠皱了皱眉，难道这别墅原来的主人正是死去的侯俊彦夫妇？那么，丁蓉为什么会有这个别墅的钥匙？

整个大厅里一尘不染，与屋外的情景仿佛天壤之别！

正在这时，赵云出现在了身后，他也是从那个小门里进来的。

“怎么样？还没有找到人吗？”

“没有，我们再分头找！我去楼上，你去看看地下室，有情况招呼一声！”

“没问题！”

十多分钟后，当王亚楠伸手推开二楼的一间房门时，眼前的一幕让她惊呆了。

鲜血正顺着床沿慢慢滴落，很多很多的鲜血，早就在地板上汇成了一条血河，空气中弥漫着令人作呕的铁锈味道。

床上也好不到哪儿去，洁白的床单已经变得血红，在血红的床单上躺着的那个人，满脸意味深长的微笑早已经定格。尽管脸色已经惨白，意识和生命都在慢慢远去，但是这个人似乎很满足，要不是他右手腕上那道深可见骨的令人恐怖的伤口的话，王亚楠真的没法相信他正在面对死亡微笑。

这个人，这张脸，她再熟悉不过了，因为他的名字早就被刻在了一块墓碑之上，但是这一回，他可是真的死了。

他就是天长市第一医院原外科主任侯俊彦。在别人眼中，三年前他就已经是一个死人，而此刻，他静静地躺在床上，他的右手正紧紧地握着一张相片，相片中的女人正是他的妻子。

沉思良久，王亚楠默默地叹了口气。

在审讯室中再次见到丁蓉时，她的脸上却再也找不到先前那种不可一世的嚣张气焰了，相反，眉宇之间充满了难以名状的悲伤，目光呆滞，仿佛以前那个骄傲的女人在她身上自始至终根本就没有存在过一样。

“丁蓉，到现在你也该说实话了吧？”

丁蓉点点头，长叹一声，一脸的落寞：“没错，侯俊彦确实是我同父异母的哥哥。人也是他杀的。这么做，我想你们也早就已经猜到了，都是为了嫂子和她那还没有来得及看一眼这个世界的可怜的孩子！现在，一切都已经结束了，完了……”

“那你把事情原原本本地和我们说一下吧，从三年前那起车祸开始说起。”王亚楠打开了录音机。

回忆起往事，丁蓉的目光中充满了伤感。

“我哥哥是个性格坚强而且很自负的男人，三岁的时候，他母亲带着他和我父亲离了婚，从此后娘儿俩过着艰苦的日子。

“四年后，我出生了。但是我从来都不知道他的存在，直到我工作三年后又考上了研究生，最后竟然投在他的门下，一个偶然的机会，我在他家的相簿里看见了我父亲年轻时的相片，这才知道我和他的关系。从那个时候开始，他就是我唯一的亲人了。”

“你不是还有一个儿子吗？”赵云忍不住插嘴问道。

“他死了！”说这句话的时候，丁蓉的口气变得十分冰冷。

王亚楠皱了皱眉头，示意丁蓉继续说下去：“说说三年前侯俊彦自杀的那件事！他为什么没死？死的又是谁？我想你应该比谁都清楚！”

丁蓉的嘴唇开始渐渐地哆嗦了起来：“我哥哥自从嫂子惨死后，自己又被诊断出车祸导致右手神经重度损伤，这辈子说不定就得告别手术台了，他的生活也就彻底毁了。从那时开始，他就有了死的心思，但是在死之前，他要替嫂子讨回一个公道。可是，据说车祸很大一部分原因是车子本身质量缺陷导致的，车主只负担百分之二十的损失赔偿。两条人命啊！开车的杀人凶手竟然可以逍遥法外！这世道还有天理吗？老天爷都不长眼啊！”丁蓉的泪水泉涌而出。

“在投告无门的情况之下，我哥哥彻底绝望了，他决定以死抗争。”说到这儿，丁蓉突然不吭声了，两只眼睛目光发直，死死地盯着面前的墙壁。

“丁蓉，是谁替侯俊彦死了？是不是你的儿子？”王亚楠的话犹如晴天霹雳，丁蓉顿时号啕大哭。

赵云惊得目瞪口呆：“王队？”

王亚楠点点头，重重地叹了口气：“把情况一五一十地说出来！”

“小鑫因为吸毒，一直找我要钱，没有钱，他就打我，家里的东西都被他卖光了，还扬言说要是我拿不出钱让他去买毒品，就要打死我。那天下午，我去哥哥那边探望他，因为嫂子和侄子死了，我很担心哥哥。我到的时候，他喝醉了，躺在床上不省人事。我无意中发现了桌上的遗书，那时我惊呆了，我不能让我哥哥就这么离开我。他是个好人！

“就在那时，门铃响了，我打开门，看见了小鑫阴沉的脸，他一看见我，不由分说上来就掐住了我的脖子，问我要钱。我拼命挣扎着，但是，但是我喘不过气来。就在我的意识渐渐模糊的时候，一记沉闷的响声过后，小鑫就倒在了我的怀里，鲜血溅了我一身。在小鑫的身后，我哥哥手里拿着一个坚硬的哑铃，正茫然而又恐慌地看着我。”

“侯俊彦杀了你儿子？”

丁蓉表情淡漠地点点头：“他是为了救我，不然的话，那天晚上死了的，肯定就是我了！”

“那接下来呢？”

“我们很快就清醒了过来，我哥哥要去自首，但是被我拦住了，我不想他清白的一生就这样毁在我自己生的孽子手里。我看到了桌上的遗书，就有了李代桃僵的主意。我知道，我哥哥在天长这边已经没有亲人了，没有牵挂，也没有别人知道我和他的血缘关系。大家所知道的，就只有我是他最疼爱的徒弟而已。所以，要是我第一个出现在自杀现场，死者又穿着我哥哥的衣服，身高体型又差不了太多的话，如果我坚持指认这具从十楼跳下去的血肉模糊的尸体就是写下遗书的死者的话，那么，你们警察是不会多问一句的。更何况我哥哥的生活被毁早就已经是尽人皆知了。我也不用再多说什么了。”

“就这样你用亲生儿子的尸体替代了侯俊彦？”

“对！”

“那么，照你这么说，事情应该也已经过去了，却又为何在三年后的今天发生了这么残忍的谋杀案呢？两条无辜的生命，你们难道不是医生吗？怎么却变成了杀人不眨眼的魔鬼！”

听了赵云的怒斥，丁蓉微微摇了摇头，无奈地说道：“在这三年中，我哥哥一直过着几乎与世隔绝的生活，很少出门，平时也只有我去看望他。他整天都生活在自己的世界里，在那个世界里，嫂子，还有那没有出生的孩子，都还活得好好的。我没有注意到他的情绪已经在潜移默化中发生了可怕的变化。

“他清醒的时候一点都没有忘记嫂子被害的事情，包括车主的名字，他都已经把它们深深地刻在了自己的脑海里。他虽然很少出门，但是他却一直在默默留意着那个姓王的车主家的一举一动。他甚至还在网上雇用了一个私人侦探，对方定期向他汇报情况。没想到那个车主的女儿居然来这边读书了。”

“他把计划告诉你了？”

“对，他在这个世界上唯一信任的就只有我了。”丁蓉默默地把一缕垂下来的发丝夹回了脑后。

“那你们究竟是怎么干的？”

“她家经济状况不是很好，又因为车祸的原因，家里失去了重要的经济来源，所以，女孩子很渴望找到一份比较稳定的家教工作。我根据私人侦探的情报，知道她在周末会去新华书店门口寻找当家教的机会，就在那边找到了她，并且给她配了手机，说是便于联系，然后和她交上了朋友。”丁蓉的嘴角挂着一丝不易察觉的冷笑。

“五月十三号那天，也就是三年前我嫂子和侄子被撞死的那一天，一切都准备好了，我打电话给她，约她晚饭后来家里给孩子做辅导，到时候我会去接她。她欣然同意，完全不知道因为父亲曾经犯下的过失，自己马上就要失去生命。我在小街上接到她以后，就把她带到了郊外的别墅，接下来发生的事情，你们已经知道了。”

“那你们为什么要这么对她？太残忍了！”

“在这三年里，我哥哥一直都没有放弃找回自己这双手的愿望，并且越来越强烈。事业也是他的生命，所以……”

“所以你就忍心这么对待死者？”王亚楠简直都不敢相信自己的耳朵，杀了人还有这么冠冕堂皇的理由。

“她被分尸前就已经死了，死的时候没有任何痛苦。”或许这就是在丁蓉的脸上找不到一点愧疚的原因。

赵云拉住了王亚楠：“你负责抛尸？”

“对！我哥哥当时也在场，在我走了以后，是他打电话报的警，怕你们注意不到那个包裹。”

“那第二个死者呢？你们为什么杀她？她和你们那起车祸一点关系都没有啊！”

“她曾经经过郊外别墅区，看到了我哥哥，还认了出来，一直紧盯着不放。只能说她在错误的时间里出现在了错误的地方。”说到这儿，丁蓉的脸上流露出不屑一顾的神情，“再加上你们在电视中不是说快破案了吗？”

她没有再继续说下去，相反用挑衅的眼神注视着王亚楠和赵云：“我看你们智商也很一般，要不是我哥哥执意留下了那张相片，你们会想到两个案子是一起的吗？”

王亚楠没有吭声。她拿过两张放大的相片，都是手柄控制杆上采集到的微量血痕的特写，还有一份化验报告，一并都递给了丁蓉，然后平静地说道：“你们还是留下了破绽，尽管整个车子上一点指纹都没有，我们就根据这个血痕，找到了你！”

翻看着 DNA 检验报告，丁蓉的脸上一阵红一阵白，她紧咬着牙关。

“要不是我赶着要回去做手术和还车的话，我们不会这么匆忙的。”

王亚楠感觉到莫名的愤怒，讥讽道：“丁主任，你难道不觉得可笑吗？一边赶着帮你哥哥杀人，同时又赶着回去做手术，游走在杀人与救人之间，何苦呢？”

丁蓉没有说话。

夜深了，王亚楠办公室的灯还亮着，她呆呆地凝视着眼前不断闪烁着的电脑屏幕，突然感觉心里空荡荡的。

“你还没有走啊？”是章桐的声音。

王亚楠抬头，疲惫地一笑。

“我听说结案了。”

“对，可是最后关头，凶手却自杀了。”

“我想其实在三年前他就已经死了，至少他的心死了。”

王亚楠点点头：“我也是这么认为的，他最爱的女人和他的事业，这两样被一个男人视作所有生命的东西，如果一下子都没有了的话，那么，这男人活着还有什么意思？小桐，你经常面对死人，对于死亡，你有什么看法？你会笑着面对死亡吗？”王亚楠的眼前出现了侯俊彦那临死时挂在嘴角的笑容，她在他眼中看不到任何恐惧。

“我每次心情不好的时候，都会来到解剖室，面对冷库中那一具具已经毫无声息的躯体。它们就像是我的朋友一样，我静静地坐上一会儿，听它们用冰冷的无声的语言来告诉我心中的想法。当然了，它们已经死了。”章桐放下挎包，走到窗口，看着窗外灯火阑珊的街市，喃喃自语道，“死亡其实并不可怕，在很大程度上，我想它应该是一种解脱。我父亲当年就是这么离开了我和母亲。”说着，她一阵苦笑，回转身，面对王亚楠，“老话不是这样说吗——好死不如赖活着，生命只有一次，谁都不会愿意就这么结束自己的生命，但是，亚楠，如果我的生命像侯俊彦所经历的那样变成了一副行尸走肉般的空壳的话，或许我也会选择死亡，因为那是一种解脱。就这一点上来看，我很能理解侯俊彦最后的自杀行为。”

看着章桐说这番话时那脸上似笑非笑的表情，王亚楠不由得打了一个寒战，连忙摆手：“小桐，你别吓唬我，你什么都没有的时候还有我呢，你若死了我就没朋友了。再说了，我结婚你还要当伴娘呢！”她继续扳着手指，“我生孩子，你还要当我孩子的干妈，将来就是干外婆、干太婆……”

“你别数了，我还没有那么老呢！”章桐笑了，一把抓起椅子上的挎包，“走，咱们吃夜宵去！街拐角那边开了个新的夜排档，听他们技术组上夜班的人说味道不错的，价钱也公道！”

“走！”王亚楠欣然同意，利索地关上电脑，拿上外套和挎包，走到门口，突然又想起了什么，嘴里嘟囔了一句，“我还有个结尾没有写完……”作势就要转身往回走，却被章桐拦住了：“哎呀，亚楠，都结案了，今天就放松一晚上吧，别那么玩命，休息休息，李局不会怪你的！”说着，她不容分说地拽着王亚楠的胳膊就往外走，嘴里嘟囔着，“再说了，咱们两姐妹难得一起聊聊闲话，我特地来找你也是有很多话要和你说的，今天就算给我一个面子吧……”

王亚楠看看章桐，无奈地点点头，笑了。王亚楠是一个好胜心很强的女人，她可以什么都没有，包括婚姻，但是她却深知自己不能没有朋友。什么叫“朋友”？就是面对你的任性永远都不会对你发脾气的人；会一面叫着“减肥”，一面却又笑眯眯地把你拽出去大吃一顿的人；会在你伤心的时候不计过往，搂住你的肩膀让你可以痛哭一场的人……章桐就是这样的一个人，王亚楠知道自己可以像信任自己的手足一样地去信任她，可以把自己的内心世界完完全全地展露给她。但是王亚楠却很困惑，因为章桐从来都不会把自己的心事讲出来，相反却裹得严严实实，就像一个深不见底的深潭。王亚楠不会去打听，可是她的心里，却从来都没有放弃过这个念头。同时她也相信这只是时间的问题，总有那么一天，章桐会告诉自己她的心事的。

墓地上方的空气就如同坟墓里埋葬的骨灰一样冰冷，四周听不到鸟叫的声音，只有一只孤零零的蟋蟀在有气无力地鸣叫挣扎着。天空中早已看不到耀眼的阳光，不知何时已经变得一片灰暗，从远处朦朦胧胧地传来了阵阵雷鸣声，很快，午后的雷阵雨就要降临了。

章桐伸手触摸着父亲冰凉的墓碑，那花岗岩墓碑表面的颗粒划过她的指肚，留下了一种异样的悲凉，泪水渐渐地模糊了双眼。父亲在毅然迈出生命中最残忍的那一步跳下大楼的那一刻，不知道他脑海中有没有想过在这个世界上还有相濡以沫的妻子和深深爱着他的另一个女儿。

“爸爸，我来看你了，我好想你。”虽然父亲已经离世二十年，当时章桐尚在幼年，但对于深爱的父亲依然有着这辈子永远都无法抹去的记忆。章桐有时候也会埋怨父亲，因为他的离去，带走了自己所有的快乐，从此以后，章桐的生命中就只有母亲那时而清醒时而模糊的爱。

她想象着父亲在世时的微笑，可是记忆中却只找到父亲那流泪的双眼。妹妹走了，父亲一夜之间愁白了头，当三个月后风尘仆仆的父亲再次出现在家门口时，章桐在他的目光中只看到了陌生和绝望。父亲的眼中不再有她了，他用那遍地的血红和宝贵的生命换来了自己心里永远的平静。

可是章桐很快又不怪自己的父亲了。他太爱两个女儿了，章桐明白，父亲是在遍寻妹妹无果的情况下，毅然用死亡来弥补自己因为疏忽而造成的悲剧。

“我给你带来一件礼物，”她喃喃地说道，把手伸进了自己的挎包里，摸出了一张自己和母亲的合影。她把相片轻轻塞进了父亲墓碑下放置骨灰盒那一层的小小的缝隙里。

“这样，你想我们的时候，就不会感到寂寞了。”

手机响了。

“我是章桐。什么时间？……地点呢？……”她看了看手腕上的表，“保护好尸体，我二十分钟后到。”

挂断电话后，章桐看了看父亲的墓碑，轻轻叹了口气。她犹豫了一下，伸出手抚摩了一下父亲小小的遗像，嘴里喃喃地说道：“放心吧，爸爸，我不会给你丢脸的！”

天空中已经开始飘起了细密的雨丝，章桐头也不回地径直走下了甬道，向公墓门口快步走去。

章桐厌恶下雨天，因为下雨天不光让人心情不好，还会破坏露天现场的完整性。尤其对于尸体表面证据的破坏程度，更是让人难以想象的。

案发地点在海边的一条废弃的栈道上，因为下雨，位置又偏僻，所以要不是一对突然心血来潮的小情侣打定主意来这边寻找浪漫的话，真不知道尸体要到什么时候才会被人发现。

章桐刚下出租车，就看到了那对被吓得够呛的小情侣，脸上极度恐惧的表情是装不出来的，脸色灰白，浑身瑟瑟发抖。章桐皱了皱眉头，她注意到了那个小伙子裤腿上的污渍，还有那不远处的一堆隐约散发着酸腐味道的胃容物。

雨越下越大，潘建驾驶着工作车也随后赶到。在整理工具箱的时候，潘建一脸的沮丧。

“怎么了，尸体放在面前都没有见你这么一脸的倒霉样，到底出什么事了？”章桐微微一笑。其实她不用问也早就猜到了，小伙子这段日子在谈恋爱，难得的轮休被抓来，又是这么泥水嗒嗒的下雨天，心情能好才怪。

潘建一边把沉重的工具箱拖了出来，一边没好气地说道：“好不容易把阿彩哄得笑了，这电话一来，就又黄了，唼……”

“行啦，时间长了也就习惯了。”章桐叹口气，摇摇头，拉着工具箱，刚要向栈道方向走去，法医工作车里突然冒出了一个脑袋：“章法医，等等我！”说着，车门就打开了，看样子刚才他可能睡着了。

是赵俊杰！

章桐皱了皱眉，回头瞪了一眼潘建：“他怎么来了？”

潘建耸了耸肩膀，一脸的无奈：“李局硬要我带上他，我又有什么办法？说要搞好和媒体的关系，大道理一大堆。”

章桐不吱声了，也不搭理在后面匆匆忙忙找鞋套和雨伞的赵俊杰，迅速向栈道尽头案发现场走去。

由于在电话中早就已经交代过了要保护好尸体现场，所以王亚楠叫来了四个助手，一人一角拉着一块大帆布，搭了个简易帐篷遮住了躺在栈道上的尸体。

尽管此刻帐篷外面下着雨，掀开帐篷进入现场时，那股扑面而来的浓烈的血腥味却还是让人作呕。王亚楠站在尸体旁，脸色很糟糕。

“这是什么？”低头看去，章桐简直不敢相信自己的眼睛，在腐烂的栈道木地板上，摆放着一大摊血肉模糊的肉，没有头颅。就像一个被调皮的孩子撕扯坏了的洋娃娃一样，被随意地扭曲，然后抛弃在了这荒凉的郊外海边栈道上。

王亚楠没有说话，神色严峻地站在一边。

章桐一边蹲下，打开工具箱，戴上手套，一边挥手示意潘建马上就用防水相机进行现场尸体的拍照取证工作。

章桐见过很多尸体，各种各样的死法，但是却从未见过像眼前这堆乱七八糟的肉块这般令人恶心的。无孔不入的苍蝇已经开始向这顿“美味”聚集。强忍住内心的恶心，章桐小心翼翼地整理着死者的残留物。

身后传来了一声惊叫，紧接着就是帐篷外拼命呕吐的声音。章桐紧锁着眉头，她深知尽管见过很多大场面，赵俊杰赵大记者绝对是承受不了眼前这幅仿佛是地狱的景象的，想到这儿，她的嘴角微微扬起，骄傲的赵大记者至少一个月内是吃不了肉了。

“怎么样，小桐，有什么明显的线索吗？”王亚楠的嗓音有些沙哑。

“凶手太残忍了，只剩下一堆支离破碎的肉片。”章桐皱了皱眉回答道，“不过可以肯定的是，这是抛尸现场，不是杀人现场。尽管下雨，但是尸体身下的木板上并没有渗漏的血迹，干干净净的。”

“这场大雨帮了倒忙！”潘建忍不住插了句嘴。

“还有呢？她除了被砍去四肢和头颅外，还缺少了什么器官？”王亚楠的视线一直没有离开过地上那摊七零八落的肉块。

“内脏被挖空了，还有骨头！”章桐用工具稍微翻了翻，头也不回地回答道。

“骨头？”

“对！一般人体由两百零六块骨头组成，但是死者的身上却没有一块骨头被剩下！她被人利索地剔去了身上所有的骨头！”作为一名法医，章桐很熟悉人体的每一块骨头所处的位置，所以对于王亚楠的问题，她立刻脱口说出内心油然而生的忧虑，“亚楠，这个人很变态！你要小心！”

王亚楠点点头，皱眉咒骂了一句：“变态狂！”

在回局里的路上，赵俊杰自始至终都是一脸煞白地趴在汽车后座上，连头都没有抬起来过。

潘建小心翼翼地开着车，时不时地偷偷瞟一眼后视镜，心里祈祷着这后座上的赵大记者千万不要吐在车上。

章桐则心事重重地看着车窗外不断向后的湿漉漉的街道。她的心里有种很不好的感觉，此刻放在法医工作车后备厢里那个黑色装尸袋里的乱七八糟的肉块，很有可能只是一个开始，因为拿走死者所有骨头的那个魔鬼，显然根本就没有把死者当个人看待。如果在一个人的眼中除自己以外其他的人都已经不再称得上是“人”的话，那么，他杀一个人就和杀一只猫宰一只狗没有什么区别了，真要是那样的话，那将会是一个非常可怕的局面。章桐不希望自己即将面对的是这样的一个魔鬼！

世上没有不透风的墙，更别提现在还有“微博”这个东西。那对发现尸体的小情侣在清醒过来后所做的第一件事情，就是在报案前以最快的速度把自己的重大发现公布在了微博上，也不管别人看了会不会恶心。当王亚楠从比自己矮半个头的男孩子手中夺过手机的时候，海边凶案的消息早就已经以十的N次方的速度传遍了整个网络世界，再加上那张让人看了毛骨悚然的相片，尽管拍照时双手明显是颤抖着的，但个中的血腥与残忍已经可见一斑。

“谁允许你这么干的？”王亚楠生气了，作势要砸了手机。

男孩子急了，一蹦老高：“那可是iPhone 4啊，五千多块钱呢！你砸坏了我可要告你的。”

“你知道你传播出去的后果是什么吗？”王亚楠就像一个标准的悍妇一样，双手叉腰，晃了晃手中的手机，怒斥道，“这个没收，叫你家里人来拿！”她已经吃准了眼前这个小家伙至多不过十七岁，现在的这帮孩子都被自己的父母宠坏了，她决定要好好吓唬吓唬他。

男孩子心疼地瞅了一眼王亚楠手中的手机。“那你可别搞坏了！”他撇了撇嘴，依旧是满心的不甘，“再说了，现在不是新闻自由吗？我发微博又犯什么法了！”

听了这话，王亚楠忍不住重重地叹了口气：“你这消息泄露出去后，对我们警方的破案是非常不利的，知道吗？”说着，她把手机递还给了男孩子。看着他迅速转忧为喜，立刻打开手机微博点击删除，全然不顾自己刚才的可怕经历的样子，王亚楠无奈地摇摇头，招手示意同事过来接手，自己则转身离开了。

微博的影响力远比王亚楠想象中要大。此刻，早就回了公安局的章桐刚刚穿上工作服，还没有进解剖室，李局就急匆匆地赶了过来，在门口拦住了她，言语之间显得焦急又充满了抱怨。

“小章啊，你们刚接的案子究竟是怎么泄露出去的？现在竟然连市政府办公室的人都知道了，我却还被蒙在鼓里。人家纪委顾书记刚刚打来电话催问这件事了，说什么有人都捅到微博上去了，连现场相片都有，这可是你们工作上的失误啊！小王呢？她人还没有回来吗？”

章桐一头雾水，她一边给身后的轮床让路，一边皱眉说道：“李局，我对这个情况也不了解。”

“那你这边有消息后尽快通知我，估计媒体那边的压力马上就要到了。对了，赵记者呢？”李局边说边朝章桐身边看去。

章桐朝身后努了努嘴：“他呀，现场回来后就一直在休息室趴着呢，吐得脸都绿了。”

李局刚想开口，突然意识到了什么，尴尬地笑了笑，转身走了。

“章法医，你真厉害！我从来没有看见李局冲你发过脾气，再大的火看到你后都发不起来了。”潘建一边和章桐合力把尸体移到不锈钢解剖台上，一边嘀咕道。

“不是我厉害，做事只要用心，谁都不会指责你的。哪天你要是改了那吊儿郎当的毛病，你见了李局也不用再腿肚子发软了。”

潘建不吱声了，乖乖地从消毒柜中拿出一套早就准备好的工具盘，放在解剖台的旁边。

“我们开始吧！”

章桐挥挥手，头也不抬地利索地拉开了黑色的装尸袋。

第五章 骨头收藏家

章桐摇摇头："我不这么认为，这太片面了，这个人非常有耐心地剔除了死者身上所有的骨头，一根都不剩！我仔细检查过死者所有剩下的部位，没有一个地方有骨头的残留，哪怕一小片都没有！这个人就仿佛是拿走了一件独一无二的珍藏品一样！他在搜集骨头！而这些剩下的死者的肉体在他的眼中就等同于一堆垃圾，被毫不犹豫地抛弃在了荒郊野外！至于头颅，我想那是因为结构过于复杂，所以凶手干脆就全部拿走了。而从死者剩下的肉体上的创痕中，我也看不出一点下刀时犹豫的迹象。一般来说，第一次杀人，下刀都会有一定的拖痕留下，但是这死者身上的伤口处却干脆利落，毫不拖泥带水。显然他已经不是第一次下手了！"

一个多小时后，王亚楠风尘仆仆地推门走进了解剖室，并顺手从墙上拿过一件工作服穿上。来到解剖台跟前，她一声不吭地凝视着面前这堆面目全非的东西。没有头颅和手掌脚掌，死者的内脏已经被掏空，尸体身上的骨头已经被全部剔除，仅剩一副空空的皮囊。看得出来，凶手刀法极好，能够将尸体掏空一切还能留有躯壳。

"真难以相信，这居然是个人！这天杀的怎么下得了手！"良久，王亚楠才狠狠地咒骂了一句。

潘建递给王亚楠一张毒物化验报告："王队，刚送来的。"

王亚楠草草地看了一眼报告，皱眉问道："这三唑仑和舒安宁是什么东西？"

"都是镇静类药物，在死者体内发现的剂量足够让一匹马趴下了！"章桐一边说着，一边把死者的腿部朝外挪了挪，尽量让死者大腿根部的皮肤裸露出来，"我到现在还没有发现注射的针孔，已经找了三遍了。"

"镇静剂过量有没有可能导致死亡？"

"当然可以，但是这个死者却并不是直接死于镇静剂过量。根据尸体的身高体重大致来看（备注：根据骨骼学方面的研究，我们成年人的骨骼重量占人体体重的五分之一，本案中死者的大致体重就是根据这个倒推算来的，根据死者脂肪含量推算，可以看出死者生前身体指标正常。按照正常发育情况下人体身高和体重的比例推算，计算公式为身高减去体重再把得数乘以零点九，故可以在没有骨骼的前提下计算出死者的大致身高——资料来源于《法医与人体的奥秘》），她体内镇静剂的剂量只是让她陷入深度昏迷而已，这有可能会引起器官衰竭最终导致死亡，但是要知道，我们有些人对于这种镇静剂是有一定的抗药性的。而这个死者，至少她被肢解的时候还活着！"

"你说什么？"王亚楠吃惊地看着章桐。

"你看，"章桐伸出右手食指指着看上去应该是死者胸口的部位说道，"我仔细检查过全身的伤口，切口处的肌肉组织都呈现出一定的瘀血状况，显示死者在那个时候，全身的血液还处在流动的状态，也就是说她还活着。而这边，在本来应该存在第三和第四根肋骨位置的中间，你仔细看，有没有发现什么异样？"

王亚楠凑上前仔细查看，没多会儿就抬起头说道："这边好像伤口有些不一样！比较不规则！"

"对，是用一种类似于钢钩之类的东西戳破的。我们可以设想一下，凶手用钩子钩住了死者的这个特殊部位，钩子牢牢地挂住了死者的第三和第四根肋骨，而这里的位置又接近死者的左心室，钩子很有可能直接穿破心脏，进入左心室，血液迅速流出，进入肺部。如果我的推断没有错的话，死者是被自己的血液活活呛死的，持续的时间很长，而在这段时间里，死者的血液也很快流光了。我想，这就是死者的死因！”

“太残忍了！”王亚楠的脸色非常难看。

“听上去怎么这么熟悉？”一旁的助手潘建忍不住嘟囔了一句，随即看到王亚楠和章桐不约而同地看向自己，连忙解释道，“是这样的，我的父亲在肉联厂工作，我小时候经常去那边玩，你们刚才所说的，和那边杀猪的方法很类似啊！”

“你接着往下说！”

潘建点点头：“他们一般的惯例就是用肉钩子钩住猪身上的这个部位，把刚刚宰杀完的猪吊起来，然后再进一步分解。他们的动作非常熟练，没几分钟，猪就按照各个部位分门别类地片好了！”

“难道我们要找的是个屠夫？”

章桐摇摇头：“我不这么认为，这太片面了，这个人非常有耐心地剔除了死者身上所有的骨头，一根都不剩！我仔细检查过死者所有剩下的部位，没有一个地方有骨头的残留，哪怕一小片都没有！这个人就仿佛是拿走了一件独一无二的珍藏品一样！他在搜集骨头！而这些剩下的死者的肉体在他的眼中就等同于一堆垃圾，被毫不犹豫地抛弃在了荒郊野外！至于头颅，我想那是因为结构过于复杂，所以凶手干脆就全部拿走了。而从死者剩下的肉体上的创痕中，我也看不出一点下刀时犹豫的迹象。一般来说，第一次杀人，下刀都会有一定的拖痕留下，但是这死者身上的伤口处却干脆利落，毫不拖泥带水。显然他已经不是第一次下手了！”

“你说这人从活人身上搜集骨头？”说这句话的时候，王亚楠突然之间感觉到自己周围的温度变得异常冰冷，她不由得打了个寒战，接着补充了一句，“这世界上竟然还有人会为了搜集骨头而杀人？”

章桐一脸的严肃：“如果这人痴迷于人体骸骨的话，那么杀一个人在他看来，只不过是为了得到自己期盼的收藏品所必须完成的步骤罢了！”

听了这话，王亚楠不由得倒吸一口凉气。她意识到章桐说得没错，因为目前看来只有这样才能够解释为何死者全身上下的骨头都被人取走了。

“骨头收藏家”这个称号在一夜之间就传遍了整个网络，天长市最大的论坛——“天长茶社”上铺天盖地的都是有关“骨头收藏家”的种种让人毛骨悚然的猜想。当然了，随之而必然产生的对天长市公安局办案效率的不满情绪也是越积越多。

当章桐推门走进会议室时，李局阴沉着的脸让她顿时感觉到了局势的严峻。

“都到齐了，大家说说吧，对这个案子的看法！小章，你是接手的法医，你先来！”

章桐点点头，站起身：“死者为女性，年龄在二十至三十岁之间，没有生育过孩子，皮肤细腻，显示保养得很好，皮下组织很有弹性，营养充足。死因目前暂时定为失血过多合并肺部感染。因为死者的全身骨头以及手掌、脚掌和头颅至今尚未找到，所以，对于死者的身份我没有办法做进一步判定。死亡时间为十九至二十四个小时前。”

“无名尸体？这尸源判定不了的话，对于我们案件的破获有很大的难度啊！”重案组副队长赵云忍不住合上笔记本嘀咕道。

“没错，尸源的判定是我们目前最棘手的问题，”王亚楠皱眉说道，“但是对于失踪的成年人来说，我们基层派出所一般要在四十八小时后才会立案上报给我们。这叫我们怎么去找？”

李局叹了口气：“看来只有大海捞针了，马上发认尸启事，”他看了看手腕上的表，“还有五个小时才到晚上六点，还来得及上晚间新闻，我马上就和广电中心联系，小王，散会后马上整理一份简报给我！”

王亚楠点点头。

“说到‘骨头收藏家’的问题，我们现在对这个称号的源头已经无法追踪了，”李局神情严肃地说道，“你们重案大队以后要注意，现场一定要严格控制消息，不能随便走漏，以免引起群众不必要的恐慌！今天的事情就算到此为止，我希望你们一定要汲取教训，下不为例，并且把这个要求给我马上传达下去，做到每个人都清楚！明白吗？”

“明白！”王亚楠的脸上一阵红一阵白。

“好，这个案子还是由你们重案大队负责，小王啊，尽快破案，全市每个老百姓都在看着我们呢！有什么困难，尽管来找我！”

王亚楠紧咬嘴唇，用力点点头。

散会后，章桐刻意站在会议室门口等王亚楠，看到她走到近前，就上前安慰地拍拍她的后背：“亚楠，别担心，你还有我呢！”

王亚楠一脸苦笑，下意识地搂住了章桐瘦小的肩膀，感慨地说道：“不用你提醒我，我们是拴在一根绳子上的两个蚂蚱啊！”

章桐微微一笑，两人肩并肩一起往外走。

“对了，怎么好久没有见到你那个检察院的老同学了？”王亚楠一边走，一边抬头问道。

章桐心里咯噔一下，确实有好长时间没有看见刘春晓了，也没有接到他的电话。她撇了撇嘴：“人家是大检察官，忙呗，怎么了，你想他了？”

王亚楠有些脸红：“哪有啊，我想他干吗？”

章桐突然站住了，转身看着王亚楠，一字一句地说道：“亚楠，我们认识至今已经有很长的时间了，可以说我是最了解你的人。我每天都和死亡打交道，作为你的朋友，我给你一句忠告，喜欢谁，就大胆地去追求去表白，要相信自己，你明白吗？人这一辈子没有长到有足够的时间让我们去后悔。你这个年龄已经耽误不起了，刘春晓是个好人，是个可以托付终身的好男人，你只要认准了，我就支持你。”

王亚楠的鼻子一酸：“谢谢你，小桐！”

回到办公室后，章桐竟然有一种如释重负的感觉。她窝进了自己垫着厚厚垫子的办公椅里。长时间地站立工作，不分昼夜地加班，让章桐疲惫至极，弯腰以及久坐身体都会疼，在椅子和靠背上绑上厚厚的垫子也是不得已而为之的举动。她抬头看着办公室角落里那副早就已经落满了灰尘的白森森的人体骨架模型，不由得陷入了沉思之中。

几乎每一个学法医的人都会对人体骨架着迷，包括章桐在内。记得还在医学院的时候，导师就曾经颇为感慨地说过，人体骨架并不代表着死亡，相反却是人类生命最原始的体现，平均二百零六块骨头，其平衡，其细致，简直是造物主神奇的手笔。人类每一个动作，哪怕细微到手指的颤动，都离不开骨头完美的结构！思绪回到现实中，章桐不敢相信这个世界上竟然还有人为了得到骨头而去杀人！

突然，她的脑海里闪过了一个念头，随即脱口而出："黄金理论！"

黄金理论，就是人体完美比例的一种计算方式。一个人的身高体重所产生的比例，还有头部、身体和四肢的骸骨长度比例，如果符合传说中的"黄金理论"的话，那么，这个人就被称为一个"完美无缺的人"！同时也拥有一副完美无缺的骸骨！

章桐打开电脑，找出自己刚刚完成的尸检报告，仔细查看了起来。由于内脏完全丢失，死者的头颅和手、脚掌也不存在，所以往常至少五页以上的尸检报告，这一次竟然被无奈地压缩到了只有短短的一页半。

"体重……大致身高……"章桐一边自言自语，一边在纸上推算着，结果很快就出来了，章桐忧心忡忡地看着纸上最终出现的三个数字——2：2：3，果真如此！死者死亡的原因难道真的简单到只是因为她长了一副"完美无缺"的骸骨？

正在这时，潘建推门走了进来，伸手递给章桐一份尸检报告："王队叫人送来的。"

尸检报告是传真件，上面标注的年份是五年前，也就是 2006 年，报告撰写人一栏填写的主任法医师名字是陈海市的法医黎淼。

王亚楠在报告上附了一张简短的字条，上面写着——查询了数据库，只找到这个类似的案件。

章桐一边翻看，一边询问道："那王队还说了别的什么没有？"

"别的她倒没说什么，只是叫你看后马上给她打电话！"

章桐点点头，随即把尸检报告摊在面前的办公桌上，仔细研读起来。

"编号陈 2006A45，送检日期 2006 年 4 月 5 日。尸检对象，女性，年龄在三十岁左右，未生育，身份无法确认。遗骸缺失头部和四肢，只存留部分于躯干上。骨架和乳房缺失，内脏被完全掏空，只留下完整子宫。无明显性侵害迹象。已经进行毒物检验，被证明死前服用了大量镇静剂。死者喉咙处发现一处划破口，深度四厘米，前后有拖痕，显示伤口不是一刀造成的。死者被一刀从断裂的颈部直接划到腹腔底部生殖器所在的位置，长达八十七点四厘米……”

看到这儿，章桐紧锁起眉头。她一把抓过右手边的电话机，直接就拨通了陈海市公安局法医室的电话，经过一番解释，终于找到了正在解剖台前工作的原尸检报告的作者黎淼法医。

“黎法医，我是天长市公安局的法医章桐，找你想问个问题，就是关于你刚才传真给我们的这份尸检报告的。”

“你说！”

“死者颈部的刀痕和贯穿全身的刀痕，据你观察是否是同一个人所为？”

电话那头沉默了几秒钟后，随即就传来肯定的回答：“我想应该是两个人，因为颈部的刀痕显得很犹豫，而且不是很深，前后有拖痕，而另一道伤痕却非常用力，一点犹豫的迹象都没有，贯穿全身，而且非常准确！刀痕没有发生偏移！”

一连几个“非常”让章桐的心跳得厉害。她简短地道谢并且要求尽快看到原始尸检报告后，就挂断了电话，转而打电话将王亚楠叫了过来。

“亚楠，我想我们面对的是连环杀人凶手！而且人数可能不止一个人！”王亚楠刚一到，章桐就迫不及待地把自己了解到的情况告诉了她。

“那为何中间偏偏要隔开五年这段并不短的时间呢？”王亚楠的心中还是充满了疑虑。

“这我没有办法回答你，但是同样一把刀，我们每个人使用起来却有各自习惯上的明显不同。”说着，章桐从解剖台旁边的工具盘上拿起了一把二号解剖刀，“你仔细看，刀是一样的，但是只要使用的人不一样，根据力度与方向的不同，那么，在受力物体上所产生的刀痕就像我们每个人的签名一样，仔细观察也会有细微的不同。或许你不太能看出来，但是这在我们经过专业训练的法医的眼中，就有很明显的不一样了。我刚才已经询问过陈海市公安局的当班法医黎淼，他肯定了我的意见。第一道刀痕，也就是死者颈部的刀痕，浅显而且不是一气呵成，中间有拖拉的痕迹，显示出握刀的人当时犹豫的心情；而第二道，也就是贯穿全身的这道刀痕，从上至下，干脆利落。如果这尸体是一次性处理完成的话，那么，从用刀的方式前后迥异来看，当时现场就应该有两个人。”

王亚楠点点头：“真没有想到，短短的五年之内，这个人的手法就变得这么熟练了！”她转念一想，继续问道，“小桐，那么你对凶器有什么看法吗？能确定具体范围吗？”

“陈海那边我也已经安排他们尽快把原始的尸检档案调送过来，我要进一步比对两次尸体上的伤痕。就目前状况来看，我只能说是由一把非常锋利的刀造成的，而且是特殊的刀具，不是一般家用的那种。我没有办法确定它的具体长度，只能说它是专业用的，因为刀口很薄，非常锋利，刀头呈现典型的锥体形状。这种刀一般在医用或者厨师所使用的特殊领域中被比较广泛地使用。”

联想到之前潘建的话，王亚楠脱口而出：“剔骨刀？”

“有这个可能，我会安排他们痕迹鉴定组进行对比！有结果马上通知你！”

“还有，我记得你刚才说被害者的生殖器部位是唯一完整保留的，那么，有没有性侵害的迹象呢？”

章桐摇摇头：“目前为止没有发现。陈海那边的尸检报告上也注明没有发现这一方面的明显迹象。”

“那就先这样吧！有问题我再找你！”王亚楠点点头。刚要转身走出解剖室，她突然想起了什么，站住身，回头说道，“小桐，我过来你这边时，听门卫说门口有人找你，是一个老头儿！”

“老头儿？”章桐皱了皱眉。

“对，他已经来了有一段时间了，你快去看看吧，打你的电话总是占线。”

“哦，我在跟陈海那边通话。我这就过去。”说着，章桐站起身，跟着王亚楠走出了解剖室。

只过了几秒钟——章桐猜想也就只有短短的几秒钟——她静静地注视着眼前长凳上这个年已花甲的老人的侧影，仿佛时间已经倒流。她动也不动，就这么站着，身边什么都没有发生，她完全可以确定这一点；但是她心里知道，眼前的一切都是假象，平静的表面之下，暗流在无声地涌动。

“陈伯伯！”章桐低低地招呼了一声。

老人回过头，落日的余晖在他的身后形成了一个特殊的剪影，章桐看不清楚他脸部的表情。他站了起来。

“桐桐，好久没见，你都长这么大了！”老人的声音仿佛超越了时空的间隔，除了苍老与沙哑以外，别的都没有变。

章桐的心里莫名地咯噔了一下，居然有些害怕他的接近。

突然来访的这个人正是章桐在苦苦寻找的陈伯伯，全名陈海军，离休的神经外科手术专家，同时也是章桐父亲生前的好友。

“陈伯伯，你……你怎么来了？”章桐迟疑着问。

“正好经过你家附近，就顺道上去看了看，你妈妈老了许多啊！”

章桐点点头，犹豫了会儿，选择在距离老人不远不近的长凳上坐了下来：“我父亲死后，我妈一个人把我带大，她操劳了一辈子！”

陈海军重重地叹了口气：“我没想到你父亲会最终选择走这么一条路。咳……”

目睹陈伯伯流露出的悲伤，章桐有些难过，不由得放下了心里的戒备和不安，反过来安慰他：“没事的，陈伯伯，你不用太难过，我父亲的路是他自己选择的，怪不了别人。再说，我和我妈也已经挺过来了，最难的日子都已经过去了。”

“对了，听你妈说你现在女承父业，也是一名法医了。”老人的口气变得欣慰了许多，“我想你父亲的在天之灵也会为你感到骄傲的！”

章桐微微一笑：“陈伯伯，你这次准备在天长停留多久？我想请你来家里吃个饭！”

“会停留一段时间，有些祖业要处理一下。我现在已经移民美国了。桐桐，伯伯忘了问你，你成家了吗？你也老大不小了啊！”老人的目光中充满了章桐记忆深处久违的神情。

“做法医的，比较难啊！”章桐下意识地叹了口气，“所以我现在暂时还不考虑这些个人的事情，先忙工作再说。陈伯伯，梅梅呢？她也在美国吗？”

老人的脸色微微一变，话语中透露着一股干涩的味道："车祸，已经不在了。"

章桐的心不由得一紧。她知道梅梅是陈海军唯一的女儿，小时候就经常跟着父亲来章家玩，与她年龄相差无几，两个人就像亲姐妹一样："她什么时候去的？"

老人长叹一声："都走了八年了！"

顿时，章桐的眼泪迅速滚落了下来，她紧咬着嘴唇，深吸了口气："陈伯伯，我很抱歉提起你的伤心事。"

"没什么，都过去这么多年了，我也已经习惯了。我想梅梅在天堂也是快乐的。"

章桐心里一酸："没想到梅梅这么早就走了，老天爷真不公平！陈伯伯，那你现在一个人，有没有什么打算？"

老人的脸上划过一丝异样的表情："还好，我经常四处讲课，也挺忙的，忙起来就不会想太多了，伯伯跟你一样，还是工作好啊！"

章桐点点头，她突然想到了什么，抬头问道："陈伯伯，你来天长多久了，有没有去看过我父亲？"

老人点点头："我去过，前几天，他的祭日。"

"什么时间去的？"

"很早，天刚亮，"老人一阵苦笑，"年纪大了，睡不着觉，所以早早就去了。多年的老朋友，就像亲兄弟一样啊！说来惭愧，你父亲走了这么多年，我这还是第一次去看他。"说到这儿，老人默默地摇摇头，显得很伤感。

章桐没有再多说什么。沉默良久，老人站了起来，一脸的歉意："桐桐，伯伯先走了，你忙吧，我改日再去你家拜访！"

"好的！"

远处，华灯初上。目送着老人逐渐消失的背影，章桐的心里突然酸溜溜的，想着自己的父亲如果还活着的话，一定也有这么苍老了。章桐的视线渐渐地变得模糊，远去的老人似乎已经变成了父亲，泪水又一次滑落脸颊。

回到家的时候，已经快晚上九点了，章桐站在黑漆漆的家门口，借着门缝里露出来的微弱的光，伸手在挎包里摸索着大门钥匙。楼道里又闷又热，没一会儿章桐就浑身是汗了。好不容易摸到了钥匙，她伸手就要往锁孔里插，或许是紧张的缘故，一不小心，咣啷一声，整串儿钥匙从手指缝里滑落下去，掉在了地上。章桐暗暗地骂了一句，摸黑弯腰去捡，可是，右手的食指和中指突然变得麻木起来，她咬紧牙关，努力了好几次，最后不得不伸出左手在地上摸索。

随着耳边传来门锁开启的声音，章桐眼前一亮，原来钥匙掉在地上的动静惊动了正经过门厅的母亲。

“回来啦！以后叫我开门就可以了！”母亲一脸的笑容，这些日子由于按时服用了药物，章桐在母亲脸上看见笑容的次数也渐渐地多了起来。

章桐赶紧捡起地上的钥匙串，塞进了挎包：“没事的，妈，我每次回来的时间都不一定，你不用等我的，我会照顾好自己的！”

走进家里，章桐第一眼就被客厅茶几上的几盒礼品吸引住了。她一边放下包，一边问道：“妈，是谁送的礼物啊？是不是陈伯伯？”

母亲从厨房里端着一碗凉拌面条走了出来：“是啊，你陈伯伯来看过我们，顺便给你带了点东西，还说是美国带回来的。我还问起他家的梅梅呢，怎么没见到她一起来？那丫头，长得也该和你一样高了！我记得以前小时候她常来我们家玩的。”

章桐的心不由得揪紧了，小心翼翼地问道：“那陈伯伯怎么说的？”

母亲依旧一脸的笑容：“你陈伯伯说梅梅结婚了，嫁了个美国人，工作又忙，所以就暂时不回来了。这孩子，咳！我倒一直念着她呢！”

章桐突然有种想哭的感觉，顿时明白了陈伯伯的一片苦心：“哦，这样啊，妈，你也别唠叨了，人家总会回来看你的！”看着母亲忙碌的身影，章桐实在不忍心戳破这个美丽的谎言。

“对了，桐桐，今天下午还有一个人来咱们家了，他说是你的老同学，小伙子人挺不错的，桐桐，听他的口气，对你印象很好。告诉妈，是不是你的男朋友？他是谁？叫什么名字？你怎么瞒着妈不说呀！鬼丫头！”

听了母亲一连串的问题，章桐差点没被嘴里的一口面条呛着，她结结巴巴地问道：“妈，你别乱想了，我没有男朋友！”

“你这孩子，都多大年纪了，还遮遮掩掩的想干什么！”母亲的话听上去是数落，但却是笑着说的。

章桐还想解释，张了张嘴，转念一想，还是老老实实地闭上了。

夜深了，听到隔壁母亲的房间里传来了关灯的声音，章桐皱眉想了想，犹豫了很长时间，最终还是打消了给刘春晓打电话质问的念头。她心里当然清楚刘春晓为何会突然上门拜访，他到底还是对妹妹的失踪案念念不忘。章桐不能去指责他，毕竟刘春晓并没有做错，他的出发点也是无可厚非的，可是这么一来，章桐就不得不因此去打开自己那段尘封已久的灰色的记忆。想到这儿，她用力地摇了摇头，习惯性地啃起了自己右手的指甲。每次章桐心乱如麻的时候，她都会啃自己的右手指甲，她不知道自己究竟是什么时候养成的这个习惯。而只有每次啃右手指甲的时候，她心里才会多多少少觉得平静些。

第二天一早，刚走进公安局大楼，门卫就叫住了她。

"章法医，有你的一份快递，是陈海市发来的！"

这么快！章桐不由得暗暗佩服起陈海市公安局的办事效率。匆匆签收完快递，她顺手把厚厚的大信封往胳膊肘下一夹，径直就往自己的办公室走去。

正走到楼梯拐角处，迎面竟然撞上了风风火火正朝外走的王亚楠。章桐刚想开口打招呼，王亚楠就打断了她的话，神色有些凝重："快走，有案子。城东废弃的铝合金加工厂，你一会儿马上过去。我在那儿等你。"

时间倒回到大约一个钟头前——

总的说来，这一天的收获应该是不会差的，才早上七点，老王头捡拾的废铝合金边角料已经有满满当当的一大麻袋了。看着自己丰厚的劳动果实，老王头不由得眯缝起了布满眼屎的双眼，那老树皮般的脸颊也下意识地颤抖了起来，他仿佛看到了一大堆花花绿绿的钞票正放在不远处等着自己去拿呢。今天究竟是撞了哪门子好运了，肯定是碰上财神爷了！老王头很庆幸自己意外发现了这么个荒凉偏僻的"风水宝地"，想想自己那帮子收破烂的老乡不听劝告，非得认死理就在一块地方发财，老王头的嘴就笑得合不拢了。既然是自己发现的，那么，这块独食自己也就老实不客气地吃定了！

突然，一阵剧烈的咳嗽涌上胸口，老王头不得不丢下自己手中的“拾荒钳”，拼了老命地咳了起来，一边咳嗽一边诅咒着自己刚抽完的那根“土烟卷”。人老了，不中用了，不抽烟又忍不住，抽了烟却又咳得要死要活的，老王头心里不由得郁闷到了极点。

他一边咳嗽一边抬头四处张望着，总担心身边会突然冒出一个不怀好意前来抢地盘发财的浑小子，毕竟自己捡了这么多年的破烂，不得不学会时时刻刻小心维护自己的根本利益。

咳嗽终于停止了，他弯腰使劲猛拉了一下脚边的那个早就已经看不出本色的破玻璃瓶子，试图把下面压着的那块巴掌大的铝合金废边角料给拽出来，结果那玻璃瓶子纹丝不动。

老王头又试了两次，那玻璃瓶子好像跟自己过不去一样，就是不动。他不由得有些生气了：“咋的，和俺过不去啊！瞧不起俺老头子是不？”说着，他活动活动双手和双脚，然后集中注意力，拼尽全身力气，一咬牙，瓶子终于跟拔萝卜一样被拔出来了。

俗话说，“拔出萝卜带出泥”，老王头脸上的笑容还没有消失，眼前那一人多高的废料垃圾山竟然就随着一声“轰隆”巨响坍塌了。

老天爷只给了老王头两只脚，十个脚指头，他本来站在这废料垃圾山的半山腰上就是颤巍巍的，四周连个实心的落脚地方都没有，偏偏这垃圾山朝着左手方向一泻千里，老王头顿时四脚朝天地倒了下去，手里还死死地拽着那个该死的破玻璃瓶。

耳朵边的动静终于消失了，老王头灰头土脸地左手撑着地面站了起来，刚想开口骂娘，突然注意到自己的左手有些不对劲，红红的，黏黏的，还有一股子铁锈味道。

老王头脑子里的第一个念头就是自己的左手被地上横七竖八的垃圾割破了，可是，随即他又感到不对头，因为手上一点痛的感觉都没有，看了看，确实没有伤口，那么这血一样的东西究竟是哪里来的？想到这儿，他凭着多年拾荒锻炼出来的“好奇心”，转身朝左手方向看去。

那是一个黑黑的塑料袋，在城里的各个垃圾桶里随处可见，那些红红的东西就是从这个被自己的身体意外挤压破了的垃圾袋里钻出来的。老王头皱着眉，小心翼翼地打开了垃圾袋，就着阳光，探头朝里一看，还没等他回过神来，一股说不出来的恶臭就扑面而来，老王头头晕目眩，紧接着顿时感到胃里一阵翻江倒海，把早上吃的那两个大饼统统吐了出来。

可怜的老王头坚信自己看到了只有在阎王爷住的十八层地狱里才会出现的玩意儿。因为一时好奇而打开了那个垃圾袋，他肠子都悔青了。

老王头清醒过来后做的第一件事情，就是头也不回地跑到马路边，摘下布满灰尘的公用电话，然后就像见了鬼一样地浑身发抖，哆嗦了半天才拨通了 110。

章桐和助手潘建一起小心翼翼地撑开了那个大号垃圾袋，垃圾袋破损的一角处还在不断地朝外面渗漏着散发阵阵恶臭的黏胶状物质。

只看了一眼，章桐的脑袋就大了。她伸手大致翻看了一下尸体残骸后，神情严肃地吩咐道：“潘建，我们马上要把这些送回局里解剖室，不能耽误了，尸体腐烂程度已经进入了三级。”

最高级别也就是三级。尸体刚开始时是被密封在黑色的塑料垃圾袋里的，现在在阳光的照射下，更加速了尸体的腐烂程度，整个尸体正在以不可想象的速度被无孔不入的微生物吞噬着。这也就意味着尸体表面的证据也在迅速消失。现在看来，时间比什么都重要了。

王亚楠在安顿好了报案的拾荒老头儿后，加快脚步向章桐这边走来，一边走一边大声问道：“怎么样，什么情况？”

章桐严峻的神情让王亚楠不由得站住了脚：“你的意思是又是那杂种干的？”

“我在垃圾袋里没有发现骨头！”

“天哪！”王亚楠皱眉看向潘建和章桐手中合力拽着的垃圾袋，“难道在这个人的眼中，他丢弃的就是一袋垃圾？”

没有人回答这个问题。

当黑色垃圾袋被小心谨慎地从装尸袋里拽出来的时候，整个解剖室里顿时被一股恶臭填满了。潘建努力了很久，试图憋气躲过这最初的味道侵袭，因为有经验的法医都知道，熬过最初的几分钟，后面，自己的嗅觉就会变得麻木了。可是，显然这种味道并没有潘建想象中的那么好对付，没多久，他就快要呕吐了。

章桐皱眉看着脸色发绿的助手："傻在那儿干吗？快做事啊！时间不等人！"

潘建不由得打了个寒战，因为要尽量减缓尸体的腐烂速度，章桐把整个解剖室的中央空调温度调到了最低。他抖了抖肩膀，嘟囔了一句："这太恶心了！"

"你以后还会见到比这个更恶心的，想干法医你就得学会不恶心！少废话，快拍照！"

潘建不吱声了。

在闪光灯噼里啪啦地照射下的是血肉模糊的细胞膜，还有已经分辨不清的软骨组织。头颅和四肢仍然不见踪影。

王亚楠就像一阵风一样刮进了解剖室，当她的视线落到解剖台上这堆乱七八糟的肉块上时，她不由得皱紧了眉头："这是人吗？怎么像刚从绞肉机里出来的？"

"当然是人，如假包换！要是再晚发现个二十四小时的话，就烂成一锅粥了。"潘建此刻已经完全适应了空气中的恶臭，没好气地发着牢骚。

章桐狠狠地抬头瞪了他一眼："我就知道你嘴里说不出什么好听的来。"

"说真的，你们这边今天这么臭，还冻得要命！还让不让人活了啊？"王亚楠忙不迭地拉过墙上挂着的工作服匆忙套上，"你们这边的空调到底开的几度啊？"

"十四度！"章桐伸手指了指解剖台上的尸体残骸，"这已经是最低的了，如果有可能的话，我还真想调到十度以下呢。"

王亚楠无奈地摇摇头。她非常了解章桐，知道她和自己一样，眼里只有工作，别的都是次要的。

"怎么样？性别能区分吗？"

"女性，"章桐指了指那个依稀看得出是女性乳房的肉团，"目前看来，如果单看尸体表面的话，身份判定确认就暂时别指望了，皮肤都快要烂光了，几乎没有一块完整的。"

"死亡时间？"

"目前还很难判断，我在等生化检验那边的蛆虫培养报告，现在只有根据蛆虫，也就是丽蝇的幼虫在尸体上发育的阶段特征来初步判定死者的死亡时间了。"

王亚楠点点头。

"亚楠，我还要给你看样东西！"章桐示意潘建把另一边工作台上的一个小托盘拿过来，托盘里是一小团血糊糊的东西。

"这是什么？"王亚楠一脸的诧异，"死者身上发现的？"

"我是在死者大致的子宫位置发现的，"章桐顺手拿起了一把医用钳子，轻轻地夹起了那团特殊的血块，"这是一个四周左右大的人体胚胎组织！也就是说，死者怀孕了！"

"一尸两命！"王亚楠的脸色铁青，"太残忍了！"

章桐想了想，放下钳子和托盘，绕过解剖台来到工作台边，脱下沾满血污的手套，拿起桌上的一份检验报告，伸手递给紧跟在自己身后的王亚楠："我们现在手头只有一个明确的线索，那就是死者患有隐性亨廷顿舞蹈症。"看着王亚楠脸上略显茫然的表情，章桐接着说道，"亨廷顿舞蹈症是一种严重的遗传性疾病。也就是说，死者的直系亲属中，有人已经发作了这种病症，没办法控制自己手脚的行动，时时刻刻看上去就像在跳怪异的舞蹈一样。而死者，目前看来还没有发作，因为她的基因配组中，患病的那对还没有发生完全变异，还处在正常的边缘。我建议你查找全市所有患有亨廷顿舞蹈症的患者，应该要不了多久就会确定死者的身份了。"

"我明白，谢谢，痕迹鉴定那边有情况马上通知我！"

章桐点点头，继续埋头整理面前的尸体残骸去了。

王亚楠手里紧紧地抓着 DNA 检验报告，推门走出了解剖室，在楼道拐角处竟然和赵俊杰意外相遇了。看着赵俊杰浑身无力、脸色苍白、走路摇晃的样子，王亚楠忍不住关切地问道："赵大记者，怎么一天没见，你就瘦成这样了？"

赵俊杰皱了皱眉："没办法，还不是那海边的死尸给闹的。我这几天都不知道吐了多少回了。"

"你这是去哪儿？"

"总编说'骨头收藏家'那案子的关注度很高，我想去解剖室那边再进一步看看尸检资料。"看着王亚楠一脸若有所思的神情，生怕她质疑自己的举动，赵俊杰赶忙又强调了一句，"你可别瞎想，这可是李局亲口答应下来的啊！"

一听这话，王亚楠顿时满脸的同情："赵大记者，这一回，即使是李局同意的，我也得给你一句忠告，现在最好不要去解剖室，不然的话，你这辈子都不会忘记即将看到的情景。"

"有那么严重吗？"赵俊杰一脸半信半疑的表情。

"信不信随你便，"王亚楠扬了扬手中的DNA检验报告单，"我忙着呢，赵大记者，那就不耽误你了，回见！"

赵俊杰呆呆地站在原地，有些不明所以。

"刘春晓，你这小子这几天跑哪儿去了？我到检察院找你几回了，都吃了闭门羹！"赵俊杰没好气地瞪眼瞅着面前的刘春晓，嘴里嘟嘟囔囔地发着牢骚。

"好啦好啦，我这不有事出去了嘛。今天特地来请你吃海鲜，你不会还生气吧？我要是你，趁机就坡下驴得了。"刘春晓笑眯眯地安慰着赵俊杰，"看你脸色不好，给你要了几个好菜补补！"

赵俊杰瞟了刘春晓一眼，勉强挤出了一丝笑容："这还差不多！"

三杯酒下肚，赵俊杰的话就多了起来："我说老弟，你走了也不吭一声，说说看，去哪儿了？"

"我去上海了。前段日子听朋友说他们大学里来了个美国心理学教授搞合作，这个老外对选择性失忆症治疗有很独特的见解，这不，我就请了假特地去上海找他了。”

“你等等，”赵俊杰用力把一口虾咽了下去，紧接着说道，“你别跟我说你把你老同学那档子事儿给不小心忘了啊？”

刘春晓笑得更开心了：“很大程度上我就是为了她去的！”

赵俊杰不由得瞪大了眼珠子：“我看你干脆改行开心理门诊算了！你当检察官看来是一个很大的错误啊！”

刘春晓脸上的笑容消失了，长叹一声：“没办法，有时候自己想做的事情并不是那么容易就能够达成目标的。”

赵俊杰想了想，把话题绕开了，向前凑了凑身子，认真说道：“讲讲你的收获吧，有信心让章法医恢复记忆吗？”

“虽然说当年凶手注射的药物有一定影响，毕竟她昏迷了那么久，但根据我的观察，她的表现非常抗拒，其实有些时候是潜意识在起作用，而她自己本身是不会觉察到的，抗拒只是一种条件反射。平时，她看上去思维成熟果断，和一个正常人没有什么区别，但是只要一提起这段记忆，她的心理年龄就会退回到二十年前。我想，当时她肯定看到了什么可怕的东西，自己孤立无援，清醒之后才会逼迫自己把这段记忆努力封锁起来。在她看来，只要不想起来，那么，自己就是安全的了。可是要知道，我们人类的记忆是不会永久性消失的，即使想不起来，那也只是暂时性的。而随着时间一天天过去，封锁的记忆也会被唤醒，我担心的是到那个时候小桐不知道能不能承受得了残酷的真相。”

“那你把你的想法和她说了吗？”

刘春晓无奈地笑了笑：“我一直在努力，但是，始终没有结果。她越抗拒，其实从另一个角度来看，她当时所经历的场景就越可怕。这是人类思维中的自我保护意识在起作用！”

“那你也要想想办法啊。我有种感觉，这样下去的话，她迟早有一天会出事的。现在的她就像一颗定时炸弹。”赵俊杰的脸上写满了担忧，“你有没有考虑过和她正面谈一谈呢？你有什么办法帮她吗，如果她愿意去面对的话？”

“只有一个办法，那就是催眠！”

“催眠？”

“对！在患者充分信任你的前提下，接受你所实施的催眠，这样她才有可能真正回忆起当时所发生的每一个细节，就像重新经历一遍一样，而众多疑问才能够随之解开。她一直不打开，盒子里的东西就会随着时间的流逝而变得越来越膨胀，直至‘爆炸’的那一天。”

“那她当初案发后为什么就不接受这方面的治疗呢？”

“那时候她的年龄还很小，心智还不是很成熟，而恢复是要有一个适应过程的。如果案发后小桐就接受催眠的话，那么，很有可能她的意识就会永远停留在那个恐怖的环境中了，最终发展成为严重的自闭症患者。”

一听这话，赵俊杰的脸色有些发白：“难怪她母亲当初要竭力在媒体面前保护她了。她妹妹到现在还没有下落，生不见人死不见尸的！”

刘春晓没有吭声。

“李局，这是今天的报纸。”局长办公室秘书忐忑不安地把《天长日报》《天长都市报》等好几份影响力非常大的报纸放在了李局办公桌的一角。

李局并没有抬头，他继续仔细察看着手中的公文。可是，他的目光却总是不由自主地停留在秘书进来前所看的那几个字上，再也没有朝后面移动过。李局心情变得越来越烦躁，最终，他重重地叹了口气，妥协了。他把身子靠向身后的椅背，抬头看了看还站在办公桌前的秘书，说：“没事了，小郑，你走吧！我这几天心情不好！”

秘书点点头，转身离开了办公室。

李局这几天心情确实不好，他不用看面前的那几份报纸就已经能够猜得出上面头版头条的内容标题——《“骨头收藏家”又开杀戒》《天长公安局可能遇见了系列杀人犯》《我们的安全谁来保障》……其中最要命的是，媒体竟然刊登了一张第一个案发现场发现的死者遗骸的相片，虽然说图像并不清晰，但是用来引起恐慌已经足够了。

报纸上的字字句句，看上去是写杀人凶手的残忍，可是，矛头却分明直接指向了天长市公安局的办案不力。李局现在都不敢随便打开局里对外公布的微博页面了，那铺天盖地的指责声让他感到从未有过的巨大压力。

局里悬赏征集目击证人线索的奖金额度被提高到了十万元，三条举报电话线路一天二十四小时几乎没有空闲的时候，电话指示灯闪烁个不停，电话铃声此起彼伏，可是尽管如此，真正有用的线索却仍然没有找到。

想到这儿，李局不由得长叹一声，难道抓住这么个浑蛋真的有那么难吗？人在做，天在看，天网恢恢疏而不漏，李局咬牙狠狠地一巴掌拍在了办公桌上，嘴里咒骂了一句："老子就不信了！"

"王队，这是你要的全市包括三个附属县区在内的所有疑似亨廷顿舞蹈症患者的资料。"

王亚楠点点头，从助手赵云手中接过了文件夹，顺手指了指身边的椅子："坐下吧，和我一起看，资料太多，我怕时间来不及！我们要赶在凶手找到下一个目标前，尽快抓住他！"

正在这时，电话铃声响了起来，王亚楠立刻伸手接起了电话。

"哪位？"

"是我。亚楠，生化组那边有结果了，死者的死亡时间是两天前，确切点说就是四十五至五十个小时前。这样算来，我们在废弃铝合金厂发现的死者是第一个死者。海边那个应该是第二个。"章桐的嗓音有些空洞，听上去就像在自己头顶说话。王亚楠知道，能发出这种声音的地方就是解剖室，章桐肯定又去尸体上找线索了。

此刻的时间已经快要到晚上十一点，这个案子已经让所有的人都深深陷进去了。

章桐一边用手指仔细触摸着面前解剖台上冰冷的尸体——一副空皮囊，一边一字一句地描述道："第二道刀口，长二十九厘米，由右至左切割左面大腿；第三道刀口，长三十一厘米，也是由右至左切割右面大腿。两处伤口均未贯穿尸体，目的显然只是为了便于抽取大腿部位的骨头。"

"章法医，你到底是凭什么确定凶手是由右边至左边这么切割的呢？我看不出来啊！"赵俊杰凑在解剖台边认真地用放大镜查看着尸体腿部的伤口。

潘建在一边答话了："这还不简单？你仔细看刀痕，深的就是开始下刀的位置，而浅的位置就是收刀的地方。我们平常切割东西也都是这样的，开始用刀的时候都会不由自主地很用力，因为要突破真皮层和脂肪层；而收刀时，”说到这儿，潘建伸出戴着手套的右手，在空中优雅地画个圈，“就很轻松啦，你拔出来就是了，所以最后力道就会相对减弱，痕迹也变浅啦！这个原理你还不明白吗？”

“行啦，你就别卖弄啦，快做事吧！”章桐忍不住轻轻地呵斥了一句。

潘建嘟了嘟嘴，没再吱声。

“记录下来，凶手惯于左手使刀，是个左撇子。”章桐继续往下面查看，“被害人的膝盖骨、腓骨、胫骨都缺失，脚掌缺失。在每根骨头的关节处都有切割伤痕。”说到这儿，她站直了身体，紧锁着眉头，想了想，“他对骨头非常小心，剔除刀法极为熟练。”

“他要骨头干什么？难道真的要收藏？那究竟要多少他才会满足呢？”赵俊杰不由自主脱口而出的问题让解剖室里的温度顿时降到了冰点。

“这是什么？”过了一会儿，章桐无意间一抬头，眼前的一幕吸引住了她的目光。她顺势指着潘建身后，神情严肃地说道：“我们最初做X光全身扫描的时候，怎么就单单忽视了这个部位！”说着，她迅速走到潘建身后的X光片显影灯箱旁边，“你们快看，仔细看死者的肩部！”

果然，显影灯箱中的X光片上，在死者左右两个肩膀部位的肌肉里，分别镶嵌着三个极易被忽视的小黑点。

“圆形，直径约零点一厘米。”

“这会是什么？”潘建皱眉问道。

章桐没有顾得上回答。等确定了大概位置后，她回到尸体旁，接过潘建递给自己的解剖刀，小心翼翼地割开了死者冰冷的肩部肌肉。

不多一会儿，两边共六枚小小的黑色物体被逐一从死者身上取出，放进了一边的托盘里。

无论大家怎么辨认，都没有办法认出这些黑色物质的本来面目。

章桐突然想到了冷库中的另外一具在海边栈道上发现的尸骸，尽管那具尸体已经血肉模糊无法成型，但是却并不影响体内物质的查找，想到这儿，她径直走向了解剖室后部的冷库。

半个多小时后，同样的六枚黑色物质也被找到了。

“赶紧拿去痕迹鉴定室，我要马上知道结果！”章桐有种直觉，这些意外的发现很有可能就是解开眼前这个杀人谜团的一把至关重要的钥匙。

潘建点点头，迅速转身离去。现在大家都在为了这个案子而加班，他不用发愁等到明天才会有结果。

“从尸体表面的疤痕来看，这一边三个洞眼打进体内非常有规律。”赵俊杰指了指 X 光片。

“对，是人为地打进去的，从伤口恢复的状态来看，能确定是在死者死后打进去的，因为伤口周围并没有明显的恢复的痕迹留下，细胞壁已经停止生长了。”章桐仔细地在显微镜下观察着刚才寻找死者皮下物质时割下来的一块完整的肌肤，“现在的问题是，为什么凶手要给死者打下这些东西？它们到底是什么？起着什么作用？刚才取出来的时候，我感觉有可能是金属一类的，有一定的分量。”

话音刚落，电脑传真机就启动了，发出了吱吱嘎嘎的声音。章桐站起身，来到传真机旁：“我们已经有结果了。”

一听这话，赵俊杰立刻凑了过来。

这是一张由痕迹鉴定室那边传来的电脑化学成分鉴定报告。由于痕迹鉴定室在公安局大楼的另一头，步行也要好几分钟，所以，当工作忙碌走不开的时候，那些年轻的痕迹鉴定师就会使用传真机来替自己跑腿。

“潘法医还是挺快的，半个小时不到就有了结果！”

章桐闻言一脸的不屑。她当然明白潘建为何会有这么高的办事效率，而换一个人去的话，一个钟头搞定就已经是奇迹了。所以，此刻报告过来了，潘建还不见影儿，当然这也是可以理解的。

“金，零点一毫克；铜，零点七毫克；钢，零点四毫克；树脂，零点三毫克。”赵俊杰念出了成分表，不过还是一头雾水，“这只能证明那些黑色物质是金属，但是它到底是什么还是没个结果啊！”

“这不难，我们这边有个数据库，详细记录了现在很多种工业或者商业用的一些代表性物质的化学成分，这多多少少会帮助我们确定大致范围。”此时赵俊杰眼中的章桐，双眼闪烁着兴奋的光芒，嘴角微微上扬，一抹自信的微笑写在脸上。赵俊杰不由得有些看呆了，在这边蹲点这么久，他已经悲哀地产生了一种错觉，章桐这个女人或许和死人打交道太久的缘故，早就忘了什么是笑了，却没想到，笑起来的章桐竟然那么漂亮。

电脑很快就在数据库中找到了答案，但是却让人摸不着头脑——用于毛皮、标本一类制作工艺的铆钉，起到固定材质的作用。

“难道我们的凶手竟然是一个做皮大衣的？”

章桐皱眉想了想，断然摇头否决道：“不，现在做皮衣的很多都是用机器了，再说了，做皮衣的不会对我们人类的骸骨了解得那么清楚，知道在哪边要害部位下刀而不会损伤骸骨。我想，他很有可能就是一个标本制作师！这种铆钉只有专业的人才会用到，一般人还不知道它的存在。我得马上把这个线索通知亚楠，现在的标本制作师已经不多了，尤其是手艺很高超的制作师。”

窗外的天空已经在不知不觉中泛起了鱼肚白，尽管浅灰色的云层仍遮住了太阳，但是却丝毫掩盖不住那即将到来的破晓。马路上的一盏盏路灯在有次序地逐渐熄灭，一些早起的人已经陆陆续续地走出家门开始晨练。

这就是新的一天，章桐揉了揉发酸的肩膀，想拿起桌上的手机给舅舅打个电话，毕竟这些天都是舅舅在帮自己照看母亲。

可是，接下来的一幕却让她有些害怕，明明手机已经拿在了自己的右手里，刚要开始按键，右手却突然之间一点感觉都没有，手机也随之砸在了地板砖上，发出了一声清脆的声响。顿时，手机电池和主机分了家。

章桐傻眼了，前不久晚上自己开家门时，一不留神把钥匙掉在地板上的场景又一次浮现在了眼前，她记得很清楚，那一刻也是手指突然之间失去感觉，变得异常麻木。

章桐下意识地用左手抓住了已经变得彻底麻木的右手掌，心脏一阵狂跳，眼前地上身首异处的手机正可怜兮兮地瞪着自己。

这到底是怎么了？右手为什么会变成这样？章桐紧锁着眉头，感到一种从未有过的无助感正向着自己步步袭来。

警察也是人，吃五谷杂粮长大的人，当然也就有害怕的事情。王亚楠不怕死，当了这么多年的警察，她还从来没有在死亡威胁面前皱过一下眉头。上次那个不要命的冲她挥舞着明晃晃的尖刀的劫匪，本以为能让眼前这个个子不高的瘦弱女警察乖乖地躲到一边去了，谁想到王亚楠上去一个扫堂腿就把他给撂趴下了，三两招就利索地给劫匪套上了铐子。为此，王亚楠得了个“拼命三郎”的头衔。

可是王亚楠也有害怕的时候，那就是每次打电话通知受害人家属前来认尸的时候，她总要对着电话机犹豫上老半天，深吸一口气，再拎起电话。还好这样的时候并不是很多。

通宵达旦的资料梳理终于让一号受害人的范围得到了大致确定。王亚楠说：“真没有想到，咱们一个小小的天长市，竟然会有三个得这种怪病的人！不是说基因方面的毛病吗？我想概率应该不会很高的啊！”

赵云一仰脖咽下了最后一口已经冰冷的咖啡，长叹一声：“王队，我不是医生，回答不了这个问题。但是不看别的，就说我们现在吃的这些东西吧，有多少是可以放心的？那些不良商贩啊，心眼儿坏了，那就什么东西都能往吃的里面放了！”

王亚楠一瞪眼：“你就别跟个嘴碎的老头儿一样了，赶紧干活吧。”说着，她把挑出的几份资料放在了文件夹里，“走，咱们一个个过！”

“现在吗？”赵云指了指墙上的挂钟，“才五点多啊！”

“凶手杀人会挑时间吗？我们已经来不及了，你就快点吧！”王亚楠不耐烦地催促道。她的心情很糟糕，因为手中这份名单上的三个人中，就有一个是自己要面对并带去坏消息的，她可不喜欢这种给人家报丧的感觉。

“我们今天还要去天长大学，找生物系的丁教授问些标本制作的情况。”上了车，王亚楠突然想起了一个多钟头前章桐打给自己的电话。

赵云点点头，轻轻一踩油门，警车缓缓地开出了公安局大院，一个漂亮的转身后，无声地滑进了公安局门前宽阔的马路上。

第六章 亨廷顿舞蹈症

“您知道亨廷顿舞蹈症这个毛病吗？”

“你问这个干什么？和我失踪的女儿有什么关系？”

“是的，我们家玲玲已经没有消息好几天了！”当得知警察大清早突然造访是为了自己失去联系很久的宝贝女儿时，眼前这个中年妇女的脸上顿时露出了焦急万分的神态，先前的敌意转瞬即逝，“你们有她的消息了？她在哪儿？”

王亚楠和赵云面面相觑。她明白这是今天跑的第三家了，如果没办法确认的话，线索也就断了。可是，从另一个角度来讲，王亚楠却又不希望眼前这个憔悴的中年妇女就是自己要通知的死者的母亲。

她想了想，转而问道：“钱女士，有个问题想问您一下，可以吗？”

中年妇女茫然不知所措地点点头。

“您知道亨廷顿舞蹈症这个毛病吗？”

“你们问这个干什么？和我失踪的女儿有什么关系？”

王亚楠微微一笑：“想确认一下您的家族中有没有人患这个毛病，因为我看您表现得都很正常。您放心，我只是确认一下。”

中年妇女脸上的表情略微放松了些，她长叹一声，无奈地摇摇头："我就猜到了，是不是玲玲犯病了？我就知道躲不过这一天！玲玲的父亲三年前死了，就是因为这个毛病！怀上玲玲的时候，我四处求菩萨保佑，不要让这可怜的孩子也遗传上这个毛病，可是看来老天爷没长眼睛啊！"说到这儿，她忽然一皱眉，急切地问道，"玲玲呢？她在哪个医院，我这就跟你们去接她！"

王亚楠咬了咬嘴唇，她不敢再抬头看死者母亲充满希望的眼神了。

"您有您女儿的相片吗？"赵云问道。

中年妇女点点头，伸手从身后的玻璃柜里拿出一本相册，小心翼翼地从里面取下一张七寸大的相片，一脸骄傲地递给了赵云："给，这是我女儿参加天长选美大赛时候的相片！她无论变成什么样子，在我的眼中都是最漂亮的！"

"选美比赛？钱女士，您女儿身材真不错！"赵云无意中的感慨突然惊醒了一边沉默不语的王亚楠，她凑上前，仔细看了看赵云手中的相片，章桐说过的"黄金比例"又一次在她的脑海里闪现了。难道死者真的只是因为自己的身材而被害的吗？

"那，钱女士，您女儿在失踪前做的是什么工作？"

"玲玲是一家幼儿园的老师。"

赵云点点头："您能把她失踪那晚的情况和我们再讲一下吗？"

"那天是星期四，她给我打来电话说要加班，所以会回来晚一些，结果，整整一个晚上都没有她的消息，她的手机也关机了。我上派出所报案，可是他们说因为是成年人了，所以只是记录一下，说尽量帮忙……我担心啊，担心她因为发病而出事，还好你们来了！"中年妇女的脸上露出了一丝欣慰。

"钱女士，还有最后一件事想请您协助一下我们，您能把您女儿的个人用品给我们一件吗？我们要确认一下身份。"

"好的好的！"中年妇女并没有多问，此刻的她已经被即将得到女儿下落的兴奋给填满了。她立刻站起身，走进了小房间，没多久，就拿了一把黄杨木梳走了出来，上面还留有几根长发。

“那今天就先到这儿吧，等一切手续都办好了，我们来接您去看您女儿！”赵云说这几句话的时候淡定从容的样子让身边的王亚楠真恨不得马上找个地洞钻进去。虽然说死者的DNA还需要最后的检验匹配，但是目前种种的迹象都已经表明，眼前的中年妇女很有可能就是死者的母亲。身份的确认很可能只是程序的问题而已了。

走出小屋，直到车子重新驶上马路，王亚楠这才长长地松了口气：“我真佩服你，能够这么不露声色。”

赵云不由得一阵苦笑：“没办法，我脸上的肌肉都僵硬了。说到这个女孩子，你文件包里的那张相片真的是很美，我根本就没有办法把她和垃圾堆里的那包东西联系在一起，那简直就是一个噩梦。说实话，我心里也不希望死者就是她！为什么有人会对这么美好的东西这么不待见呢？”

“或许就是因为她美好的身材吧。”王亚楠嘟囔了一句，转而把视线投向了车窗外，再也不吭声了。

车里的气氛顿时变得一片凝重。

二十多分钟后，天长大学整洁亮丽的校区已经出现在了车子的正前方，在向保安出示了证件后，王亚楠和赵云顺利地把车开进了天长大学校园教工宿舍区。

看着车子两旁整齐的白杨树，还有那一张张略显稚嫩的脸庞，王亚楠不由得伸了个懒腰，随即感叹一声：“要是能有机会重新回到大学校园的话，我真愿意不惜一切代价回来！这里的一切都是那么美好啊！”

听了这话，赵云没有吱声，嘴角闪过一丝淡淡的笑容。

在客厅等待丁教授前来的时候，王亚楠借此机会向赵云介绍起这位年已古稀的老人来。

“丁教授退休前在天长大学生物系当系主任，他的家族世世代代都是做标本的艺人，祖上还曾经在清宫里为慈禧太后做过南洋进贡的孔雀标本。论辈分来说，在这个行当里，丁教授的辈分是最高的了。我们既然要寻找会制标本手艺的人，那就一定要找他打听了。”

赵云点点头，刚想开口，身后传来了一位老人洪亮的嗓音：“是公安局来的人吗？”

王亚楠和赵云赶紧站起身，眼前的这位老人尽管头发全白了，但是精神头却很好，红光满面，笑意盈盈。

“快坐快坐，别客气，就当自己家里一样吧，退休了，平常家里也就没有什么人来啦！”老人笑眯眯地在沙发上坐下。

因为来之前已经在电话中说明了来意，所以，一番寒暄后，王亚楠就直奔主题，拿出了那张在死者肩膀肌肉处发现的黑色铆钉的相片递给丁教授，然后恭恭敬敬地说道：“丁教授，麻烦您帮我们辨认一下！”

丁教授从茶几上拿起一副眼镜戴上，仔细看了半天，神情变得严肃了起来：“在我们标本制作行业中，由于师从的不一样，所以，使用的铆钉也有一定的区别，而铆钉是我们用来固定标本的最重要的工具。你能再让我看看成分分析表吗？”

王亚楠赶紧找到那张电脑传真复印件递给了他。

时间一分一秒地流逝，丁教授双眉渐渐锁成了八字形。他最终放下了手中的复印件，长叹一声：“这和我们丁家的专门成分配制表一模一样，但是还缺少一种硫酸酐，所需要的含量不多，我们用来溶解掉标本原料表面的有机物的，然后再使用铆钉起到固定作用。你要知道，现在学标本制作工艺的人越来越少了，即使我们丁家也只有两个人知道这个成分配制表，一个是我，我很久都没有再做标本了，还有一个是我的外甥，他就住在城东，这是他的地址。”说着，老人草草地在便签纸上写下了一个地址和人名，递给了王亚楠。

王亚楠注意到老人身后的钢琴上有一张相片，是两个人的合影，相片中丁教授的身边站着一个年纪较轻的男子。要不是他的头发、眉毛和脸上的皮肤都是出奇地白的话，王亚楠的目光不会在这张相片上停留的。

老人注意到了王亚楠的目光，道：“这就是我的外甥，他从小就得了这个病，遗传的！”

王亚楠尴尬地点点头。继续问道：“那么他现在从事什么工作？”

“我不知道，我有一年多没有他的消息了！他痴迷这个行业，但你也知道，现在标本制作师越来越没有饭吃了，所以，在断了联系前，他一直没有什么稳定的工作！”老人的情绪比起刚见面时低落了许多，他转而问道，“小同志，方便告诉我到底发生了什么事吗？”

王亚楠犹豫了一会儿，回答道：“没事，只是有些技术问题跟您打听一下。丁教授，谢谢您，那我们今天就暂时先告辞了！改日再登门拜访您！”

告别丁教授后，为了尽早确认一号尸体的身份，赵云和王亚楠一起开车带着证据回了公安局。

刚进办公室，还没有来得及喘口气，王亚楠就拨通了章桐的电话：“小桐，你现在还在解剖室吗？”

“对。”

“你马上对尸体取样做一个硫酸酐测试，尤其是切口部位，只要尸体含有这种化学成分的话，那么，凶手的身份就能够确认了！硫酸酐是标本制作师专用的化学用品。”

“我马上做，一有消息就通知你！”

此时，在城市的另一端，一个身着特快专递制服的投递员正匆匆忙忙地走出电梯，来到最靠边的一户人家门口。这是他今天的第一笔投单，为了能早点下班及避免因客户不在家而空跑一趟，快递员特地起了个大早。

摁响门铃没多久，门里就传出了匆忙走近的脚步声，紧接着门就打开了，出现在快递员面前的是一位头发全白的老妇人。

“请问，这里有没有住着一个叫章桐的人？”为了确定地址和名字没有错，快递员颇有责任心地又低头查看了一下投递记录。

老妇人点点头，一脸善意的微笑：“那是我女儿，有事吗？她工作忙，现在不在家。”

“是这样啊，那麻烦您代签一下吧，我这里有一份她的特快专递，是美国来的！”说着，快递员递上了投递记录本和笔，指点老人签过名后，就从随身的挎包里拿出了一份特快专递交给了老人。

“美国来的？”老妇人皱眉想了半天，看看信封表面歪歪扭扭的字迹，一个都不认识，不由得抬头问道，“小伙子，你确定这个快递是给我们家的吗？我们家根本就不认识外国人啊！”

快递员勉强挤出了一丝笑容："老太太，地址人名都没有错，你看到没有——收件人一栏写着 ZHANG TONG，所以呢，你就放心吧，等你女儿回来后问她就行啦！"

看着老人半信半疑地总算关上了门，快递员这才松了口气，嘟嘟囔囔地转身向电梯口走去了。

很快，这封奇怪的来自大洋彼岸的特快专递就被快递员给忘了个一干二净。毕竟每天经过他手里的快递有上百份之多，而这种收件人不知道寄件人的事情，他也见惯不怪。老人嘛，记性差那也是正常的，有些做小辈的怕麻烦，都不愿意把自己的生活圈子朋友圈子一一告诉家里的老人的，这就叫作"代沟"。想到这儿，走出大楼的年轻快递员的脸上露出了"可以理解"的笑容。

"快，王队，我们可能发现了一个生还者！第一医院急诊部刚刚打来电话报警，说他们那边有一个疑似从凶手手中逃脱的年轻姑娘，现在正在抢救。"

助手的话音刚落，王亚楠和赵云两个人就冲出了办公室，径直向底层车库跑去。

很快，车库里就发出了车轮摩擦地面的尖锐的声响。为了抢时间，这一回王亚楠是坚决不让赵云开车了。

警车拉响了警笛声，风驰电掣般地向第一医院开去。

时间回到大约半个钟头前。

繁华的中山路大街上，购物的人们熙熙攘攘摩肩接踵，马路中央满是来来往往的车子，不耐烦的司机时不时地拼命摁着喇叭，驱赶着前面开得慢吞吞的车子。

突然，靠近天长宝生商厦后门口的一辆白色金杯面包车的后车门猛地被拉开，一个身上沾满鲜血的女孩子跳下车后没命地狂奔，一路尖叫，没走几步就一头撞上了不远处正在行驶的一辆小货车。女孩顿时倒地不起。

小货车司机吓傻了，赶紧打开车门，跳下车，来到车前方。等确认自己真的撞了人后，他迅速掏出手机报警。

马路两边购物的人们渐渐地围拢上来，看着血泊中还在不断抽搐的女孩子，人们的眼中充满了同情。

就在这场奇异的车祸现场不远处，那辆白色金杯小面包车静悄悄地倒车，转头，很快就拐进了旁边的一条岔道上，没多久就消失了，似乎根本就不曾出现过一样。

今天对于第一医院急诊室的当班护士和医生来说，是个极不寻常的日子。

120 急救车把车祸现场的受伤女孩子送到了第一医院。刚被推下救护车，这个浑身是血的女孩就伸手拽住了身边的护士，示意自己有话要说。

女孩因为失血过多，身体已经极度虚弱，看她竭力伸手指向自己面前的小货车司机，大家产生的第一个念头就是叫保安立刻控制住陪同她前来就医的这个身材矮胖的司机，肯定是车祸肇事，要是他再跑了的话，那就麻烦大了。

谁想到小货车司机见状，迅速摆出一脸无辜的样子，双手拼命地挥舞着，大叫大嚷地辩解了起来：“我没有撞她，是她自己撞到我车上来的。我还以为她是碰瓷儿的呢！天地良心啊……”

随后赶来的心细的当班主治医师在女孩血肉模糊的伤口上看出了异样。尽管女孩的鲜血在快速移动的轮床上很快就汇集成了一汪，并且滴滴答答地往下流淌，但是对外伤非常熟悉的主治医师一眼就看出了女孩身上的大部分伤口都是利器造成的，伤口都在骨关节部位，而不是简单的车子高速碰撞所引起的。

在把女孩推进手术室的那一刻，意识到情况异常的主治医师趴在由于失血过多而正逐渐失去意识的女孩嘴边，试图从那不断颤动的嘴唇里听到一点有用的线索。

他听到了这么一段微弱的断断续续的话：“快报警……他要杀我……刀……”

联想到先前警方在媒体上发布的安全警示和报纸铺天盖地的报道，没有丝毫的犹豫，主治医师立刻示意身边的护士打电话报警。

当王亚楠和赵云赶到第一医院重症抢救室时，他们被毫不客气地拦在了抢救室门外。隔着厚厚的玻璃窗，看着抢救床上那浑身插满仪器连接线的可怜的女孩子，王亚楠不由得紧紧咬住了牙关。

“抽吸！肺部有阻塞！”主治医师一边用听诊器监听着病人的胸部，一边命令道。

护士麻利地把一根米黄色的细管子插进了病人的体内，塑料管吸满了粉红色的泡沫，然后又将其排到了一边的金属托盘上。

肺泡很快就清除了，病人刚才还是蓝灰色的脸渐渐地恢复了正常。

突然，血压监视仪发出了尖锐的警报声，主治医师尖叫道：“血压过低，马上给我两个单位的O型阴性血、一份林格氏液和葡萄糖混合物。快！同时查她血型。见鬼！我们时间不多了！”

看着抢救室内一片混乱的局面，王亚楠不由得转头小声问道：“赵云，你说这女孩会挺过来吗？”

赵云没回答。

女孩最终还是走了，死因是失血过多引起的多脏器衰竭。站在女孩那还略带余温的尸体旁边，王亚楠的心情沮丧到了极点。抢救室里满地狼藉，已被鲜血染红的止血棉被扔得到处都是，仪器的嘀嘀声和主治医师嘶哑的嗓门发出的怒吼声仿佛还在耳边萦绕着，可是，仔细听去，抢救室里此刻却已经是一片死一般的寂静。这还是第一次看着一个活生生的人就这么死去，王亚楠突然有种想哭的感觉。她抬起头，看向头顶那依旧明亮的手术灯，深吸一口气，努力使自己平静下来。

天长市公安局会议室里坐满了人，却没有一点声音，大家都在等着一个人的到来。

没多久，走廊里传来了高跟鞋的声响，很快，身穿工作服的章桐就出现在了门口。她一言不发，神色凝重地来到桌边。

“经检验，死者体内含有舒安宁和三唑仑的混合物残留，而且剂量比二号死者要多很多，显然死者对这种混合镇静剂有很强的抗药性。尽管凶手加大了剂量，但死者还是清醒了过来，而死者身上的新鲜伤痕也表明了很有可能是伤口的疼痛加快了死者的清醒。”

“那伤口的具体情况呢？”李局问道。

章桐拿出了三张放大的死者伤口相片，用吸铁石贴在了白板上：“你们看，死者胸口的伤痕和折断的三根肋骨都是典型的车祸导致正面撞击造成的，而其余的每一处伤痕都恰到好处地在骨关节处，”她又拿出了二号死者的尸检照片，指着它说道，“和前面的死者身上的伤痕几乎完全一致。”

“目前看来这起案子和前面两起案件有可能是同一个人干的！”停了一下，章桐又补充道。

“那死者的身份有没有查明？”李局看向坐在自己对面一声不吭的王亚楠。

王亚楠点点头：“死者叫李晓倩，生前是天长市第一实验小学的体育老师！”

“这就难怪她会有这么好的体质，在受伤这么严重的状况下还能从凶手那边跑了出来！”李局感慨地说道，“小王，目前有嫌疑人吗？”

“我手下正在对天长宝生商厦后门口的监控录像进行查找，相信很快就会有线索的。当时案发现场附近的路人说，死者应该是从一辆白色面包车里逃出来的，具体车牌号一时还说不清楚，我会继续跟进的！”

李局一脸的凝重：“已经三条人命了，我们没有时间了！”

散会后，王亚楠脚步沉重地走向自己的办公室，经过门厅的时候，保安叫住了她：“王队，这边有人找！”

王亚楠回头看去，不免有些诧异：“丁教授，您怎么来了？”

丁教授微微一笑，挥了挥手中的名片：“别忘了，这可是你留给我的！我正好没事，经过这儿就来看看，上次和你一起来的小伙子呢？”

“他啊，跟线索去了，丁教授。”王亚楠有些心不在焉，此刻的她实在没有心思和眼前这个老人寒暄。

显然老人看出了王亚楠眉宇之间的愁容，他把王亚楠拉到一边僻静的角落："我知道我是个糟老头子，只会给你们警察添麻烦，可是，我这一次来只有一个目的，我想知道你们上次为了那几枚铆钉找我的真正原因，你能告诉我吗？我马上就走！"

王亚楠面露难色："我……对不起丁教授，案件还在办理，不方便透露啊！"

丁教授叹了口气，说："那好，我换种方式，你不必开口，这样就不会违反纪律了。是不是和报纸上的'骨头收藏家'有关？"

一听这话，王亚楠双眼的瞳孔下意识地紧缩了起来。刚想开口，却被老人挥手打断了，他依旧是一脸的笑容："没事，那就这样吧，打扰你了警察同志，改日记得有空来我家坐坐啊！再见！"

说着，老人自顾自默默地转身朝大楼外走去了。

看着老人的背影，王亚楠的心里却总是感觉到有什么地方不对劲，她皱眉想了想，脑子里仍然是一片混乱。无奈之余，她摇摇头，向电梯口走去了。

章桐推门走进家里的时候，母亲正在厨房忙碌着，整个客厅里溢满了饭菜的香味。章桐的脸上也露出了轻松的笑容，她太渴望这么温馨的日子了。

已经有两天没回家了，母亲一直都由舅舅照看着，这让章桐轻松了许多，只是舅舅自从妻子因病去世后，一直单身，也没有孩子，章桐的心里多少为老人凄凉的晚年感到些许悲哀。此刻，老人正背对着客厅玄关坐在沙发上看报纸。

"舅舅！"

老人连忙站了起来："桐桐，回来了！正好吃饭，你妈在做饭呢！马上就好！"

"舅舅，我妈这几天多亏你在这边照顾！"

"反正我也没有什么事，一周也就两次门诊，不耽误多少时间的！"舅舅微笑着看着章桐，"你什么时候有空，舅舅请你吃饭！"

"吃饭？"章桐有些摸不着头脑。

"是这样的，你也老大不小了，你妈老提起你的终身大事，这不我们医院里有几个年轻人还是挺不错的，事业型的男人，不过也挺顾家的，舅舅想帮你们撮合撮合，你看呢？”

看着老人脸上善意的笑容，章桐尴尬地抿了抿嘴：“他们就不介意我是法医，成天和死人打交道？”

老人哈哈一笑：“你的脑子怎么这么封建啊！我早就打好预防针啦！傻丫头，见个面吃个饭而已，你怕什么？谈恋爱还是要靠缘分的，舅舅只不过帮你提供个机会罢了。”

正说着，母亲从厨房走了出来，一看见女儿回来了，她的脸上也顿时浮现出了笑容，赶紧招呼道：“桐桐，快帮忙摆桌子吃饭。对了，有一份美国来的特快专递，妈给你放在你的房间了。”

“美国来的？”

“那投递员就是这么说的！”

章桐也就没有再多问什么，她很清楚现在对于母亲来说，生活越简单越好，不要让她想太多。

吃过晚饭后，因为楼道里太暗，唯一的一盏灯也由于年久失修而报废了，章桐担心舅舅年纪大了，可能会因为看不清楚脚底而扭了腰，所以执意要送他到楼底下。

走到楼门口的时候，章桐犹豫了一会儿，问道：“舅舅，我知道您对神经学方面也有一定的研究，我的右手可能出了什么问题。”

老人不由得愣住了：“怎么样？说说看……”

章桐点点头：“其实也没有什么，就是这段日子，有时右手会突然变得麻木，一点感觉都没有。我不知道是不是我的工作太忙太紧张了，所以引起了一些神经系统的异样病变？可我右手并没有扭伤，也没有肿胀，就是会突然失去感觉。”

“你照过 X 光片吗？”

“照过，一切正常。这几年来我并没有受过外伤。我记得在一本讲神经系统的书中看到过，说有时候疼痛麻木其实是假象，是受到了神经末梢的一种假的传输讯号引导而产生的。而这种病症一般都会出现在患者以往曾经受到过严重打击的情况下。当时可能受过伤，没有完全恢复……”章桐没有继续说下去。

老人沉思了一会儿："你说得没错，这样也是有可能的。但是也不能排除是你的工作因素导致的结果。你是干法医的，经常要使用手术刀等器械，用久了，手部功能就会受到一定的影响，可能你当时并没有注意到，后来日积月累，就有可能产生你现在这种情况。桐桐啊，你太累了，工作太投入，有时候也该好好休息休息，给自己放个假，你说呢？"

夜深了，章桐已经在床上翻来覆去了很久，却没有办法入睡。她深吸一口气，坐了起来，拧亮了床头的台灯。从小到大，自从出事后，章桐晚上睡觉从来都没有关过灯，她害怕黑暗，害怕那黑暗的梦境把自己给彻底吞噬。

章桐想了想，拿过台灯旁边的手机，拨通了刘春晓的电话。这几天她一直犹豫着要不要主动和刘春晓联系。说实话，她对刘春晓这么冒冒失失想探究自己的心理而感到些许恼火，所以好几天都生气没有和他联系。可是如今看来，或许也只有刘春晓能够帮自己了。

电话接通了，可是，当电话那头传来刘春晓浑厚的嗓音时，章桐却又立刻挂断了电话。她迅速打消了这个念头，不，她不愿意去面对那个可怕的梦境，至少，她的心理还没有做好足够的准备。

看着来电显示上那熟悉的电话号码，刘春晓刚要回拨过去，转念一想却又轻轻地把电话放了回去。他长叹一声，走到窗口，看着窗外宁静的夜色，脸上却充满了担忧。他知道此刻自己不能太莽撞，慢慢等吧，二十年都过去了，相信章桐也会熬过去的！总有那么一天，她会来找自己的，刘春晓对于这个想法深信不疑。

夏末秋初的早晨，暑热已经渐渐淡去，晨练的人们三三两两地出现在天长市城中公园的门口。此刻的天空中，太阳还只是露出一抹浅浅的微笑。

"张家阿姨，你来得这么早啊！"

"是啊是啊，没办法，我们家松松一大早就要出来遛的！家里关不住的！它比我起得还早！"被称作"张家阿姨"的是一位普通的退休中年妇女，就像很多别的退休的空巢老人一样，张家阿姨也养了一条狗，没办法，谁叫自己的儿子在上海工作呢。所以每天的这个时候，张家阿姨都会雷打不动地带着她心爱的金毛犬松松来到离家不远的城中公园溜达。不管怎么说，自从养了松松后，张家阿姨脸上的笑容也多了起来。尤其是当自己的老姐妹们夸松松长得好看的时候，真的是比当初夸自己的宝贝儿子聪明还让她感到骄傲和满足。

松松一走进公园就挣脱了绳索，狗样十足地跑了起来，急得张家阿姨在后面颠着脚猛追，可是尽管她跑得上气不接下气，松松还是一溜烟不见了影子。

没办法，张家阿姨一边叫着“松松”，一边朝着公园另一边假山方向走去，她知道，假山那边是松松最爱去的地方，每一次自己都会在那边把它抓个正着。她现在开始后悔自己当初贪便宜买条公狗了，都两岁了，还没有听话懂事。想到这儿，她无奈地一阵苦笑，自己的孩子这么大了，难道就懂事了吗？

假山前面是一段木板路，晨练的人基本不到这里来，因为这里草木太多，经常会有蛇出没。

“松松！松松！”张家阿姨有点恼火了，往常自己到这边的时候，那条笨笨的金毛狗都会傻乎乎地站在木板路上等自己，今天怎么就偏偏不见影儿了呢？到底去哪儿了？

张家阿姨有些着急了，她下意识地提高了嗓门，口气也变得不是那么温柔了：“松松，你给我出来！不出来我回去揍死你！”

这么一叫加上充满威胁意味的口气倒是立竿见影，不出张家阿姨所料，那齐膝高的草丛里不一会儿就钻出一只狗头来，随即屁颠屁颠地跑出了她的宠物狗松松。

张家阿姨弯下腰，刚想把摇着尾巴跑到自己身边的金毛狗松松搂到怀里，突然，她意识到不对劲，她发现松松白白的犬齿下正牢牢地咬着一块说不清是什么的东西。

张家阿姨年纪大了，眼神有点不好使，她虽然看不清楚松松的大狗嘴里叼的究竟是什么东西，但是她很不喜欢狗狗在外面乱吃，所以赶紧严厉命令道："松松，快吐掉！乱吃东西要拉肚子的！快吐掉！"

温顺的松松听话地张开了大狗嘴，随即一脸无辜地看着自己的主人，那块不明物体也迅速吧嗒一声掉在了地面上，这时候张家阿姨才总算看明白自己的爱犬究竟叼的是什么东西。她顿时浑身寒毛直竖，心脏跳得越来越快。张家阿姨吓得一屁股坐在了地上，眼前分明是一块刚刚咬下来的女人的乳房！

回过神来后，张家阿姨用尽全身力气发出了一声让人毛骨悚然的惨叫。

当王亚楠赶到现场的时候，当地派出所的同事见面第一句话就是："我们找到这个凶案的目击证人了！"

"你说什么？目击证人？"

在接到报案赶来现场的路上，王亚楠就已经知道这个案件又是"骨头收藏家"的大手笔，因为死者的头颅和脚掌、手掌都已经被切去，剩下的只是一副空皮囊和一堆烂肉而已。

"目击证人？他在哪儿？"王亚楠难以掩饰听到这个消息时的兴奋。

出乎意料的是对方紧接着却是一阵苦笑，他伸手一指身后不远处警戒线外的大青石："喏，就在那边，是个醉鬼，反正他也说不清楚，说自己记不得了，因为当时喝醉了。"

王亚楠紧走几步来到目击证人坐着的大青石边上，弯下腰紧盯着眼前这张脏兮兮的脸："我是天长公安局重案大队的，请您配合我们的调查，把当时看到的情景一五一十地告诉我。"

明显是酒醒没多久的中年男人皱了皱眉，双眼蒙蒙眬眬的，有气无力地晃着脑袋："警察同志，我记不太清了，只知道是个男的。我当时喝醉了！"

看来真是个醉鬼。王亚楠想了想，继续问道："你确定你当时喝醉了？"

"是啊，昨天晚上天太热，我在朋友那边喝多了，走着走着，不知怎么的就跑这边来了。我在那边大树底下睡觉呢，稀里糊涂的。"说着，他勉强伸出手指了指身后，"我现在头好疼，什么都记不得了。"

"那你是怎么醒过来的？"

“被那老太婆杀猪一样的惨叫声给惊醒的。美梦都没有了。”醉汉满脸的恼怒，宿醉后的头疼让他不断地倒吸凉气，嘴巴里“嘘嘘”作响。

“这可怎么办？他喝醉了，什么都记不得了。”王亚楠一脸的苦恼。

“我有办法！”身后传来一个声音，王亚楠迅速转身看去，“你怎么来了？”

来的人正是刘春晓。他径直走到近前，弯腰仔细看了看醉汉的眼神，随即问道：“你能告诉我你喝的是什么酒吗？”

一听这话，醉汉立刻来了精神头，兴奋地指手画脚起来：“一瓶啤酒，二两二锅头，还有一点干红！”

刘春晓“扑哧”一声笑了：“你确实喝得够多的。怎么样，我现在请你喝酒吧？”说着，不管王亚楠一脸的诧异，他挥手叫身边的一个派出所警察过来，小声说道：“马上帮我去那边二十四小时营业的小卖部买一瓶啤酒过来——哦，不，两瓶！”

“买酒？”年轻的小伙子有点不敢相信自己的耳朵。

“快去吧，办案需要。再加上一袋子花生米。”刘春晓一脸的严肃，一点都不像开玩笑的样子。王亚楠也不好多说什么，她打定主意静观其变，反正目击证人什么都记不起来了，她倒要看看刘春晓究竟有什么本事来唤醒人家的记忆。

酒很快就买来了，当着众人的面，刘春晓拧开了酒瓶子，递给了醉汉：“来，接着喝。我请你！”

醉汉一听就来了劲，他左右看了看，见并没有人阻止自己，立刻接过来毫不客气地倒头一阵猛灌。

“王队，刘检察官这么做是什么意思？目击证人已经稀里糊涂的了，这样子让他再喝的话，不就更加分不清楚东南西北了吗？”助手在王亚楠耳边小声嘟囔道。

王亚楠没吭声。

没过多久，酒精的作用很快就在醉汉的脸上显现了出来，他的嘴里也开始冒出了一串串前言不搭后语的字眼来。

见此情景，刘春晓迅速夺过醉汉手里的啤酒瓶，身子向前凑近，小声问道："现在告诉我，你昨天晚上听到什么了没有？看见什么了？你告诉我，这瓶酒就还是你的！"

醉汉眯缝着双眼，晃着脑袋，皱眉想了想，随即一脸恍然大悟的样子："我……想……想起来了，是车的声音，吵醒我了，白色的……面包车，一……一个男的！"

"你怎么知道是一个男的？"刘春晓步步紧逼。

"他的脸……脸……脸上……"醉汉双眼的瞳孔开始紧缩。他并没有直接回答刘春晓的问题，看他的情形，就好像昨天晚上案发时的情景在眼前再现一样，脸上竟然露出了恐惧的表情。

"他的脸到底怎么了？"

"像死人！对！对！白得可怕！"此时的醉汉说话已经不结结巴巴了，恐惧仿佛慢慢地在他的身上流露了出来。

"脸像死人？"

"对！惨白惨白的，连眉毛也是白的，头发也是白的。"醉汉一把抢过了刘春晓手中的酒瓶，一通猛灌，仿佛酒精能够让他忘记昨晚可怕的记忆一样。

"眉毛？你确信你没有看错？"

刘春晓并没有搭理一边王亚楠的疑问，他继续问道："那么你接下来看见什么了？"

醉汉又有一些稀里糊涂了，他使劲皱着眉："他把一个女人拖了出来，然后……跪在那里，一直跪着，手里拿着一把长长的刀，他开始切呀切呀切呀……"边说他边做出那种拿刀切割的举动。

"你怎么知道他拖的是个女人？"王亚楠忍不住问道。

醉汉的脸上露出了一丝怪异的笑容："头发很长很长！都，都快到地上了，当……当然是……女……女人了！"

刘春晓猛地拍了他一巴掌，提醒道："然后呢？"

"然后他拿一把锤子敲她，这么一下一下一下……不停地敲……就……就像在钉木板……啪啪啪……"

王亚楠实在憋不住了，她上前把刘春晓拽到了一边，严肃地小声问道：

“他怎么可能看得那么清楚？案发时可是晚上啊！”

刘春晓一言不发地指了指案发现场不远处的一盏路灯：“昨天晚上又是十五，月亮很大！”

“那么他现在说的情况可靠吗？难道凶手就在这边肢解受害者？看他醉醺醺的样子，我有点怀疑！”

“应该可靠。人的记忆是和固定场合还有周边环境结合在一起的，他昨天在喝醉酒的情况下目睹了这起凶杀案，所以我让他重新回到酒醉状态，这样就能够唤醒他当时的记忆。再说了，他的醉酒应该也不是深度的，只到朦朦胧胧的状态，基本意识还是有的，因为他刚才说了，他毕竟穿过了大半个城中公园走到这里。”

王亚楠没话说了，她很快叫来了身边的下属：“马上调取所有出口处的监控录像，跟踪一辆白色面包车！”

此刻的醉汉抱着酒瓶子还在那边不停地嘟嘟囔囔。刘春晓微微一笑，走上前，拉起醉汉，同时用目光示意另一边的同事过来帮忙：“走吧，我们请你吃饭去！”

“好！好！吃！”醉汉摇摇摆摆地跟着刘春晓和派出所的警察走了。

王亚楠走进发现尸体的草丛里，章桐正埋头在仔细勘验着尸体残骸的表面。

“小桐，有什么线索吗？”

“这里是第一案发现场，有很多血迹，呈现出喷溅状，尸体内部的骨头都被取走了，和前面的死者一模一样。”

“死亡时间？”

“可以确定为昨天午夜十二点至凌晨两点之间。”说着，章桐一边指挥着潘建帮忙把尸体遗骸放进装尸袋，一边回头说道，“亚楠，我觉得这个凶手越来越没有耐心了！”

“为什么这么说？”

“我还是第一次看到他直接在杀人现场分解尸体拿走骨头。他已经顾不了周围的环境有可能暴露自己。”章桐面色凝重。

王亚楠想了想，问道：“小桐，什么样的人眉毛、头发和脸全是白的？”

“应该是白化病患者，也就是一种基因严重缺失引起的病变。这种病人怕光，在阳光底下睁不开眼，皮肤如果在阳光下裸露过长时间，会被灼伤。所以，为了躲避阳光，病人一般都是昼伏夜出，白天很少出门。”

“那么说我们昨晚的凶手很有可能就是白化病患者！”王亚楠自言自语道。此时，她的脑海里晃过了一个人影，王亚楠不由自主地脱口而出，“这难道是巧合？”

“你说什么？”章桐有些糊涂。

“没什么，我是说刘春晓刚才来了，还帮了我很大的忙！”

“他来干什么？”

“我也不知道他是怎么冒出来的。也不好多问，他现在和目击证人一起走了。小桐，说真的，你这个老同学真的很聪明，像本百科全书一样，这次多亏他了。”

章桐没有吭声，继续回转身忙碌，俨然一副事不关己的模样。

王亚楠并没有直接回公安局，在简单交代了赵云一些事情后，一个人开车来到了天长大学。由于昨天刚来过，所以这一次大学门口的保安并没有阻拦，见到车里坐着的王亚楠，就直接点点头放行了。王亚楠径直开车来到了生物系教职工宿舍的大楼下。

停好车后，王亚楠快步走向了门栋。现在还没有到早上九点，丁教授应该还在家。她来到二楼门口，想了想，还是伸出手敲起门来。

门很快就被打开了，来应门的是丁教授一脸憨厚的保姆。王亚楠被引到了客厅坐下。

还是昨天的那个客厅，什么都没有变，唯独缺少的是那张放在钢琴上的特殊的相片。王亚楠皱了皱眉，她心里很清楚，丁教授一定意识到了什么。

手机突然响了起来，是赵云发来的短信。王亚楠匆匆看后，不由得眉头紧锁。

“警察同志，你来了啊！”丁教授的脸上看不出任何异样的表情。他从里间卧室走了出来，坦然自若地伸出手和王亚楠握了握，微微一笑以示友好。

两人再次落座后，王亚楠决定直奔主题。她知道在丁教授面前，她没有必要去隐瞒什么，这是一个非常聪明的老人，他似乎已经猜到了自己今天会突然上门拜访。

“丁教授，我这次来是为了您的外甥黄志刚，他现在在哪儿，您能告诉我吗？我同事根据您提供的地址去找了，邻居说他早就已经搬走了。”

“我很久都没有他的消息了，你昨天和同事来这里的时候我就已经告诉过你们，我已经很长一段时间没有见到他了。想来应该都快有七八个月了！”

“他是不是有一辆白色面包车？”

老人想了想，点点头：“是，他是有一辆，买了快两年了。因为他的病，他白天几乎不出门，即使出门，因为有很多人嘲笑他，几乎人人见了他都躲得远远的，所以他从不乘坐公交车。等到在网上有了标本制作订单后，为了方便给客人送货，他就买了这辆车。”

“他以前在网上开店吗？”

“对，好像在什么‘同城网’上，因为现在标本制作需求越来越少，他有时候就为那些失去宠物的雇主制作一下标本，留作纪念。如今这样的生意也一天比一天少，一年到头也挣不了几个钱。大概半年多前，我就没有了他的消息。”提起这个外甥，丁教授似乎有些心疼，语气中充满了怜悯，那是老人对晚辈惯有的关切。

“那他现在还在做这种生意吗？怎么能够找到他呢？”

“我不知道，我年纪大了，身体也不好。”丁教授说着，把目光投向了窗外，言语中带着逐客的味道。

“那，丁教授，您就休息吧，我也不打扰您了，改日再来看您！”

老人点点头，没有再多说什么。

走出丁教授家所在的楼栋，王亚楠钻进车里后的第一件事情就是拨通了赵云的电话：“我这就回局里去，你马上申请传唤令，黄志刚有重大作案嫌疑！”

天长市公安局会议室里坐着六个人，除了李局和几个局领导外，就只有王亚楠。这是每天的重大案情汇报例会，大家脸上的神情都很严肃。

“四具尸体，我们目前只确定了一具的身份。但是根据我在丁教授那边得到的线索，我在天长同城网上找到了这个店铺，”说着，王亚楠把手中的笔记本电脑转向了大家，“‘收藏永生’，同城网上就只有这一家是专门为家里过世的宠物制作标本的商家，而死者张玲养过一只萨摩犬，今年年初患病去世，经查实她曾经在这家店铺订过货。店主的登记资料显示正是黄志刚，也就是丁教授的外甥。据丁教授回忆说他这个外甥因为遗传的原因，幼年时就患有严重的白化病，生活基本上与世隔绝。他是一个出色的标本制作师。我们在几个案发现场所发现的化学用品残留和死者肩膀上残留的铆钉，经证明正是一个标本制作师所必备的工具，而成分表经过丁教授确认，也正是他们家祖传的铆钉配比成分表，如今除了他以外，也就只有这个黄志刚知道成分的具体配制方法了。最后，根据第三个现场的目击证人描述，凶手头发、眉毛、皮肤呈现出异样的惨白，这正符合白化病人的特征。”

“那他现在人到底在哪儿？”李局皱眉问道。

“我们已经发出通缉令了，目前正在四处查找。”

“店铺中的客户资料你查过吗？”

王亚楠点点头：“我和同城网的网编联系过，调取了他的业务往来资料和所有跟他有过往来的客户资料，目前正在加紧核实。他最后一次登录是在今天早上，网监组正在严密监控这个账号，他们一有情况就会和我联系。希望能在他再次动手前抓住他。”

“我们没有多少时间了！”李局深深地叹了口气，目光中充满了焦虑，“这是一个把人命当儿戏的人，再不抓住他那他就会害死更多的人。我们这些人就没有脸穿这身警服，更加没有脸去每天面对我们周围的天长老百姓。”

李局的话让在场所有人的心里都沉甸甸的。

“王队，黄志刚的账号有动静！”

“太好了，我马上过来！”王亚楠把手中的汇报资料递给了身边的下属，迅速朝楼上网监组的办公室走去。

刚到门口，就和正送报告来的章桐撞了个满怀。

“你这么火烧火燎的要去哪儿？”章桐伸手揉了揉被撞酸的肩膀，“给，这是尸检报告。”

“简单说一下吧，我没有多少时间，我正好要去网监组那边，你也顺路，我们边走边说。”

章桐点点头：“死者是女性，这一次年龄相对比较大，三十至四十岁之间，有过生育史。犯案手法几乎一模一样，可以肯定是同一个人干的。”

王亚楠突然想到了什么，脱口而出：“她的毒物化验呢？”

“你不提我还差点忘了，舒安宁和三唑仑，这些都是一样的，但是这一次有一个例外，我在她血液中竟然化验出了细小病毒！”

“细小？”

“对！”

“那是什么东西？”王亚楠还是没有明白过来，她在楼梯拐角处站住了脚，转身问道。

“你没有养过狗，没听说过那也是正常的。细小病毒是一种狗类常见的病毒，非常顽固，感染细小病毒的症状类似于我们人类的肠胃炎，不过来势更加凶猛而已。如果错过最初七十二小时的黄金治疗时间的话，那么，得病的狗的死亡率就非常高。”

“这种病毒会传染给人类，对吗？”

“对，病毒非常顽固，高温低温都没有办法把它彻底消灭。即使做好了消毒工作，离开宿主后，没有半年的时间，病毒还是没有办法完全消除的，而狗主人会不知不觉地在和自己的宠物接触的过程中传染上这种病毒，传染渠道包括唾液、体液两种。身体好的人可能显现不出什么症状，但是身体比较差的话，就会在感染病毒后出现呕吐和严重拉稀、便血的症状，需要及时就医。”

听了章桐的话，王亚楠随即问道：“那白化病患者呢？如果他传染上会怎么样？”

“白化病患者的免疫系统是缺失的，所以会更加容易得病，潜伏期是四十八小时。一般出现的症状就是拉稀、便血。”

“你真是帮了我的大忙了！”说着，王亚楠兴奋得拍了章桐一巴掌，加快脚步向网监组跑去了。

章桐苦笑着摇摇头，转身向另一个方向的法医办公室走去了。

“情况怎么样？”

网监组当班的成副队长一脸严肃，他伸手指着面前的显示器屏幕说道：“他是八分钟前登录的，IP 地址显示是在新疆伊犁，我查了，是一个经过层层伪装的 IP 网址。他很狡猾。我们追踪起来要很长一段时间。”

“我们时间不够了。”王亚楠叹了口气，说道，“这样吧，你登录进去，以女性的口吻，就说要为自己的宠物做一个标本来纪念它！”

“你的意思是钓鱼？如果他要见面怎么办？”

“没关系，我会处理的！”

在成副队长准备注册登入时，王亚楠抽空给赵云打了个电话：“我需要你马上联络天长市内所有医院的肛肠门诊，查问今天是否有一个白化病人前去就医，症状是腹泻便血并且很有可能还伴有呕吐。如果没有的话，要他们密切关注，并且把黄志刚的相片发给他们，做到人手一份！”

“好，我马上去办！”赵云那边刚挂断电话，网络上就有了反应。

“店主，能帮忙做一个宠物标本吗？”成副队长发出了询问信息。

对方犹豫了一会儿，回复道：“可以，是狗还是猫？”

王亚楠示意成副队长让自己亲自和对方对话。

“狗。”

“怎么过世的？”

“生病。”

“方便告诉我病因吗？”

“细小病毒！”信息刚发过去，王亚楠意识到自己犯了个很大的错误。

不出所料，一听说是细小病毒死的狗，对方立刻就拒绝了：“对不起，这几天我身体不好，暂时不接生意。”

“求你了，天气热，狗狗都快要发臭了！”

对方的头像却迅速暗淡了下去。

“王队，他离线了！”

王亚楠气得狠狠一拳打在了墙角，她真后悔自己为什么下意识地脱口说出死因是“细小病毒”呢？结果打草惊蛇，看来目前获取线索的希望只能寄托在赵云的身上了。

“你们接着关注这个账号，很有可能这里是他寻找猎物的地方，一有消息就立刻通知我。还有，如果再见到他上线，你们换一个 IP 地址后和他联系，按照我刚才的方法。”

成副队长点点头：“你放心吧！”

章桐推开家门的时候，意外地见到母亲正坐在客厅的灯下织着毛衣，她不由得笑了：“妈，你也不休息一下啊？”

母亲头也不抬地说道：“天快冷了，该给你爸织毛衣了！”

章桐心里一沉，又仔细看看母亲脸部的表情，那是一种沉浸在自我陶醉中的幸福。她忐忑不安地问道：“妈，你今天有没有吃药？”

母亲抬头，一脸的茫然：“我又没病，吃药干什么？”

章桐急了，赶紧走进母亲房间，拉开床头柜专门放药的小抽屉，里面整整齐齐地摆放着很多个玻璃药瓶。因为怕母亲年纪大了吃错药，所以章桐每次都是把药按照每天的量放好，以防万一。

她仔细查看着药瓶子，标注着今天的日期的一瓶显示母亲真的已经吃过药了，但是，却又为何是一副没有吃药的表情？章桐知道，母亲的病正在一天天变得严重起来，舅舅在开药的时候再三叮嘱每天必须按时按量地吃药控制，只要有一天不吃，那就会出问题。她拿着空药瓶子走出了房间，满腹疑惑地看着母亲的背影，自己不在家的时候，究竟出了什么事情？

“妈，晚饭你做了吗？”

母亲没有吭声，继续在埋头编织着毛衣，仿佛这屋子里除了她以外就没有第二个人一样。

章桐想了想，迅速掏出手机，拨通了舅舅的电话。

十多分钟后，舅舅匆匆忙忙地带着医疗手术箱赶了过来，给母亲打了一针。在安顿她睡下后，舅舅这才放心地关上了卧室的房门，走了出来，疲惫地坐在了章桐对面的沙发上。

“舅舅，我妈她怎么样了？”章桐焦急地问道，“药怎么不起作用了？”

舅舅摇了摇头：“我也不清楚，我给她的量已经是最大的了，不过，像她这样的病情，我真的还是建议你让她住院最好。我怕日子久了，她有耐药性，而你工作又那么忙，万一你不在家，她发病，有个什么好歹，我真的不知道该怎么办！”

“我……让我再想想！”章桐犹豫了，“我妈她现在睡着了吗？”

“睡着了。这样吧，桐桐，你明天把你妈带到我医院来，我帮她再检查一下，看看具体情况。”

“好的！谢谢你，舅舅！”

送走了老人，章桐感觉脑袋晕晕的，她不由自主地走到母亲卧室门口，轻轻打开门，呆呆地注视着母亲在床上安睡的样子，眼泪止不住地流了下来。已经不知道有多少次了，她想放弃自己的工作，好好地陪在母亲的身边，好好照顾她。可是，每次电话一响，就会下意识地向门外走去，丢下可怜的母亲一个人孤零零地在家里。母亲是自己在这个世界上最亲的人了，如果因为一时疏忽而让母亲有什么意外，那么，自己的良心将永远都得不到安宁。

想到这儿，章桐深深地叹了口气，伸手抹去眼角的泪水，轻轻关上卧室门后，就朝隔壁自己房间走去。

在打开灯的一刹那，她不由得愣住了，在自己窗前的书桌上端端正正地摆放着一只陈旧的小樟木盒子。章桐皱了皱眉，记忆中这是母亲的东西，一直锁在母亲年轻时陪嫁的大樟木箱里，从来都不允许别人去动，父亲还在世的时候，曾经开玩笑说这里面锁着母亲的秘密。可是，现在它为何会突然出现在自己的书桌上？

顾不得多想，章桐来到书桌旁，打开了小樟木盒子，里面只有一封已经拆开的信。章桐的心跳得厉害，因为她认出来了发黄的薄薄的信纸上的字迹：

桐桐，对不起，爸爸要永远离开你了，当你看到这封信的时候，我想，你也已经长大了。希望你能够理解爸爸的苦心，一个不称职的父亲心中的痛苦。现在，爸爸要恳求你一件事——不要去找你妹妹了，永远都不要。我不希望你和我一样陷入无止境的希望与失望直至绝望的生活中，忘了秋秋，也忘了爸爸吧！答应爸爸，好吗？

永远爱你的　爸爸

这一刻，章桐才稍微明白父亲的苦心。

“王队，有消息了，城南医院的门诊护士说她们那边昨天晚上有一个长相奇特的白化病人前去就诊，挂的是肛肠科！”赵云的话打断了王亚楠的思绪。

“病历上有住址记录吗？”

“没有，什么都没有。”

王亚楠皱眉说道：“他知道我们在找他，所以他白天不敢出来的，只能在晚上。这样，你马上带一个人去城南医院蹲点。有消息就通知我，我现在就去天长大学！”

“天长大学？”

“对，去找丁教授。我相信他还隐瞒了什么！”王亚楠匆忙拿起外衣就往办公室外走去。

“王队长，你去哪儿？”说话的人正是几日未见的刘春晓。

王亚楠的双眉微微一挑：“刘检察官，你有什么事吗？”

“我是来调档案的。”刘春晓编了个理由，他不想给周围的人留下一个自己没事总是来找章桐的印象，尤其是面前的这位女刑警队长。

“事情办完了吗？”

“是啊，我正好要下班了。”

一听这话，王亚楠顿时喜上眉梢：“那这样吧，我正好有要用到你的地方，你能陪我去一趟天长大学吗？”

刘春晓愣了一下，随即点点头：“我今天反正没什么事情了，那走吧，我开车送你去！”

转身之际，王亚楠偷偷用眼角瞄了一眼身边比自己高整整一个头、长相英俊的刘春晓，嘴角露出了一丝笑容。

一路上，王亚楠把案情简单地向刘春晓介绍了一下，并且把自己内心的疑虑和盘托出。

刘春晓沉默了，他双手紧握着方向盘，目光严肃地盯着车子的前方。

很快，天长大学就到了。

面对突然到访的王亚楠和刘春晓，丁教授并没有显露出太多的惊讶，仿佛两人的来访都在他的意料之中。

一番寒暄过后，王亚楠问道：“丁教授，我也不瞒您了，相信您也已经知道了我们的来意。现在我们手头所有的线索都指向黄志刚。您是他唯一的亲人，又是他的授业恩师，他一定很尊敬您！我想请您配合我们的工作，告诉我们他在哪儿？如果我们再不阻止他的话，不知道又有多少无辜的生命要被夺去了！请您理解我们，好吗？”

丁教授嘴唇颤抖着，半天没有说话。

王亚楠看了看身边的刘春晓，刘春晓点点头：“丁教授，您能不能告诉我们黄志刚的母亲到底是怎么去世的？我相信她应该不是病故的。”

丁教授的目光突然从茫然和警惕变得充满了伤痛，他犹豫了好长时间，最后，深深地叹了口气，摇了摇头：“你说得没错，小伙子，她是被害的，案子至今未破。”

“被害？”

第七章 剥离真相

章桐一声不吭地冲进了母亲的卧室，拽开抽屉，拿出药瓶，颤抖着双手拧开小药瓶那浅黄色的盖子后，把里面的药全倒了出来，等看清楚手掌心中的几枚药丸，章桐的心顿时悬到了嗓子眼儿。她把手中的药丸放在了桌面上，又陆续拿出了剩下的所有八个药瓶子，里面的药也被一一倒了出来。不出所料，如果不是仔细看的话，章桐简直不敢相信母亲服用的竟然是维生素片！最初舅舅开出的处方药全都是自己亲手放进去的，怎么现在竟然变成了维生素片？难怪母亲的反应会变得那么迟钝。

“对，是一次抢劫。我妹夫去世后，我妹妹一个人拉扯孩子，日子过得很艰难，但是我妹妹很倔强，一个人工作养孩子。志刚这孩子从小就懂事，得了这个毛病以后，他很自卑，很不合群，我没有儿子，就把家传的手艺传给了他，也算是个谋生的手段。本指望他们一家从此平平安安地过日子，可是，九年前一个隆冬的晚上，我妹妹下夜班，结果遇到了劫匪，我妹妹被连刺八刀，死在了大街上。但是当我从警察那里得到消息后赶到医院时，她的遗体已经被志刚领走了，从此我就很少见到这个孩子了。不过……”老人没有继续说下去。

“不过什么？”刘春晓紧接着问道。

老人犹豫了，他想了想：“我至今都不知道我妹妹葬在哪儿！”

王亚楠随即追问：“您还有您妹妹的相片吗？年轻时候的！”

老人点点头：“你们等一下，我去找找！”

等待的时间总是格外漫长，王亚楠焦急地在客厅里走来走去。

“我说，王队，你坐一下吧，人家丁教授年纪大了，手脚不太灵活，找东西自然会慢一点儿。”刘春晓简直快被王亚楠来回踱步给晃晕了。

王亚楠一瞪眼：“你和小桐一样，叫我‘亚楠’吧，这样我听着舒服。‘王队’是我的下属叫的，我们平级，你不用拍我马屁！”

刘春晓一咧嘴，没再吱声。

“让你们两位久等了，这些都是老照片，有些陈旧了。”丁教授捧着两大本发黄的相册走了出来。

打开相册，仿佛掀开了一段尘封已久的记忆，王亚楠很快就认出了相片中那个年轻苗条梳着两条长辫子的女人。她伸手指着那个女人抬头问道：“丁教授，这就是您妹妹年轻的时候？”

“对，这张是她十八岁时候照的。我妹妹小我二十一岁，我父亲六十岁的时候有了她。我们兄妹两个年龄差距很大。”丁教授淡淡地一笑。

“她去世的时候多大年龄？”

“还差三天就是三十九岁，但是活着的时候一点都看不出她的年龄，她很爱美！”

王亚楠紧紧地盯着相片中的年轻女人：“丁教授，您确信现在还没有找到您妹妹的安葬地吗？”

“我后来问过志刚，他说海葬了，因为没有钱买墓地。”

离开丁教授家以后，在回公安局的路上，刘春晓突然说道：“王队，哦，不，亚楠，我有一个朋友是民政局的，他们那边有咱们天长市的殡葬记录，最早可以查到二十年前。我上周曾经听他说起过这件事。”

“那太好了，我来开车，你马上给他打电话。”说着，王亚楠从口袋里掏出了那张临走时问丁教授要的写有黄志刚母亲的姓名和死亡时间的纸，递给了刘春晓，“你现在就打，别耽误了！”

刘春晓把车停在了路边，和王亚楠交换了座位。

第二天一大早，看着母亲在厨房里忙进忙出的样子，就好像昨晚的变故根本就没有发生过一样，章桐心下稍安。可临出门时还是不放心地走回母亲的房间，打开床头柜的小抽屉，再一次清点了一下里面的那几枚药丸，等到确信数目正确无疑了，她这才和母亲打了声招呼，离开了家。

在经过舅舅家楼栋门口时，和早起锻炼的舅舅不期而遇，章桐想起了父亲遗书的内容，脚步有些犹豫。

“桐桐，怎么了？你妈今天又不对了吗？”

章桐摇了摇头：“没有，舅舅，你别担心。我妈今天还好，昨天你的药应该是起作用了。”

“那就好，”老人深吸一口气，一脸愁容，“你妈妈也是个苦命的人啊！”

“舅舅……为什么爸爸舍得抛下我和妈妈离开这个世界？”章桐恳切地看着面前的老人。

“算了，都过去了，好好待你的母亲吧，她这辈子太苦了！”说着，老人心疼地看了章桐一眼后，默默地转身头也不回地离开了。

是啊！现在她只有母亲了，一定要好好照顾母亲才行。母亲！她的脑海中突然闪过了一个念头——药！药肯定有问题，不然的话为什么母亲一连吃了这么多日子都没有恶化，而偏偏昨晚却……章桐不敢再继续朝下想，她迅速转身朝家的方向跑去。

“桐桐，你怎么回来了？”母亲一脸的讶异。

章桐一声不吭地冲进了母亲的卧室，拽开抽屉，拿出药瓶，颤抖着双手拧开小药瓶那浅黄色的盖子后，把里面的药全倒了出来，等看清楚手掌心中的几枚药丸，章桐的心顿时悬到了嗓子眼儿。她把手中的药丸放在了桌面上，又陆续拿出了剩下的所有八个药瓶子，里面的药也被一一倒了出来。不出所料，如果不是仔细看的话，章桐简直不敢相信母亲服用的竟然是维生素片！最初舅舅开出的处方药全都是自己亲手放进去的，怎么现在竟然变成了维生素片？难怪母亲的反应会变得那么迟钝。

“妈，这个药，谁动过？”

母亲茫然地摇摇头：“我不知道。”

“那这几天家里来过什么人没有？”

母亲皱了皱眉，仔细想了想：“你舅舅，还有，就只有你陈伯伯、快递员……”

“不！不可能！”章桐失声叫道，声音不自觉间提高了很多。抬头看见了母亲眼神中的恐惧，章桐不由得深深懊悔了起来。她深吸一口气，让语调变得缓和一点，“妈，没事，你歇一会儿，我给舅舅打个电话。”

“哦。”母亲点点头，忐忑不安地走出了自己的卧室。

章桐关上门后，迅速拨通了舅舅的电话：“舅舅，我马上送我妈去你医院，先住一段时间……不！没什么别的原因，我把她一个人放在家里不放心……好的，我这就打车过去！”

挂断电话后，章桐看着面前桌子上那一大堆维生素片，心里突然感到从未有过的不安。她下意识地抬头看了看墙上父亲的相片，咬着牙，走出了卧室。

“你有心事，章法医？”赵俊杰犹豫再三，还是小心翼翼地说出了自己的心里话。在这里基层锻炼也已经一个多月了，笔记也做了一大堆，该吐的也吐了，该看的也看到了，可是，付出这么多，离自己真正目标的达成却还是遥遥无期，为此，他苦恼极了。

今天的章桐似乎有些不一样，她刚刚走进办公室的时候，赵俊杰就从她的脸上看到了沉重的心事。最主要的一点就是，从不迟到的她，今天竟然迟到了。难道自己的机会终于来了？

“我没事。”章桐干巴巴地回应了一句，甚至懒得抬起来头去看他一眼，径直就走进了里间的更衣室。

门随后被关上了，潘建瞅机会瞪了赵俊杰一眼：“你多嘴干吗？没见到她今天虎着张脸吗？小心挨骂！”

“我这不是关心她嘛！”赵俊杰委屈地嘟囔了一句，却又心有不甘地看了一眼紧紧关着的更衣室门。

一大早，刚刚赶到城南医院门口的王亚楠火了，就诊记录明明白白地显示凌晨两点多的时候，病人已经过来复诊并且顺利拿走了药物，而赵云和两个下属却什么都没有看到，这也就意味着这条线索已经断了。走出医院大门后，王亚楠气得拍着车门就一通怒吼，手指都快要戳到了赵云的脸上："我跟你说过多少遍，叫你不要安排新手值班。现在倒好，人家在你们眼皮子底下晃了一圈，你们却连个鬼影子都没有看到，你叫我上哪儿再去抓他！"

赵云的脸一阵红一阵白，他低着头。

"王队，是我的错，我不应该这么做，我请求处分！"

"处分个屁！"王亚楠皱眉怒吼，"再死了人，你负得起这个责任吗？"

"王队，是我不好！是我犯了错误！赵副队长守了大半夜了，下半夜轮班时是我大意睡着了，和赵副队没有关系，是我的责任！……"赵云身边的下属不断地检讨着自己。

王亚楠恼怒地挥挥手，没有搭理他，继续咬着牙说道："赵云啊，你也是老警察了，怎么就这么不长记性呢！盯人就得瞪大了眼珠子，连只苍蝇在你面前飞过你都得给我看清楚，我派你来不是叫你来睡觉享福的。你叫我怎么说你才好！"她重重地叹了口气，"嗐……算了，回去再说吧！"

大家刚要上车时，王亚楠的手机响了。一看是网监组的号码，王亚楠顿时来了精神："成副队长，怎么样？"

"犯罪嫌疑人在五分钟前刚刚完成一笔交易，我虽然没有查到他的IP地址，但是我锁定了交易对方的IP地址。IP地址显示她就在城东东河花园三栋四〇二室。因为天气炎热，宠物主人要求马上上门接货！"

"他答应了吗？"

"答应了，说半个小时后到！"

"好的，我们马上过去！"挂断电话后，王亚楠似乎把刚才的不愉快全都抛到了九霄云外，兴奋地对身边开车的赵云说道，"转机来了，赶紧去城东东河花园，我们必须在十五分钟之内赶到。不能再让他跑了！"

由于宠物刚刚去世，心情恍惚的东河花园三栋四〇二室住户汪晓月听到门铃响，第一个反应就是去打开门。可是，她做梦都没有想到这几个神色严峻的人竟然是警察。

“你们是……”

王亚楠并不打算把真正来意告诉眼前这个情绪低落的女人。她眼角瞄到了里屋地板上躺着的一只已经死去的宠物狗，随即语气平和地说道：“你不用担心，我们是来核实一下你刚才是不是在网上订购了宠物标本制作？”

汪晓月点点头：“是啊，出什么事了？”

“没事，我们希望你配合一下我们的工作。”王亚楠说着，转身对赵云吩咐道，“你留下，保护事主的安全，我和小张他们去楼下。”

“我去吧！”

王亚楠一瞪眼：“这是命令！”说着，她头也不回地走出了门。

时间一分一秒地过去，没多久，小区拐角处拐进了一辆奶黄色的金杯面包车，车头的方向正指着三栋这边。王亚楠皱了皱眉，颜色不对，难道自己搞错了？

“王队？要不要上？”

王亚楠摇摇头，小声说道：“再等等看！”

车子在楼下停好后，并没有熄火，车门就打开了，从车里出来了一个男子。可是奇怪的是，现在的天气非常炎热，这个男子却戴着帽子和墨镜，甚至还穿着长袖衣服，戴着手套，仿佛非常惧怕这早上的阳光会晒伤他的皮肤。

“快！就是他！”见到这一副怪异的打扮，王亚楠猛地拉开了左侧车门冲了出去，两个下属也紧紧地跟在身后。

“黄志刚，我们是警察！”

刚刚亮明身份，这突如其来的动静就把没离开面包车几步的男子吓了一跳。他来不及多想，立刻用力推开已经走到自己身边的警察，飞速转身钻进了自己的面包车里。由于刚才发动机并没有熄火，所以，他狠狠地一脚踩下油门，猛打方向盘，车子迅速倒退了十多米，拐上了小区的绿化地，轧过花坛，冲向了小区的大门。一路经过之处，人们纷纷躲避。

“快！不能让他跑了！”此时，刚刚听到动静从楼上跑下来的赵云早就已经钻进了停在不远处的车子，发动后，紧咬着奶黄色面包车的尾巴就追了出去。

王亚楠急得一跺脚，赶紧掏出手机，拨通了局里的总机，要求沿途拦截那辆面包车。

此时正是天长市的上班高峰期，大马路上的车辆没多久就排成了一条长龙。可是，等王亚楠和下属追到门口时，警车和面包车都早已不见了踪影。

堵塞的交通给警方的追捕增添了不少难度，但是尽管如此，黄志刚所驾驶的那辆奶黄色面包车还是像条被驱赶着朝渔网游过去的鱼，眼见着就要被逼停在城郊的外环路上了，可是奶黄色面包车却还不放弃，左冲右突，试图挣脱身后警方逐渐收紧的包围圈。

就在这时，原本被甩在身后好几个车位的赵云驾驶着的警车突然加速冲上了路边的隔离绿化带，在超过面包车的那一刻，他猛地一打方向盘，冲了下来。

“轰隆”一声，面包车终于被结结实实地拦腰撞停了，警车死死地卡住了面包车的车身。

面包车里，那个戴着墨镜的男人绝望地闭上了双眼。

黄志刚被捕后一直没有开口，这在王亚楠看来也是意料之中的事情。在通过当地派出所得到他最新的居住地址后，她就把章桐和一组现场技术勘测人员叫上了一起前去。

这是一栋老式民居，位于天长市的城南老住宅区内，由于临近拆迁，所以周围的住户都已经陆续搬走了。一路上偶尔看见一两只被搬家的主人遗弃的小狗小猫。

黄志刚租住的是一间地下室。听房东说地下室有一个老式的锅炉，先前是用来给周边供暖的，他也不明白这个住客为何指名要租下这个带锅炉的地下室，照常理来说，一般人是不会愿意自己睡觉的房间里放个大锅炉的，可是，这个住客却显然非常乐意。房东再三表明，要不是看这个住客每月都按期缴纳房租的话，他早就把他赶走了，因为这个住客那怪异的皮肤让他浑身不舒服。

掏出钥匙打开地下室沉重的大门后，房东迅速消失在了身后的夜色中。

王亚楠和章桐一先一后走进了地下室。

这里空间很大，灯光昏暗，有着一股怪异的味道，有点像医院的消毒水夹杂着腐烂物的臭味。

在地下室的一角，整齐地排列着一排盖着厚厚的防雨布的大铁笼子，在它们的对面，就是那一只老旧的锅炉。

两人对视一眼，先走向那排大铁笼子。王亚楠伸手拽开了防雨布，随着抖落的灰尘，出现在她们面前的是一幅恐怖的景象——大铁笼子里镶嵌着一层玻璃，就仿佛博物馆里的展览橱窗一样，一排排的人体骷髅在玻璃后用那黑洞洞的眼眶凝视着眼前这些揭开防雨布的不速之客。

这一刻怪异的寂静让人不由得感觉毛骨悚然。

“亚楠，你叫我查的那种化学产品，是一种酸，标本制作师用它来溶解骸骨上剩余的有机体。”章桐伸手一指面前的骸骨，低声喃喃，“这就对得上号了！”

汗水在王亚楠的眉毛上聚集了起来，刺激着她的眼睛，可是尽管如此，王亚楠却依旧眼睛一眨不眨地盯着眼前这些可怕的收藏品。

“你能辨认出这些骸骨的制作时间和性别吗？”

章桐点点头，调亮了手中应急灯的光度，从第一个展览柜开始，逐一辨认：“女性，年龄在三十五至三十八岁之间，生育过，从骸骨光泽度来看，应该是在五至十年前……亚楠，我发现了一行字！”说着，章桐弯下腰，在骸骨脚踝部位仔细辨认了起来，“这是 2002 年制作的……”章桐突然转过身，一脸的凝重，“亚楠，这上面写着‘母亲’两个字，我想这很可能就是黄志刚的母亲！你看，所有的骸骨中就只有这一具是坐着的，摆放得非常仔细，甚至还放着假花！……”

“天哪，难怪丁教授说他妹妹去世后，就一直没有下落，原来被制作成了……”她重重地叹了口气，抬头看看这具特殊的骸骨，一时间，什么话都说不出来了。

整个储藏柜里总共有七具骸骨，细心的犯罪嫌疑人竟然在每具骸骨下面都标注了逝者的姓名和年龄。看着那剩下的三个空空的还没有来得及填满的柜子，在场所有人的心里都明白那意味着什么。

锅炉里是一层厚厚的灰，间或夹杂着一些细小的骨屑。很显然，这是犯罪嫌疑人用来烤干骨头的地方……

王亚楠不忍心再继续看下去了，她掏出手机，拨通了局里的电话："……请尽快增派一个现场技术小组来局口街三十八号……"

回到局里，已经是深夜了，可是对于章桐来讲，自己的工作才刚开始，要干的事情有很多，从现场带回来的每一具骸骨都要分门别类进行必要的鉴别，以等待不久就要到来的 DNA 鉴定。整个解剖室里忙碌个不停，几乎所有的法医和助手都到场了。

刘春晓在解剖室门口已经徘徊很长时间了，他一接到赵俊杰的电话就赶到局里。此刻，他默默地透过解剖室门上那透明的小玻璃窗，注视着章桐忙碌的背影。最近一段时间以来，刘春晓只要一有空，就会来到这里，远远地注视着自己心爱的女人，但是他不敢靠近。章桐的心理还是太脆弱，刘春晓生怕自己的莽撞会伤害到她，为此，他宁愿在一边默默地关注。

刘春晓的执着被一边的赵俊杰全都看在眼里，他无奈地摇摇头，想了想，重新又转身折回了刑警队办公室。

"赵大记者，你怎么这么快就回来啦？"刑警队资历最浅的小邓不由得打趣道，"你不是说要去法医室，我们这边太无聊了吗？"

赵俊杰嘟了嘟嘴："还是来这边吧，那边人太多了！对了，还没有开口吗？"

小邓摇摇头，双手一摊："哪有那么容易？你以为这是演戏啊？"

"王队长呢？"

"还在审讯室呢！"

王亚楠已经快要没有耐心了，面前的黄志刚，一脸的淡定从容，无论问他什么，都是一副不屑一顾的笑容。

“王队，怎么办？”助手郑杰凑到王亚楠耳边小声问道。

王亚楠皱了皱眉，随即打开了文件夹，取出了第一张相片，然后推到黄志刚面前：“你应该比我们都清楚她是谁吧？”

黄志刚愣了一下，眉宇之间闪过一丝慌乱。他把目光从相片上移开了，依旧一声不吭的样子。

“你既然不肯开口，那好，我们换个话题，和我说说骨头吧。你为什么要搜集骨头？”

这个问题显然打开了黄志刚的话匣子，霎时之间，他的目光中充满了神采，言语也变得滔滔不绝起来。

“骨头？那可是世界上最纯洁最珍贵的宝贝啊！它是一种令人难以置信的物质！像花岗岩一样坚硬，却比木头还要轻，而且还有生命力！”

“骨头没有生命力！你说错了！”王亚楠突然打断了他。

“你胡说！骨头能让生命变成永恒！它不会生锈，不会腐蚀，它是生命永恒的延续，比起那些会腐烂的臭皮囊来说，骨头神圣多了。你不配谈骨头，你不懂骨头！”黄志刚突然像触了电一般猛地跳起，声嘶力竭地怒吼着，要不是手腕上锃亮的铐子把他的手牢牢地固定在了椅子上的话，王亚楠毫不怀疑黄志刚会愤怒地向自己冲过来。

“坐下！老实点！”身边的警察赶紧一把把他摁了回去。

“所以，你才把你母亲的骨头保留了下来，对吗？”

一听这话，黄志刚双眼的瞳孔一阵收缩：“你把我母亲放哪儿了？你们不许碰她！你们不许碰她！……”

“我们可以还给你，但前提条件是，你必须告诉我们，你为什么要杀害那么多无辜的女人？”

“好吧，我告诉你，我什么都告诉你们。我杀她们，原因其实很简单，她们的骨头太完美了！尤其是从炉子中刚取出来的那一刻！美得那么耀眼！也可以说，我让她们得到了永生！”说着，黄志刚的嘴角划过了一丝浅浅的笑意，他的眼神专注地注视着前方。

王亚楠却感觉浑身冰凉。

推门走出审讯室的时候，王亚楠一抬头，眼前站着章桐和丁教授，她的心顿时一沉，这一刻是她最不愿意去面对的。

“亚楠，丁教授是接到通知前来认尸的，就是黄志刚的母亲。不过在此之前，他想先见见你！”

王亚楠点点头，暗暗叹了口气：“那就来我办公室吧！”

傍晚，王亚楠破天荒地主动把章桐约出来，在咖啡馆里，她却半天没有说话，两眼发愣。

“亚楠，以前案子结了，都没有见过你这副样子，是不是还在为丁教授那件事郁闷？”

王亚楠点点头：“想想自己唯一的妹妹去世后却得不到安息，反而要以这种特殊的方式存留在这个世界上，换了谁都会想不通。更别提过了这么多年，还要亲手把妹妹的骨骸埋葬，而妹妹的儿子却成了杀人犯，人命在他的眼中一文不值，你说这叫一个把这辈子都用来做科学研究的老教授如何承受得了？”说到这儿，王亚楠突然抬头认真地注视着章桐，一字一句地问道，“你说这个世界上有灵魂吗？”

章桐的心一动：“你指的是……”

“死人的鬼魂！”

“你为什么这么问？”

“我也不知道，突然想到而已。小桐，你每天都和死人打交道，那你有没有想过这个问题呢？如果死了的人都有鬼魂的话，就像黄志刚的母亲，每天就在橱窗里那么一动不动地注视着自己的孩子去剥夺别人的生命，你说她会怎么想？”

章桐没有回答这个问题，甚至王亚楠后面所说的她都没有听进脑子里去。此刻的她满脑子里只有一个念头，这个念头是以前的她从来都没有认真考虑过的，那就是老是缠绕着自己的那个噩梦里，那在耳边不断回响着的小女孩的哭泣声。她不由得皱了皱眉，难道妹妹真的是在给自己托梦？妹妹已经不在这个世界上了吗？

她回答不了这个问题。

“亚楠，赵云怎么样了？这么久都没有他的消息了。”

“他啊，被转院送到上海去了。”王亚楠忍不住夸奖道，“平时瞧不起他，老说他没什么阳刚之气，不像个当刑警的，这紧要关头开车撞人家，还真是出乎大家的意料了。听去送他的小郑他们说，下半身都动不了了，居然还笑得出来！”

“医生怎么说他的伤势？”

“听说是第三节脊椎骨断了，手术很难做，要去上海那边找神经方面的专家才有希望让他重新站起来！”

章桐没有说话，她很清楚第三节脊椎骨断了的后果究竟是什么。看着眼前神情复杂的王亚楠，章桐实在不忍心让她再承受失望和自责的打击了。

深夜，躺在床上，章桐久久不能入睡，昏黄的灯光下，房间里的一切都变得那么陌生。

母亲还在舅舅的医院里住着，所以家里空荡荡的，只有章桐一个人。

本来今晚她是不想回家来的，可是，对于那个梦中的小女孩，章桐的心里一直念念不忘。

她的手里拿着一个已经有些陈旧的老相框，里面是一张自己偷偷藏下来的全家福，父亲的身边站着母亲，面前是两个五六岁年纪的小女孩，相片中的一家四口笑得很开心。这是妹妹留在这个世界上唯一的一张相片，章桐像保护自己的生命一样珍藏着手中的这张老相片。她的手指轻轻地抚摩过老相片的表面，冰冷的感觉瞬间填满了全身。父亲已经离开了这个世界，这么多年以来，寻找失踪的妹妹就成了她一种固执的向往，不管别人说什么，章桐是永远都不会去接受妹妹已经离开这个世界的想法的。

那么，在这么多年里，妹妹究竟去哪儿了？章桐苦苦思索着，目光下意识地一寸一寸地扫过屋子里的每一个角落，突然，眼前的一幕打断了她的思绪。她迅速站起身，拉开了书柜的门，一封卡在柜门上的红绿相间的国际特快专递随即“扑通”一声掉在了地板上。章桐皱眉弯腰捡起了地上的快递，认出这就是母亲前段日子替自己签收的那封奇怪的美国快递，记得当时自己因为工作忙碌的缘故，心不在焉，也就没有及时打开，而只是一丢了事。但是章桐却分明记得自己是随手把快递丢进了书柜的抽屉里的，如今却又为何这么随意地被夹在了柜门上？

还有，最奇怪的是，手中的这封快递摸上去轻飘飘的，已经被打开过了，并且此刻，偌大的快递信封中，空空如也！

章桐有种不好的预感，随手把快递信封放入抽屉，躺在床上思考这一切奇怪的现象。

第二天。

“下班了啊，老同学！”

“对！你怎么来了？”

“过来忙啊，一个案子，光那些案卷就让我加了好几天班了。”说着，刘春晓夸张地伸了个懒腰，“你呢？怎么样？晚上一起吃饭？”

章桐摇了摇头：“我妈身体不好，我得回去。下回吧。”

刘春晓难以掩饰一脸的失落。

正在尴尬之时，王亚楠推门走了出来：“还没走啊？我还以为我是最后一个了呢！”

章桐心里顿时有了主意，立刻拉住了王亚楠说：“你来得正好，我这个老同学正愁没人帮他花钱，晚上叫他请你吃饭吧！”

“真的？”王亚楠不敢相信自己的耳朵，“有这样的好事？”

“放心吧！”章桐拍了拍王亚楠的肩膀，“我什么时候骗过你？”

作为一名法医，章桐知道自己没有选择案子的权利。可是，法医也是人，是人就有害怕的时候。她呆呆地站在胡杨林边上，看着眼前这片一望无际的金黄，双脚却像灌了铅似的，一步都没有办法往前迈动。

“章法医，你没事吧？是不是不舒服？”刚刚实习回来的潘建好心提醒道。

“没什么，我昨晚没有休息好罢了，快做事吧。”说是这么说，章桐的脸色却是一片惨白。她咬咬牙，继续深一脚浅一脚地朝着不远处树林中被红蓝相间的警戒带紧紧包围着的现场走去。

“快看，章法医，赵大记者今天比我们来得还要早！”顺着潘建手指的方向，章桐果然看见了已经消失了近一周的赵俊杰。

“他来这儿干什么？”

正说着，赵俊杰已经看到了章桐，他立刻一脸紧张地迎了过来。

“章法医，你怎么会接手这个案子的？不该是你的啊！”

“老郑出差了，当然就只有我接了。怎么了？我不能接吗？”

赵俊杰尴尬地打了个哈哈：“那倒没有，你误会我的意思了。尸体就在那边，王队等你很久了！”

章桐没有再搭理他，加快了脚步向前走去。

“亚楠，什么情况？”

王亚楠指了指右手边的一个浅坑：“有人带着狗出来旅游，狗在这边扒出了一些骨头，狗主人觉得这骨头不像是一般的动物骨头，所以就报了警。”

章桐在浅坑边蹲下身子，仔细地检视着凌乱地散落在坑里的骨头，半天没有吭声。

“怎么了？情况严重吗？”

章桐突然之间明白了赵俊杰会对自己这么紧张的原因：她的手中正静静地躺着一根小小的腿骨，从骨缝闭合状态来看，这根腿骨的主人不会超过十二岁！

时间一分一秒地过去，地上铺着的白色塑料布上的骨头越来越多，最后，也是在浅坑最底部找到的，是一个小小的完好无损的人类的颅骨。

章桐死死地盯着颅骨上那两个黑洞洞的眼窝，仿佛时间都已经停止了。

“章法医？”潘建小声提醒道，“我们接下去该怎么办？”

章桐没有吱声，只觉得天旋地转，脑海一片空白，头疼欲裂。

潘建尴尬地朝四周看了看：“章法医？你怎么了？大家都在看着我们呢！”

“我没事，赶紧处理一下！把这些骸骨都收起来。”说着，章桐强忍心中的悲痛，起身向停在不远处的法医现场车走去。

见此情景，王亚楠不免有些愕然，好友章桐明显看上去有些不太对劲，这和她以往在出现场时的严谨作风完全两样。

“小潘，你们头儿今天怎么了？”

“不知道，”潘建双手一摊，“她今天一到这儿就不舒服，我想大概是昨晚没有睡好吧。”

“是吗？”王亚楠根本就不会相信章桐是因为没有休息好才会这样，她太了解她了。

“咳，老弟，你知道吗？胡杨林那边今天出事儿了！”赵俊杰一离开现场，就迫不及待地给还在检察院上班的刘春晓打去了电话。

“胡杨林？”

“对，就是二十年前章法医妹妹出事儿的那个胡杨林，我今天一得到消息就赶过去了。”

“案子怎么样？”

“听重案组的人说是一个小孩的遗骸，看上去有些年份了。”

“这案子是章桐接的吗？”

“对。我也没有想到会是她来接这个案子。”

挂断电话后，刘春晓面色凝重，难道真的就是二十年前失踪的章秋？

第八章 妹妹

“小桐，怎么样了？颅面成像出来了吗？”

章桐双手握着一张相片颤抖不止，眼泪大颗大颗地往下掉。

王亚楠的心跟着揪紧，凑上前打量。谁想到这一看就把她惊呆了，因为章桐手中这张打印相片上的女孩子竟然和她长得相差无几！几乎就是一个缩小版本！

王亚楠从现场回到局里的时候已经是下午一点多了。她刚走进办公室，章桐的电话就到了，虽然在电话中并没有说什么，但是章桐的口气却让王亚楠很担心。

解剖室里，气氛明显不对，两张冰冷的不锈钢解剖台上都摆放着小小的灰白色的骨头，潘建和章桐的脸上看不到一点表情。

“怎么样？尸体有问题？”

“尸体没有问题，确认是人类遗骸，女性，年龄在九至十二岁之间。但是，这里是两具遗骸，确切点说是两具不完整的遗骸。”

王亚楠没有搞明白章桐话中的意思：“你是说是两个受害者？”

章桐点点头：“根据找到的一块骶骨和头骨，我们可以确定其中一位死者为女孩，但是我们同时又找到了两对耻骨。长短不一的两对耻骨，两对的骨龄都在九至十二岁之间，由此可以断定死者不是一位，而是两位。但是因为骸骨的不完整，另外一位还没有头骨，所以，目前对于另一位死者的具体身份我们还没有办法确认。你也知道，处在发育期之前的儿童根据骸骨是比较难以确认性别的，更别提还缺少了很多块骨头。所以，就手头的线索来看，我没有办法。但是我会尽力。”

“那死者被害的年份能确认吗？”

章桐点点头：“根据骨骸的碳化年份推算，两人的被害时间大致为十五至十八年前。不过我还在等痕迹鉴定和生化检验那边的报告。他们提取了现场埋尸浅坑里的生化样本，今天会出结果的。”她想了想，继续说道，“亚楠，我想申请对现场进行再次勘查，你看怎么样？”

“我也想到了，受害者可能不止一个。一会儿案情通报会上我会马上向李局汇报的。”

王亚楠走后，章桐伸手拿起那枚小小的头骨，仔细端详着，半天没有说话。

会议上，大家脸上的神色都很凝重。听完王亚楠的汇报后，整个房间里顿时鸦雀无声。

靠门坐着旁听的赵俊杰突然站了起来：“我有个想法，可以说一下吗？”

李局点点头。

赵俊杰看了看大家，随即说道：“我的老同学，也就是市检察院的刘春晓和我说起过，在那片胡杨林里曾经陆陆续续失踪过好几个孩子，年龄都在九岁上下，相差无几。我在想，会不会和我们发现的这个案子的受害者有关？”

“你的消息确切吗？”李局半信半疑地问道。

“当然确切，由于某些特殊原因，刘检察官关注那片区域的儿童失踪案件已经有很长一段时间了。其中一个失踪的女童名叫章秋，也就是章法医的妹妹。而章法医当时就在案发现场，可以说她目睹了一切！”赵俊杰讲起自己的发现时，显得有些滔滔不绝，甚至有一些小小的得意。

“你是说小章是目击证人？”李局放下了手中的笔，一脸的困惑。

赵俊杰点点头："我本来申请到你们局里蹲点就是为了章法医妹妹那个至今未破的失踪案。可惜的是她对当时的情景想不起来了。"

"想不起来？"

王亚楠补充道："案发时凶手在章桐体内注射了一定剂量的麻醉药，企图让章桐成为植物人。没想到章桐在昏迷一个月之后苏醒了过来，但是却患上了选择性失忆症。"她转而面对赵俊杰，"不过，赵大记者，搞半天你这不是来当卧底了吗？"

赵俊杰尴尬地摸了摸脑袋："我们做记者的，有时候是要牺牲一点的！"

"好了好了，你们不要把话扯开了，"李局站了起来，"这样吧，小王，你派人调查一下城郊胡杨林近二十年的失踪人员报案记录，并且和市检察院的刘检察官联系一下，尽快落实死者的身份。"

"李局，章法医怀疑现场不止一个受害者，我打算对现场进行再次全面的勘验。"

"没问题，人手和设备方面有困难的话就告诉我。"说着，李局神情严肃地扫视了众人一眼，"这个案子至关重要，涉及了未成年人，大家要打起精神，从现在开始，全局上下取消假期，实行二十四小时轮班制，争取早日破案！抓住凶手！"

章桐拨通了母亲病房的电话。

"妈，我是桐桐，你好吗？我这几天要加班，不能过去看你了。"

"哦，那你要多注意休息！别太累了！"母亲的声音显得很失落。

"对了，妈，有件事情问你一下，你最后在家的那几天，有人来看过我们吗？"

"你说是上周？"

"对！"

"我想想……除了你陈伯伯以外，应该就没有什么外人了！"

"陈伯伯？"

"嗯，他经常来！有什么事吗？"

"没什么，我只是问问罢了。妈，你休息吧！我有空再给你打电话！"

挂断电话后，章桐无法平静下来。她走到办公桌边上，拉开抽屉，取出了那封已经打开了的特快专递。这还是她收到信后第一次认认真真坐下来看这封信，经过辨认，信封上的地址是一家私人疗养院。寄件人的名字很陌生，从来都没有听说过。看着空空如也的信封，章桐实在想不通为何有人要偷这一封来历不明的信件。不过有一点是可以肯定的，那就是偷信件的人起先肯定并不清楚信件中的内容，是因为无意之中看到了所以才会慌里慌张地拿走了信纸，以至下意识地随手把拆开的信封就这么往书柜里草草一塞了事。他没有足够的时间去考虑周到，从而把信封一起拿走，他怕被人发现。看来，如果能知道这封信的内容，很多谜题就能够迎刃而解了。

想到这儿，章桐找出纸笔，按照信封上寄件人的地址给对方回了一封信，并且附上了已经被拆开的信封，请求寄件人详细告知信件的具体内容。最后，她打电话通知了特快专递公司前来取件。

回想起母亲那些被调换过的药物，还有这封奇怪的快递，章桐的心情有些复杂。不管结果怎么样，章桐只认准了一点，那就是，为了母亲，她必须弄清楚事情的真相。

中午，天空下起了雨，渐渐地，雨势越来越大。天地间仿佛被一层厚厚的白帘覆盖住了。这是秋雨，每下过一场，天气就会明显转凉许多。

城郊胡杨林边上停着两辆警车和一辆黑白相间写着大大的“法医”两个字的箱式法医现场专用车。

“怎么样，我们要不要等雨停了以后再干？”王亚楠发愁地瞪着车外密密麻麻的雨丝。

步话机中传来了章桐的声音：“不用，我们已经准备好了。”

不一会儿，王亚楠就从警车的后视镜中看到法医现场车的两扇车门相继被打开了，章桐和助手潘建身穿厚厚的雨衣从车里钻了出来。透过雨衣，可以清楚地看到两人的手中各自拿着一个长长的类似于天线的东西，连接在身后背着的一个背包中。

王亚楠赶紧也套上雨衣，钻出了车子，紧跟在章桐的身后：“需要我做什么？”

“不用，我们自己处理就好！发现了会通知你！”章桐挥了挥手，随即和潘建两人一先一后向前面的树林走去了，离他们不到十米远的地方就是掩埋尸骸的浅坑。

树林里，雨势有些减弱，章桐和潘建分别拉出了手中的雷达搜寻器的圆盘形天线，打开仪器，两人各占一个角，间隔拉开大约二十米，开始一寸一寸地搜寻着地面的痕迹。十多分钟过去了，监视器屏幕上始终一片寂静，包括扫过那个最早发现尸体的浅坑时，也一点反应都没有。章桐不由得开始怀疑起了自己的推论，时间过去这么久了，找不到骸骨那也是有可能的。不过，难道自己就这么放弃吗？

一阵风刮过，雨点被吹得飘了起来，打在了章桐的脸上，雨水让她几乎睁不开眼睛。头顶的树枝在风中发出了奇异的沙沙响声。突然，耳边变得鸦雀无声，脚下的树枝踩断的声音、风雨声……全都在瞬间消失得无影无踪，章桐的双脚就如同灌了铅一般牢牢地被钉在原地。眼前的景象变得似曾相识，那高高的胡杨树，那奇异的在空中伸展的树枝，还有脚底那松软的杂草……章桐不由得倒吸一口凉气，这些场景在自己的梦中不止一遍地出现过，还有呜咽的哭声……

章桐打了个寒战，猛地转过身，眼前什么都没有！为什么自己却听见梦中那无数次在自己耳边出现的哭声？她的心不由得悬到了嗓子眼。

正在这时，手中的监视器发出了刺耳的“嘀嘀”报警声，被惊醒的章桐赶紧低头一看，只见手中的雷达探测监视器屏幕上出现了一个小小的亮点，这就意味着这种深层雷达探测仪发现了地表以下不超过一点五米深度的骸骨的踪迹。她颤抖着双手按下了放大开关，屏幕上很快就呈现出了骸骨的形状，不用再去怀疑这是不是人类的骸骨，因为那枚小小的头骨已经把一切都展露无遗了。

当探测完浅坑周围五十米范围内的整片地面后，章桐不无悲伤地意识到，自己所面对的不是一个死者，而是有很多。算上先前发现的两具，最终的数字很有可能是七具。

雨依旧下个不停，章桐在登记完最后一个坐标位置，并且插上小旗帜做下记号后，站起身，抬头看了看灰蒙蒙的天空。雨水又一次飘进了她的眼睛，章桐感到了一种说不出的刺痛，下意识地闭上了双眼。突然，她的耳边响起了骇人的哭泣声，听上去像是一个疼痛到了极点的小女孩发出的撕心裂肺的哭泣。声音越来越清晰，仿佛就在耳边，章桐急了，她赶紧睁开双眼，四处张望，嘴里喃喃自语："妹妹！妹妹！我听到你在哭了，你在哪儿……"

章桐异常的举动让一边正在忙着整理仪器的潘建愣住了，他简直不敢相信自己的眼睛，随即伸手抹了一把脸上的雨水，大声叫了起来："章法医，你怎么了？你没事吧！"

哭声戛然而止，章桐面色惨白地站立在原地，半天才回过神来："我没事，小心仪器，别搞坏了！"说着，她头也不回地向警车停靠的位置走去了。王亚楠和她的几个下属正在等待着她的回音。

由于下雨，只能在警车里进行现场分工。章桐在地图上用红笔标注了发现尸骸的几个点，然后抬头说道："目前方圆五十米的范围内就只发现这么多了。这片胡杨林这么大，我们要今天全都搜索下来那是不可能的，但是我们以后可以根据失踪人口报告再来查找遗留的尸骸。不过，"她停顿了一下，转头看了看车窗外渐渐减弱的雨势和一片泥泞的案发现场，苦笑道，"我虽然已经做下了记号，但是这挖掘工作也是够你们受的了。加油干吧，伙计们！"

王亚楠全副武装，率先钻出了警车，刚走几步，她却又转了回来，满脸疑惑地指着章桐手中的雷达探测仪问道："小桐，你别骗我，它真的可靠吗？能发现地下的骸骨？我手下这几个可是有两天连轴转了呀！"

刚刚钻出车子的章桐不由得微微一笑："亚楠，你放心吧，我这是费尽了口舌才插队从省里实验室借来的雷达探测仪，地底下一点五米深度范围内的所有含有磷钙成分的骸骨，都会在监视器屏幕上显现出来，分毫不差。我不会让你们白忙活一场的！"

听了这话，王亚楠粲然一笑，转身扛着小铲子离开了。

在潘建的指点下，大家在有标记的几个点上陆续开始了挖掘工作。没过多久，第一具凌乱的骸骨露出了地面，为了不毁坏骸骨，大家立刻丢下了铲子，蹲在地上小心翼翼地用双手的十根手指开始慢慢刨土。雨水让表层泥土变得泥浆般黏稠，轻轻擦去骨头表面的污物，站在一边一直一声不吭的章桐点点头，平静地说道："这是一节尾椎骨，属于女性，而且未成年……"

大家的心里一片冰凉。

刘春晓从办公桌抽屉里又一次拿出了那本陈旧的笔记本，轻轻推给了桌子对面的王亚楠："这是我所收集到的所有失踪孩子的资料，还有家庭住址，但是因为时间过去太久了，很多人肯定都已经不在原来的地方住了。"

"这没关系，我们会去查的。"王亚楠接过了笔记本，"谢谢你！对了，你能告诉我为什么你会对胡杨林失踪案感兴趣吗？你不会和赵大记者有着一样的目的吧？"

刘春晓摇了摇头："我没有那么想出名。"

"那我明白了，你是为了章桐！你们是同学。赵俊杰在会上把章桐小时候发生的事情都告诉我们了，你也想帮她，只不过你和赵俊杰的出发点不同罢了。"

刘春晓愣了一下，微微有些脸红，他实在不习惯被别人看穿自己的心思。

王亚楠没有再继续说下去。她站起身，晃了晃手中的笔记本："谢啦，我会尽快还给你的。"

刘春晓点点头，没再多说什么。

往日冰冷空荡的解剖室里，今天却是一番拥挤的景象，原有的四张不锈钢解剖台根本就不够用，最终不得不临时清理出了另一边的工作台来摆放从现场接收回来的骸骨。

经过了一整夜的忙碌，除了个别的骨头因为在野外时间太长的缘故缺失没有找到或者过于破损无法辨认外，剩下的都一一根据骨龄和附着在骸骨表面的土壤微生物标本的年限鉴定做了分类。

五具骸骨，外加冷库中原先的两具，总共七具。根据裸露的乳突和圆形额骨的判定，这七具骸骨都属于女性。

看着这一块块在地下沉睡了多年的骨头，章桐的心情异常沉重。潘建此刻正在对七个头骨扫描件进行三维立体人面像处理，相信不久就可以见到这七个女孩的大致长相了，可是章桐却一点都轻松不起来。

电脑发出了清脆的嘀嘀声，随即一边的打印机开始工作了。章桐站起身，深吸了一口气，走到打印机边上，一张张地仔细查看着打印出来的颅面成像图。

正在这时，解剖室的门被推开了，王亚楠快步走了进来。

“小桐，怎么样了？颅面成像出来了吗？”

章桐双手握着一张相片颤抖不止，眼泪大颗大颗地往下掉。

王亚楠的心跟着揪紧，凑上前打量。谁想到这一看就把她惊呆了，因为章桐手中这张打印相片上的女孩子竟然和她长得相差无几！几乎就是一个缩小版本！

“太像了！不可思议！”王亚楠忍不住脱口而出。

意识到亚楠的到来，章桐迅速擦干眼泪，哽咽着对助手潘建说：“这最后一张相片上的是哪一具骸骨？”

潘建低头查了一下，回答道：“六号！”

章桐随即走到标记为六号的尸骸旁边，用手术钳取下了颅骨内的一颗完整的牙齿，然后来到工作区，进行牙髓质采样。

“小桐，你这是……”王亚楠一脸的困惑。

“虽然相片和秋秋很相似，但我还是要做DNA采样对比分析，确定她是不是我二十年前失踪的妹妹章秋。”

“都过去这么多年了，你还能采集到有用的DNA样本吗？”王亚楠尽量把话题扯开，并没有去触及章桐的伤心事。

章桐深吸了口气，伸手指了指面前两毫升小试管中灰白色的牙髓，说：“无论经过多长时间，只要能提取到牙髓，就能分析出DNA样本以供比对。”说着，她转过身，认真地看着王亚楠，“谢谢你对我的理解！”

王亚楠当然明白章桐话中的含义，她伸手搂住了好朋友的肩膀，轻轻叹了口气：“我们是朋友，这是我应该做的！”

下午四点钟，章桐和助手潘建还在解剖室忙个不停，尽管房间里开着空调，但还是汗如雨下。由于骨头已经变得很脆弱，所以不能用水冲洗，每一根骨头都必须用刮刀仔细地刮除干净，又不能太使劲，生怕损坏骨头的表层。刮除下来的泥土都被送往了生化检验组进行取样分析，而死者的头骨却因为结构复杂，被放在最后处理。

“章法医，刘检察官找你！”潘建指了指门口。

“刘春晓？他找我干什么？”章桐好奇地转过了身，果然，刘春晓一身便装，正透过解剖室的玻璃门在向屋里四处张望着，看见章桐看向自己，随即点头微笑示意。

章桐犹豫了一下，摘下手套，走出解剖室，来到走廊拐角，这才转身问道：“你来这儿干什么？找我有事吗？”

“想请你吃晚饭，有时间吗？”刘春晓双手插在牛仔裤兜里，满脸似笑非笑。

“我估计没时间。这个案子发现的尸体太多，我们要尽快赶出尸检报告来，要不下次，好吗？”

刘春晓显得很失落，暗暗叹了口气：“那好吧，我先走了。”

看着刘春晓的背影消失在楼道里，章桐突然有种想把他叫住的冲动。她知道刘春晓不会平白无故来找自己，而自己这段日子以来也确实想找一个人好好倾诉，但是，章桐清楚事情绝不如自己想象的这么简单。

解剖室的门猛地开了，露出了潘建的脑袋。

“章法医，DNA 报告出来了！”

就这么一刻，章桐浑身的血液仿佛都被凝住了。她咬牙点点头，不再去想刘春晓刚才的造访，转而快步推门走进了解剖室。要知道，她等这一刻已经等了整整二十年了！章桐实在没有办法让自己平静下来。

李局办公室，灯火通明，自从胡杨林骸骨被发现的第一天开始，李局就没有回过家。和别的警察不一样，他不光要时时刻刻关注着案情的进展，更让他头痛的是，每天他还必须腾出更多的时间来应付媒体的狂轰滥炸。此刻，他正在搜肠刮肚地酝酿着明天的新闻发布会的发言稿。

“李局，方便和你谈谈吗？”

李局一抬头，站在自己办公室门口的是章桐。他赶紧站起身，伸手指了指自己办公桌对面的椅子，满脸笑意：“快坐吧，小章，你找我有什么事吗？”

章桐并没有坐下。她向前走了几步，犹豫了一会儿，这才开口：“李局，对不起，我想撤出胡杨林这个案件的调查工作。”

一听这话，李局不由得愣住了，在他的印象中，这可不是章桐办案的一贯作风：“小章，你有什么困难吗？说出来，大家一起解决。你要知道，局里本来法医人手就不足，现在老郑又出差在外，你要是中途退出来，那么整个案件的侦破工作就很麻烦了！你是不是再考虑一下？有困难大家可以一起解决的！”

章桐并没有表态，只是递上了早就拿在手中的一份DNA检验报告单：“这是在其中的一位死者身上所提取到的DNA样本对比图。”

“哦？找到匹配的了？那不是挺好吗？”李局疑惑的目光紧紧地盯着手中的报告单，“你又有什么好担心的呢？”

“她和我匹配上了！她是我失踪二十年的妹妹章秋！”章桐的嗓音有些发抖。

“你说什么？”李局沉吟了一会儿，继续说道，“那么赵俊杰在会上所说的事情都是真的了？”

章桐点点头：“是的，我妹妹就是在那片林子里失踪的，而按照局里规定，我现在是受害者家属，就不方便参与这个案件的进一步调查工作了。”

李局沉默了。章桐说得不错，为了避免一些不必要的证据链污染，局里确实有“申请回避”这么一条“避嫌”的规定。可是，在现在这个特殊的时期，如果章桐真的退出的话，那就没有人能够很快接手法医的工作了。想到这儿，李局在办公椅上坐了下来，诚恳地说道：“小章，我完全能够理解你失去亲人的心情，但是，请你理解现在是破案的非常时期，我们需要你留下参与工作。至于‘避嫌’的规定，我会向局党委汇报，申请特批。特殊时期特殊管理，我相信你的公正！小章，我也希望你能够顾全大局，为整个案件着想，好吗？”

章桐没有再多说什么，拿起检验报告单，默默地转身走出了李局的办公室。

“潘建，有结果了吗？”回到解剖室，章桐一脸平静地来到了 X 光扫描仪前。在她去李局办公室之前就已经吩咐潘建对所有的骸骨进行 X 光扫描，期望能够发现那些肉眼不一定能发现得了的裂痕。

潘建伸手拿起了一块脊椎骨：“伤痕大致相同，都是第三节脊椎骨错位而导致的死亡！”

“第三节脊椎骨靠近颈部，这样看来，死者都是被瞬间扭断了脖子。我们唯一可以感到安慰的是，死者没有痛苦，很快就失去知觉了！还有一点，”章桐冷冷地说道，“手法完全相同，凶手是同一个人！”

“章法医，我实在想不明白的是，这些未成年的小女孩为何会被害？而且还被埋尸荒郊野外？凶手为什么要这么做？”

章桐刚想回答，突然，她的眼前如闪电般地一闪，出现了一幕场景——一个小女孩躺在地上拼命挣扎，一柄滴血的尖刀正向她的脸部慢慢靠近。小女孩从最初的哭泣转至撕心裂肺的尖叫，可是这一切努力都是徒劳的，因为一只无情的大手牢牢地捂住了小女孩的嘴，使得她发出的声音最终都变成了无力的呜咽声。

章桐不由得浑身颤抖，瞳孔收缩，呼吸急促。她想上前阻止，可是，她动不了……

“章法医？章法医？……”耳边传来了潘建焦急的呼唤声。

章桐缓缓睁开双眼，这才发觉不知何时自己竟然倒在了解剖室冰冷的瓷砖地面上。

“章法医，你刚才突然晕过去了，你没事吧？要不要去医院？”刚才那突发的一幕显然让潘建慌了神。

“不用，我没事。潘建，查一下死者的头骨，仔细看一下，尤其是六号头骨，不要放过任何一个细节。”

“好的，我马上去！你自己小心！”

章桐点点头。她不敢再闭上双眼，害怕刚才那一幕又一次出现在自己面前。

时间一分一秒地过去，潘建激动的声音打破了房间中令人窒息的死寂。“我发现了！我发现了！”他朝章桐招招手，“章法医，你真厉害！你没猜错！死者眼窝周围的骨头上确实有明显的刮削痕迹！”

“别的呢？”

“剩下的几个也有这样的痕迹，但不是很明显！就是这六号头骨有些特殊！”

章桐当然明白其中的原因，虽然说她回忆不起那段脑海深处隐藏着的黑色记忆，但是对妹妹的印象还是非常深刻的。妹妹虽然年幼，但是性格却非常倔强，记得有一次发烧去医院打针，因为怕疼，妹妹挣扎扭动个不停，父亲拼命摁着她都没有用，结果，针头竟然断在了妹妹的身体里。章桐完全可以想象，面对死亡威胁时妹妹拼命挣扎的景象，难道就是因为如此，她的眼窝上才会有那么多的刀痕？想到这儿，章桐的心一阵颤抖，因为她突然意识到这些刀痕告诉了自己一个残酷的事实——妹妹的双眼被人活生生地挖走了！

王亚楠坐在办公室里。她没有办法集中自己的注意力，李局刚才打来的电话让她有种不祥的感觉。于公，没有谁比章桐更了解这个案子了，于私，回想起前段日子章桐心事重重的样子，王亚楠知道，此时的她肯定正站在十字路口徘徊。王亚楠犹豫了，她不知道自己该怎么去面对这件棘手的事情。

电话铃声突然响了起来，把王亚楠吓了一跳，她条件反射般地迅速伸手接起了话机。

“亚楠吗？我是小桐，死者都是被扭断脖子而死，死前被挖去了双眼！”

“你说什么？”王亚楠脑海中的第一个念头就是自己肯定听错了，“七个都是这样吗？”

“对，我们核对过很多细节了，应该不会错！尸检报告半个小时后给你送去！”

天长市公安局会议室，到场的不止有王亚楠和她所属的重案组的人，还有专门负责追查被拐卖人口的办案人员。

本来是一件大海捞针的工作，还好有了刘春晓笔记本上详细资料的帮助，所以，查起档案来自然就方便了许多。而刘春晓作为特约顾问，也坐在了靠门的最后一排。

王亚楠指着自己身后白板上的七张经过翻拍放大的相片，神情严肃地说道："我标记为一号、四号和六号的身份均已经查明，并且已经和受害者亲属联系上，他们很快就会前来进行最后的DNA确认，结案后就认领尸骸。而剩下的四个，却只有名字和年龄，她们的家属早就搬离了原址，失去联络了。我们要寻找起来，难度很大！

"我们城郊的胡杨林是省级自然保护旅游度假区，每年到这里来的游客有很多，但是由于林区的范围太大，直到近两年才配备了专门的森林警察通过直升机进行空中巡逻维持治安。调查显示，尽管所带设备齐全，上周三却还是有几个大学生驴友在林子中迷了路，至今下落不明。由此可以得出结论，凶手一定对这个林子的地形非常熟悉，以致他能够在很短的时间内掳走孩子而不留丝毫痕迹！最终还能安然离开！"

"那么说，凶手很有可能是本地的人了？不然的话他又怎么会这么沉着冷静，而且前后杀了这么多人呢？事后又瞬间消失得无影无踪，看上去他好像并不担心会被别人发现啊！"有人说道。

王亚楠点点头："有这个可能。而且，根据法医尸检报告来看，死者是瞬间被扭断了脖子，尸骸的其余部位并没有发现另外的伤痕，除了眼窝。这也就是说杀害这些死者的凶手动作干脆利落，毫不拖泥带水，至少，他非常了解如何快速置人于死地！"

"那又怎么解释在八年前，失踪案件突然停止发生了呢？"

"有两种可能。其一，凶手发生了意外，从而无法再继续实施杀人的举措，有可能死了；其二，凶手因为特殊原因而离开了天长，他没有机会再作案了。我觉得两者的可能性都有。"王亚楠皱眉分析道，"对于一般人来讲，八年可是一个并不短的时间。他到底去了哪儿呢？"

"如果章法医能够回忆起当时的情景来就好了！"

刘春晓没有吭声，他十指交错叠放在一起，心事重重地看着平铺在自己腿上的记录本。章桐会愿意敞开自己的心扉吗？事情不会那么简单的。

章桐站在母亲病房门口。她并没有像往常那样一到这儿就迫不及待地推门进去和母亲说说话，因为妹妹死了，而母亲的潜意识中肯定不会接受这个残酷的事实。章桐不敢面对母亲，她怕控制不了自己的情绪。

“小桐，怎么了，不进去看看你妈吗？”刚刚巡视完病房的舅舅来到章桐的身边，“你妈的病情现在已经控制住了，只要不受刺激，她就不会有事。你这几天没来，你妈老惦记着你呢！”

章桐想了想，还是打消了推门进去的念头。“舅舅，我妈先拜托你了，这几天我工作忙，可能不能来看她了，你好好和她说，她会理解的。对了，舅舅，我不在的时候，有人来看过我妈吗？”

“没有，我这儿派了专门护理的人员，如果有人过来探望的话，她们会通知我的。小桐，怎么了，出什么事了？”舅舅一脸的疑惑。

“没什么，舅舅，我现在不能和你说太多。麻烦你好好照顾我妈，千万记住不能让除了我以外的任何人来探望她！我很担心我妈的人身安全！”

“你放心吧！”舅舅想了想，抬头看着章桐，然后一字一句认真地说道，“小桐，你长大了，舅舅不会过多干涉你的工作，也知道你不喜欢舅舅唠叨，但是你遇事也不要一个人扛着，看你脸色也不好。小桐，只要你愿意，打一个电话，舅舅就会来帮你的！我们是一家人啊，你别忘了！”

章桐点点头：“谢谢你，舅舅！有你的话，我就放心了！”

走出医院，章桐一眼就看见了刘春晓正站在门廊尽头向过道这边张望。看见了章桐，他的脸上露出了笑容，向这边招了招手。

等走到近前，章桐皱眉问道：“你来这边干什么？”

“我找你，你助手说你来第一医院看望病人了。”

“你打听我的隐私？”章桐的目光中露出了一丝敌意。

“没有没有，你可千万别误会，我不是那种人。老同学，我真的是有急事要找你！我在这儿已经等了你很长时间了！”刘春晓有些紧张，他不停地把双手一会儿插在裤兜里，一会儿停在胸前，一副不知道放在哪边才好的样子。

章桐的口气缓和多了："我是来看我母亲，她在这边住院。走吧，我们出去找个地方说，这儿人太多了！"

"那就到我车里去吧，我车就停在医院外面！"

章桐点点头，紧跟在刘春晓的身后离开了医院的大门。

还没等刘春晓把话说完，章桐就摇头拒绝了，她毫不犹豫地拉开车门走了出来，反手就把车门甩上了。

刘春晓赶紧也钻出了车子，竭力劝解道："小桐，你听我说，你只有面对那段记忆，才有希望从此走出心里的阴影！小桐，你要相信我，让我来帮你，不能让你以后的日子再受折磨了。你必须鼓起勇气来面对。"

"不！不！你别再费这个心思了，过去的都已经过去。请你不要再提！"她转过身，一脸的悲伤，"我父亲自杀了，妹妹被人杀害了，母亲疯了，你还想我怎么样？难道我也疯了你就安心了？"

"小桐，冷静点，你要明白只有想起那段记忆，才有希望抓住凶手！你说得没错，你妹妹的死无法挽回，但是只要抓住了凶手……"

"你不要再说了，我求你了！"章桐怒吼一声打断了刘春晓的话，狠狠地瞪了他一眼，随即转身头也不回地离开了，只留下刘春晓独自一个人呆呆地站在车子旁边，沮丧地看着章桐的背影逐渐消失在茫茫黑夜之中。

夜深了，躺在床上的章桐久久无法入眠，母亲不在家，她不得不打开了屋里所有的灯。妹妹已经死去的消息把章桐压得喘不过气来，而刘春晓的一席话更是把她说得心烦意乱。

难道自己真的太自私了？章桐的目光又一次落在了那张唯一的全家福上面，记忆中父亲最后的样子逐渐变得清晰了起来。

二十年前的那个金色的秋天，妹妹走了，没过多久，倔强的父亲不听母亲的劝阻，带着没有照看好妹妹的自责毅然辞职离开了家。他临走时搂着章桐，一遍遍地重复道："相信爸爸，一定会把秋秋找回来！你要相信爸爸……"

在以后很长一段时间，章桐几乎天天都会趴在窗口看着楼下，期待着爸爸那高大的背影出现在狭窄的小道上，而爸爸的怀里，则搂着熟睡的妹妹。

直到一个冰冷的初冬的夜晚，章桐在自己的小床上快要睡着了，门被敲响了，耳边随即传来母亲的哭泣声。

章桐睡眼蒙眬地推开卧室的门。她做梦都没有想到，父亲竟然在这个时候回来了，一脸的疲惫，整个人消瘦了许多。

“爸爸，妹妹呢？”章桐第一个念头就是妹妹去哪儿了，父亲的身边并没有妹妹的影子，“她睡了吗？”

章桐不明白父亲脸上的表情为什么好像马上就要哭出来的样子：“爸爸，你怎么了？”

“爸爸不好，没本事，没有找到你妹妹！”父亲的话语中充满了难言的歉意。

“爸爸？”

“桐桐，去睡吧，你爸爸累了，明天再说吧！”母亲心不在焉地拉走了还有很多问题没有来得及问的章桐。

她做梦都没有想到，这竟然是自己最后一次见到活着的父亲。第二天上午，父亲跳楼自尽的消息就传来了。

这些年，章桐一直不能接受父亲因为失去妹妹过于内疚而自杀的事实，有那么一刻，章桐觉得父亲很自私，妹妹失踪了，家里不还有自己吗？同样是女儿，为什么就留不住父亲的脚步？

想到这儿，她深深地叹了口气，抬手抹去了眼角渗出的泪花。

正在这时，电脑发出了一声清脆的门铃似的“叮咚”声。章桐心里不由得一动，她抬头看了看钟，已经到了凌晨两点，这个时候还会有谁给自己发来邮件呢？她从床上坐起来，来到书桌旁，点开了邮箱，屏幕上显示有一封来自美国的邮件。章桐这才记起曾经在那封前几天发出的特快专递中留下了邮箱地址。

信件是美国南卡罗莱纳州的一家疗养院负责人发出的。

尊敬的章女士，您好！

您的来信已经收到，听到您的遭遇，我很抱歉。

根据您发来的信封，我询问了相关人员，确认是替我院 A 区四栋 B 座的一位已经去世的华裔女士发出的，根据她的遗嘱，我们替她把一封早就写好的信件转发给了您。这位女士的全名是安吉拉·陈。

如果您想了解有关这位陈女士的详细情况，建议您和她的律师联系，我们已经把您的来信转交给了她的律师。

……

章桐接连把邮件看了好几遍，最终靠在椅背上陷入了沉思。安吉拉这个名字在国外很普通，不夸张地说十个女孩中会有两三个叫这个名字，但是，“陈”这个姓却让她心头一跳，联想起了前段日子陈伯伯的突然到访。章桐不禁为自己这个怪异的念头感到有些诧异。她想了想，随即打定主意拨通了电子邮件中所提到的那个美国律师的电话。

对方会说中文，这样一来，沟通就方便了许多。在核对了具体身份后，律师告诉章桐，安吉拉·陈的中文名字叫陈冬梅，住院的病因是眼部肿瘤恶化。

“那她有登记联系的亲人吗？在疗养院的时候有没有人去看望过她？我想和她的亲人联系一下！”

电话那头传来了敲击键盘的声音，没多久，律师又回到了电话机旁：“章女士，很抱歉，陈女士并没有登记紧急联络人，在她住院期间，也没有人去探望过她。她的遗产都捐给了当地的慈善机构。”

“您确信？”

“对，很抱歉！”

“那您那边有没有那封信的备份？”问这个问题时，章桐几乎绝望了。

“当然有，章女士。因为陈女士当时已经是癌症晚期，她的双目完全失明了，所以她最后的一些法律方面的私人文件都是由我亲自处理的。她口述完这封信后，当时要求备份一封，说以防万一您没有收到。我现在就给您发过来。”

“谢谢您！发到我的邮箱里就可以了！”

“好的。对了，还有最后一件事情，我想我有必要让您知道。陈女士虽然是得了重病，但是她最终却是以自杀的方式结束了自己的生命。”

“谢谢。”章桐的心跌落到了低谷。

挂断电话后，等待的时间仿佛凝固住了，章桐紧张地注视着电脑屏幕。终于，她看到了自己期待已久的信息。可是，就在那一刻，章桐却感觉一只无形的手正牢牢地卡住自己的喉咙，让自己的呼吸几乎停止了：

小桐，你好：

过了这么多年，请原谅我直到现在才和你联络。当你收到这封信的时候，我大概已经永远离开了这个世界。可是，我不想带着那个让我一生都得不到安宁的秘密去见上帝，因为那样一来，我就会得不到上帝的宽恕，我的灵魂就上不了天堂。

知道吗？小桐，父亲是我在这个世界上唯一的亲人，我不能没有他，所以，从小到大，我没有做任何违背他意愿的事情，即便那些事情非常残忍，给你及很多人带来伤害。但我想，只要父亲高兴，笑一笑，我也会去做。但是，当我慈爱的父亲最终变成可怕的魔鬼的时候，我很后悔当时的顺从和沉默，甚至还成了可耻的帮凶。我也曾想过，如果当年我没有出面诱骗那些女孩去玩，是不是就不会发生悲剧了？那样的话，我们或许会是最好的朋友，你永远是我姐姐。我还记得，有一次我随父亲去你家玩，你把自己最心爱的玩具和糖果让给了我，这让秋秋很生气，说你偏心要和你绝交。小桐，我还能像以前那样喊你“姐姐”吗？你能原谅我吗？我这一辈子最大的愿望，就是希望能够得到你的宽恕。

上天留给我的时间不多了，潘多拉盒子在二十年前的秋天就被打开了，原谅我没有办法阻止魔鬼，我无法站出来指责对我有着养育之恩的父亲，我所能做的，就是惩罚自己！

小桐，我很快就能见到秋秋了，我也会乞求她的宽恕！

梅梅

梅梅？章桐的脑海中迅速闪现出了一个孱弱的女孩的身影，一头齐耳的短发，瘦削的脸颊上总是架着一副与脸形极不相称的大大的黑框眼镜，可是尽管如此，很多东西在她眼中仍然是模糊一片。她是陈伯伯唯一的女儿，每次来章家玩，都会怯生生地跟在父亲的身后，从不主动和别人说话。由于年龄相仿，大家又都是女孩，所以没有多长时间，章桐就和梅梅成了无话不说的好朋友，只是，章秋却和梅梅对着干，认为章桐偏心于梅梅，时不时欺负梅梅。可是，好景不长，妹妹失踪后没多久，陈伯伯就带着梅梅离开天长市了，就连父亲的葬礼他们都没有参加。随着时间的推移，章桐也在记忆中渐渐地把梅梅的身影淡忘了。

可是如今，梅梅又一次出现在了章桐的生活中，并且是以这么一种特殊的方式，一时间，她有些无法接受。上一次与陈伯伯见面，他分明说梅梅是车祸去世的，那么，梅梅怎么又会出现在疗养院里呢？为什么要给自己写这么一封奇怪的信？陈伯伯究竟隐瞒了什么？难道妹妹的失踪真的会和他有关？梅梅信中怎么会把自己的父亲称作魔鬼？一个个疑问如潮水般接踵而至，章桐的心里成了一团乱麻。

王亚楠沮丧地站在一栋破旧的居民楼底下，这里因为马上就要拆迁了，所以连一条最基本的柏油马路都没有。刚刚下过一场瓢泼大雨，满是砖瓦碎石的泥泞路面迅速变成了一锅糨糊，只不过是泥糨糊，才走没有几步，两只脚就全都陷进泥地里拔不出来了。

助手小郑开始发起了牢骚："王队，就没有别的路好走吗？再这样下去，咱们就得打赤脚了！"

王亚楠无奈地摇摇头，干脆把鞋子脱了，用塑料袋装好，边继续往前走边向在身边带路的当地派出所同事询问道："这里这么难走，你确定郭桂霞家还住在那边吗？"

派出所的民警是一个年轻的小警察，看来刚下基层没多久，鼻子上长满了青春痘。他一脸的苦笑："老所长交接时说了，这是唯一的一户无论什么条件坚决不肯搬家的钉子户，都上报纸了，生活条件多么艰苦，断水断电是家常便饭，可是他们就是不搬家。你看，周围的那些剩下的无非都是为了多要几个拆迁费和拆迁办在打拉锯战，可就是最里头的郭家，死活不搬，也不谈条件。我们派出所都去调解过好几次了，没用，理由就一个，说要等自己的女儿回家！”

听了小民警的一席话，王亚楠的鼻子不由得一酸，她能够理解郭家死活不肯搬家的原因，章桐就是一个活生生的例子。她今天选择大老远地横跨大半个天长市城区跑到这里来而不是在电话中简单地通知对方死讯，就是因为在公，她想亲自问问仍在坚守的对方父母对于案子发生时的记忆，而在私，王亚楠实在不忍心通过冰冷的电话线来公事公办地告诉对方他们的宝贝已经找到了，只不过那是一堆冰冷的白骨。

王亚楠这么做的原因只有一个，那就是无论哪一个警察，当他面对被无辜夺去生命的孩子冰冷的尸体时，他的心都是最软的。而王亚楠此时只是最普通的一个警察而已。

看着站在门口的警察，眼前的中年夫妇有些惊讶，在王亚楠自我介绍并表明来意之后，方才将亚楠及其助手请入内。屋子不大，家具也不多，书柜及衣柜有些掉漆，虽然简陋但却很整洁。在确定了眼前的男女主人正是失踪女童郭桂霞的父母之后，王亚楠并没有直接告诉他们孩子的死讯，反倒打听起了孩子失踪时的情景。

“都怪我不好，我要是那天不加班陪小霞玩就好了，就不会出这种事了。都怪我，为了点加班费，就……”尽管过去这么多年，再次提起这件伤心事的时候，却仍然像发生在昨天一样，男主人的脸上立刻充满了悲伤。

“冷静点，郭先生，您说您女儿是在很短的时间内失踪的，有多长时间？您还有个大概的印象吗？您当时的报案记录中并没有记载得很清楚。”

“时间很重要吗？”男主人显得很疑惑。

“对，您最好能回忆起，因为这个对您孩子案件的顺利侦破很关键！”王亚楠没有告诉他的是，这也是目前唯一的一条线索了。走访了整整一天，除了眼前这一户以外，剩下的失踪女童的亲属都已经没有办法回忆起当时现场的详细情景，郭家也就成了寻找这个案子目击证人的最后希望了。

“那我想想……”男主人一脸愁容。

这时，一直在一边默不作声的女主人开口问道：“我们小霞呢？你们找到她了吗？”

这是一个揪心的问题，王亚楠柔声说道：“还需要进一步确认，过一会儿麻烦你们和我一起去一趟市公安局进行 DNA 采样分析对比。”

“不，我不离开这个家，离开了，这个家就不在了。小霞就找不着回家的路了，我要在家等小霞。”女主人出人意料地一下子跳了起来，迅速向里屋走去。

“对不起，小霞她妈已经病了好几年了，平时看不出来，但是只要一提到离开家，她就会这样，你们别介意啊！”男主人无奈解释道。

“没关系的，郭先生，您太太的心情我们可以理解。”

男主人感激地点点头，随即说道：“时间的话，应该不会很长，具体我记不清楚了。那天突然接到单位打来的电话，让我回去加班。我上公车后坐了两站地，突然觉得将两个孩子放在公园玩不妥，就往回赶。大概也就半个小时的时间吧，等我再回去小霞就不见了。”

“两个孩子？还有另外一个孩子在场吗？”这个消息倒是让王亚楠吃惊不小，难道还有一个女孩也失踪了？

“是我朋友的孩子，年纪和小霞差不多大，那女孩眼睛不太好，看不太清楚。听说那孩子很可怜，没有母亲，小霞失踪的两年前，那个女孩随父亲移民去了国外，寒暑假回国度假。每当回国，就会找我家小霞一起出去玩。她父亲姓陈，是医生，我和他是在多年前看病的时候认识的。大家住得比较近，两个孩子经常在一起玩……”说到这儿，他重重地叹了口气，双手颤抖着从大衣柜里摸索了半天，拿出一个小相框，犹豫了一下，才递给王亚楠。这是一张黑白照片，里面是一个小女孩的半身相片，因为时间已经过去很久了，相片有些变色。相片中的女孩脸庞偏瘦，笑容中夹杂着淡淡的羞涩，脑后梳着最常见的马尾，双眸漆黑如墨，如天上的星星一般熠熠生辉。

“这就是我的女儿小霞，你们是不是找到她了？她长大了，但是相貌应该不会怎么变化……”男主人的神情显得有些激动，目光中充满了期待。

“另外的小女孩后来找到了吗？”

男主人点点头：“她说她去别处玩了，没有和我们家小霞在一起，所以也就没有看到后来发生的事情。她真幸运！这些，你们警察已经全都知道了。”

王亚楠突然之间意识到在所有的已知胡杨林失踪案中，除了章桐外，没有第二个目击证人。她的心情糟糕透了。

电话铃响了，是熟悉的《白桦林》，刘春晓无论换过多少个手机，来电提醒却始终都是这首朴树的《白桦林》。他也不知道为什么，每次听到这首曲子的时候，他的脑海里总会闪现出章桐的影子，一个空灵中透着忧伤的谜一般的女人。

“你好。”刘春晓把手机夹在肩膀上，一边双手在办公桌上不停地翻找着一份五分钟前分明还在自己的眼前晃悠的文件，一边嘴里继续招呼着，“哪位？”

“是我。”

熟悉的声音使得刘春晓的心脏几乎停止了跳动，他赶紧把手腾了出来，抓起手机，来到窗口，这边信号会好一点。

“小桐吗？你在哪儿？出什么事了？”

章桐并没有正面回答，她犹豫了一会儿，紧接着问道：“你还在办公室吗？”

“我在，还没有下班。”直觉告诉刘春晓，章桐肯定出事了，他从没有听到她的声音这么颤抖过，“你在哪儿，我马上开车来接你！”

“不用了，我这就过来，我想通了，愿意接受你的催眠！”说到这儿，她略微停顿了一下，随即口气变得非常坚决，“我要知道真相！”

刘春晓知道，要想催眠成功，首先一点，自己要被章桐完全信任才可以。当他把自己的顾虑告诉她时，换来的却是章桐的安慰。

“你多虑了，放心吧，我等这一天已经等了二十年了。”

“小桐，我还是要向你讲明白，一会儿你所面对的可能是你所接受不了的东西，记住，那些都已经过去了，不要勉强自己，如果不行，就赶紧退出，明白吗？”

“你什么时候变得这么拖泥带水了？无论发生什么，我都不会怪你的！我妹妹已经死了，没有什么再能把她挽回的了，而抓住凶手也是我现在唯一所能做的了。”

一听这话，刘春晓的内心不由得一紧。他若有所思地看了章桐一眼，后者苍白的脸色让他更加确信了自己最初的判断，章桐这么快就一百八十度地大转弯，肯定发生了什么很大的变故。但是现在他又不能问，想到这儿，刘春晓不动声色地点点头：“好吧，你跟我来！”

在刘春晓检察官办公室所在的这个楼层的尽头，有一间五平方米左右的房间，空间不大，却布置得格外温馨自然，浅色的墙纸、淡紫色的窗帘，房间的摆设也很简单，就只有一张沙发床。在屋角的天花板上，架着一个微型的监控探头，它会忠实地记录下房间内所发生的一切。房间虽小，但是隔音效果却很好，只要关上门，外面什么声音都听不到。这里就是天长市检察院专设的心理咨询室，除了平时的办案，刘春晓还有一份工作，就是在这里与所有案件中被认为需要进行心理评估的对象逐一进行认真交流，最后做出合理的判断。

这一次催眠对他来讲，却是一个困难重重的挑战。刘春晓很清楚，心理催眠的实施者最忌讳的就是与被实施者之间有着感情上的联系，因为在整个催眠的过程中，被实施者完全是在自己的一步步引导下度过的，自己就必须以一个置身事外的旁观者的心态来面对可能发生的任何状况。可是，平时遇事不惊的刘春晓这一次要面对的却是章桐和那个被掩盖了整整二十年的惊天秘密，而这个秘密已经让很多人失去了生命，其中包括章桐的亲人，刘春晓没办法去坦然面对。

“就是这儿吗？”章桐在房间里转了一圈后问道。

刘春晓点点头：“我给你十分钟时间放松一下，然后我们开始。”

刘春晓走后，章桐在房间正中央的沙发上坐了下来。环顾了一下四周后，她深深地吸了口气，努力使自己平静下来。

“你们章法医呢？我打她手机却显示关机！我有事要找她，她在哪儿！”王亚楠急吼吼地没敲门就径直冲进了法医办公室，把潘建吓了一跳，他赶紧站了起来。

“不知道，她下午打来电话说有事去检察院了，要请半天假。”

王亚楠愣住了，从不请假的章桐在这个节骨眼上去检察院干什么？

章桐把手中那张珍藏多年的全家福递给了刘春晓：“这是我妹妹留下的唯一一张相片，其余的，已经都没有了。父亲死后，母亲把家里很多东西都清理了，我想你可能会需要，所以就带了过来。”

刘春晓点点头，把相片又还给了章桐，伸手打开了录音机，先报出了时间、地点和人名，然后转身柔声说道：“你先躺下，选一个你觉得最舒服的姿势，闭上眼……好，这样很好，现在，你睁开眼，把所有的精力都集中在你手里的相片上，尤其是你妹妹的脸上！”

看着章桐都一一照着做了，刘春晓这才继续说下去，“现在静下心，仔细回想着你记忆深处妹妹章秋的一举一动，哪怕是一个细小的皱眉，或是一个眨眼的细微动作。在做这些事情的同时，你的眼睛始终不要离开你妹妹的脸，一刻都不要离开。对，慢慢想，慢慢想……”

渐渐地，章桐的神情变得有些迷离，举止也显得迟缓了起来，双眼微合，但是却仍然一丝不苟地按照指令做着每一项步骤。

刘春晓知道，此刻的章桐已经进入了深度睡眠。时机成熟了，刘春晓轻轻地拿走了章桐手中的相片，而章桐的双手却依旧保持着握举的姿势不变。

刘春晓向前微微探出身子，用一种非常亲切的口吻小声说道：“小桐，你现在已经来到了二十年前你们全家出发去郊外旅游的那一天，你十岁了，妹妹叫章秋，是一个非常可爱的小女孩。告诉我，小桐，你妹妹呢？她现在在哪儿？你看见她了吗？”

听到这话的时候，章桐的双眼并没有睁开，只是眼皮微微颤动。她略微迟疑了一会儿，平静地回答道：“我看见了，她就在我妈妈身边，在编花环。”

“告诉我，小桐，在你的周围，你现在看到了什么？”刘春晓知道章桐的内心不是那么容易被打开的，他决定绕一个圈子从另一个角度着手。

章桐的脸上露出了天真无邪的笑容。

“爸爸，妈妈，我，还有秋秋。”

“你在做什么？”

“我在帮妈妈整理吃的东西。”

“还有别人和你们一起去郊游了吗？你周围除了你家里人以外，还有别人吗？”

“梅梅和陈伯伯也来了。不过他们现在不在……”

“梅梅是谁？”尽管心中产生了诧异的感觉，刘春晓依旧自始至终保持着一种平静缓和的语调。

“梅梅是陈伯伯的女儿。”

“好孩子，那你能告诉我梅梅的样子吗？”

“她个子不高，戴着副很重的眼镜，她看不太清楚，必须得戴眼镜……”

“你现在能看见他们吗？”

章桐摇了摇头：“梅梅和陈伯伯去双龙潭钓鱼了。”

刘春晓对于章桐妹妹失踪的树林分布图了如指掌，知道章桐一家当年野营的地方拐弯往南一直走就是双龙潭：“你和妹妹为什么不和梅梅在一起玩？”

一阵沉默后，突然，章桐的口气一变，显得有些躁动不安：“我要去找梅梅，她在等我们，我们说好的。”

“说好什么了，你能告诉我吗？”这突然的变故让刘春晓有些措手不及。

尽管和章桐靠得很近，但是刘春晓却并不伸手去触碰她。因为他知道，自己的双手一旦和她接触的话，那么，催眠也就会宣告结束。

“别急，我就在你身边，告诉我，小桐，好吗？”

“梅梅说双龙潭很好玩，她让我帮爸爸妈妈收拾好后就把妹妹带过去，不要告诉爸爸妈妈，我们去玩水，那里还有好多鱼……她已经在双龙潭等我了，我得赶紧走了。”

刘春晓默默地在心中数到五，然后柔声问道：“那，告诉我，你们去了吗？”

章桐点点头。

突然，情况又急转直下，章桐浑身发抖，脸部的肌肉开始逐渐扭曲了起来，呼吸也变得十分急促。

刘春晓很想马上叫醒她，可是，他知道自己或许就只有这一次机会来接近真相，他必须抓紧时间。想到这儿，他咬了咬牙，狠狠心，凑在章桐的耳边继续沉稳地说道：“现在告诉我，你看见了什么？”

“我，我看见……不，不！放开我妹妹。你弄疼她了！快放开她……”

“告诉我，你在对谁说话？”刘春晓急了。

“不！不……”章桐开始挣扎，脸部的肌肉扭曲得更加厉害，身体也向上方渐渐弓起，又颓然落下，随即又重复这一怪异的举动，使得她看上去就像一只拼命想钻出牢笼的母狮子一样。

章桐脑海中现在所面对的那个人就是整个案子中的关键人物，刘春晓强迫自己紧追不放，哪怕只是一点蛛丝马迹，都要想尽办法把它挖出来。

他又一次凑到章桐的耳边：“快，告诉我，他长什么样？”

章桐的神情狰狞得可怕，看来已经恐惧到了极点。

见此情景，刘春晓知道自己不能再继续下去了，他迅速伸手在章桐耳边打了个响指，很快，章桐渐渐地平静了下来，就仿佛做了一场噩梦一般疲惫不堪，她喃喃自语：“我没事，我没事……”

“到底是谁？小桐，你告诉我！”刘春晓急了。

章桐深吸一口气，努力挤出一丝笑容：“没事，我很好，只是思绪很乱，我还要仔细理一理。我想回家，你能送我吗？”

“你……真的没事？”

“等我想明白后，我会告诉你的。放心吧，如果有情况我会找亚楠，别忘了，她可是刑警队的头儿，也是个厉害人物，我一会儿就给她打电话。你放心吧！”

面对着倔强的章桐，刘春晓只好放弃了追问，双手一摊，说：“好吧……”

刘春晓在把章桐送回家后，带着录音资料开车去了天长市公安局。

目送着刘春晓的车渐渐驶离视线，章桐顿时一扫刚才精神恍惚的样子。她紧皱着眉头，心里盘算了一会儿，随即转身向小区的另一个出口走去，边走边掏出了挎包中的手机。

电话是打通了，但是还要继续等待，对方才能赴约。章桐默默地走到不远处的花坛边，坐了下来。她打开手提包，找出了那张珍藏已久的妹妹章秋的相片，陷入了痛苦的回忆之中。

整整埋藏了二十年的记忆一旦被打开，就如同开了闸的洪水一样，一泻千里。

那是一个阳光灿烂的日子，章桐记得很清楚，她拉着秋秋的手，骗过爸爸妈妈的眼睛，如约来到了双龙潭边，她一眼就看到了梅梅正在离自己不远的地方站着，手里拿着一个用不知名的野花编织成的花环，她好像正在向自己招手，又好像是在跳舞，阳光下的梅梅像极了一个美丽的小公主。章桐笑了，不断催促着妹妹快走。妹妹极不情愿地磨磨蹭蹭，嘴里嘟嘟囔囔地抱怨着："和瞎子有什么好玩的！"

突然，梅梅好像听到了什么人的召唤，她跑开了，章桐感到很奇怪，她大声叫了起来："梅梅，等等我。秋秋，你快点！"

秋秋不情愿地瞪了一眼，把手一甩："你去找她吧，我自己在这里玩！"

章桐犹豫了一会儿，她看了看四周，是一片美丽的花海，还有一个微波粼粼的水潭，像个小大人似的点点头，嘱咐秋秋道："那好，你等我，可别乱跑啊！不然一会儿爸爸妈妈要骂死我的。"说完这句话，章桐快乐地朝梅梅消失的地方跑去了。

没跑几步，身后传来了异样的声响，她站住了，刚一回头，眼前的一幕顿时让她目瞪口呆，秋秋被一个男人捂住了嘴，扛在肩上，正朝反方向的林子深处跑去。秋秋拼命挣扎着，嘴里发出了呜呜的叫声。

章桐急了，赶紧追了上去，"扑通"一声抱着男人的腿边哭边祈求："放开我妹妹。你想干什么？爸爸，妈妈……"

此时男人肩上的秋秋没有了任何动静，脑袋歪在一旁软软地趴着，紧闭着的双眼鲜血淋漓，血沿着脸庞流下来，使得整个脸庞看起来格外骇人。就在这时，那个人停住了奔跑的脚步，转过身来。章桐猛地一震，她认出了这个人。

“陈伯伯，你……”

“你走开，这不关你的事。”

“陈伯伯，你别吓唬我，你要把秋秋带到哪里去？她怎么受伤了？”年幼的章桐紧紧地抱着陈海军的双腿不撒手，以为这样就能保护妹妹。

陈海军的脸上闪过一丝怪异的笑容，他放下了肩上的章秋，弯下腰，恶狠狠地看着章桐，说：“赶紧松开手，不然别怪我不客气。我带你妹妹去个好玩的地方，很快就回来……”

幼小的章桐只感觉右手一阵撕心裂肺的疼痛，陈海军瞪大双眼使劲掰开章桐的手，同时另一只手迅速伸向了章桐的后脖颈，她只感觉到一阵轻微的刺痛，以及有个女孩的声音在喊“爸爸不要伤害桐桐姐……”随即意识变得模糊，倒了下去。

蒙眬之中，她看见陈海军重新抱起了犹如一个破布娃娃似的章秋，迅速跑向密林深处，在他的身后，紧跟着一个熟悉的女孩的身影。

那是梅梅……

思绪渐渐收回，虽然章桐已经确定陈海军就是凶手，但距离案发年代久远，缺乏直接有力的证据。章桐打算约其见面，想办法诱使他承认，然后用录音笔记录，留作证据。

半个多小时后，小区后门僻静的拐角处，焦急徘徊的章桐终于等到了她要见的人，这一次，她再也难以控制自己心头的怒火了，走上前去就狠狠地给了陈海军一巴掌。看着那瞬间凝固的笑容，章桐感到说不出来的恶心。

“是你，是你杀死了我妹妹，害死了我父亲，逼疯我母亲。你就是一个畜生，连亲生女儿也利用，梅梅就是因为你而内疚自杀的。亏我们一家人对你那么好，你简直就是个道貌岸然的畜生！”

陈海军的脸上顿时一片死灰，他的双手不停地颤抖着，嘴里喃喃自语，目光中流露出深深的绝望："我早知道会有这么一天的，我早知道会有这么一天的！这一天终于来了……"

"在我心目中，你就像我的父亲一样，我尊敬你。但是没想到你却是这么一个人！"章桐越说越伤心，眼泪汹涌地夺眶而出。

"桐桐，你听我说，我这么做可都是为了梅梅啊……"陈海军老泪纵横，"她的眼睛得的是艾氏综合征，我想尽了一切办法，却只能眼睁睁地看着她一天天变成瞎子。我这双手救了这么多人，却偏偏救不了自己的女儿，我没有办法接受这么残酷的事实啊！你理解我，好不好？"

"没有那么简单，你不要再骗我了，当年的事情我都想起来了。难道梅梅失明就能成为你杀人的理由？再说了，我妹妹有错吗？那些小女孩有错吗？就因为人家有着漂亮的大眼睛就该遭此厄运吗？我在现场没有发现尸骸上遗留任何纤维痕迹，你利用梅梅去诱骗那些女孩，之后你对她们究竟做了什么你比谁都清楚。还有我母亲的药，也是你调换的吧？她已经病得很重了，你为什么还要这么做？都是因为你，我才失去了妹妹和父亲，你还不收手，想要加害我母亲。你会遭报应的！"

章桐由于激动，嗓门越来越高。天已经黑了下来，周围非常安静，偶尔有一两个行人经过，章桐愤怒的斥责声吸引了马路对面走过的一个中年遛狗人的注意力，他回头朝这儿看了一眼，眼神中充满了疑惑。

见此情景，陈海军急了，他左右看了看："我承认，我对不起你父亲，但是，桐桐，你想想，你母亲如果清醒过来想起这一切，这对她多么残忍呢？还不如永远浑浑噩噩生活在假象中……桐桐，我们上车里去说，好吗？伯伯求你了！"

章桐想了想，随即点点头："你现在跟我去公安局自首！"

"好的，好的，我什么都答应你，桐桐，伯伯年纪也大了，是该做个了断了。你跟我来吧！"说着，陈海军径直向不远处停着的黑色奥迪车走去，章桐则紧紧地跟在身后。

在走到轿车门口时，陈海军突然伸手捂住了胸口，一脸痛苦的样子，身体则软软地斜靠在了车门上，嘴里发出了一阵阵无助的呻吟声。

章桐一眼就看出了这是心脏病突发的症状，她赶紧绕过车子跑到陈海军的身边，伸手想要帮忙。

正在这时，令人料想不到的事情发生了，陈海军猛地探出那只捂住胸口的右手捂住了章桐的嘴，刚才的发病症状迅速消失得无影无踪。章桐还没有来得及叫出声，一股刺鼻的恶臭就直冲脑门，眼前一黑，身子便瘫软了下去。

陈海军迅速拉起失去意识的章桐，打开后车门，把她塞了进去，然后左右看了看，见没有人注意到自己，这才坦然地打开车门，钻进车里后，很快就驾车离开了。

浓浓的夜色就仿佛一块黑色的幕布，静悄悄地放了下来，四周复归一片寂静，好像刚才那一幕从来就没有发生过一样。

王亚楠的办公室里，清晰地回荡着章桐在录音中那焦急的声音。直到最后播放完，王亚楠一时之间还是回不过神来。她难以置信地摇了摇头："小桐压抑得太久了，她从未和我说过内心的痛苦。"

"你也别想太多了，王队长，章法医把心里的话都讲出来，其实这样对她来说也是一件好事。"刘春晓把放音设备关上后，转而问道，"录音中，她再三提到一个叫'双龙潭'的地方，看来秋秋有可能就是在那里被害的。"

王亚楠点点头："我知道，就在胡杨林里面，现场勘查小组的报告中提到第六具尸骸，也就是小桐的妹妹章秋，就是在那个地方发现的。那地方因为地势偏阴，树林茂密，不太容易被人发现。"

"那么，那个叫'梅梅'的，你有印象吗？在我实施催眠的过程中，章法医不断提到一个叫梅梅的女孩。据她所说，当时带着妹妹章秋就是应这个梅梅的要求去双龙潭的，而后来章秋的尸骸就在双龙潭被发现，你怎么看这一点呢？"

"梅梅？"王亚楠紧锁着双眉，"你等等，我今天刚听到这个名字！"说着，她翻出了自己的现场记录簿，很快就找到了那一页，在扫了一眼后，王亚楠紧张地说道，"梅梅的特征是什么样的？是不是戴着一副眼镜，视力不太好？年龄和被害女孩很相近？"

刘春晓点点头："没错，章法医当时就是这么说的。"

一听这话，王亚楠立刻抓起了桌上的电话机，边拨号码边说："我们必须马上找到小桐。"

"为什么？"

"我想我有可能找到了所有被害的失踪女孩之间的联系！"

"难道就是那个叫梅梅的女孩子？"

王亚楠一脸沉重地点点头。

电话那头却始终没有人接听，王亚楠不得不放下了电话，但是她的心随即悬到了嗓子眼，回头着急地问道："你实施完催眠后，小桐是否会记得催眠唤醒的那段记忆？"

刘春晓点点头。

王亚楠步步紧逼，语气非常凌厉："可是你要知道，小桐当初失忆，凶手不会找她，可是现在她的记忆已经被唤醒，这样一来，小桐的存在对当年的凶手来讲就是一个无形中的威胁。刘大检察官，你怎么这么草率，怎么能让她一个人待着呢？还不赶紧去找她？"情急之下，王亚楠说话的嗓音不知不觉地变得高了起来，引得办公室玻璃门外的人都纷纷探头想看个究竟。

看到王亚楠怒气冲冲地推开了门，身后跟着铁青着脸的刘春晓，在场的人都不敢吭声。

"小郑，马上带上两个人跟我走！别忘了带上枪！"此刻的王亚楠已经有些心慌意乱了，但是她知道自己的脸上绝对不能显露出来。章桐从来都不会不接电话，从王亚楠认识她的第一天开始，无论哪个时候，只要有电话响起，她都会接的。也就是说，今天肯定出事了！

谁都没有想到的是，章桐就像人间蒸发了一样，再也不见了踪影。

章桐已经失踪整整三天了，刘春晓和王亚楠几乎找遍了所有她有可能去的地方，结果都是失望而归。也想到了查看小区各个路口的监控录像，但是因为这个小区属于二十世纪八十年代的老新村，所以，没有几个监控探头是能用的。

王亚楠带着几个下属几乎走访了整个小区的住户，但是除了一个曾经在那晚出来遛狗的中年人提到看见一男一女在小区后门发生过激烈的争吵外，没有其他任何有价值的线索。至于争吵的内容，中年目击证人双手一摊，说自己在马路对面，不好意思上前去看热闹，再说了，一个男人凑上去管闲事的话，那不是没事找事嘛。这样冠冕堂皇的理由听得王亚楠一时哑口无言。

“……你……你会不得好死的！我现在已经全都想起来了。就是你把秋秋带走的。我看见了，你躲不掉的。”

“你到现在才想起来？哼！我不得好死？我当初就该把你也杀了，挖了你的眼睛，让你们姐妹永远在一起，省得现在来找我的麻烦。”

晚上七点多，心烦意乱的刘春晓接到了赵俊杰打来的一个奇怪的电话，说它很奇怪，是因为接起来放到耳边时却没有半点声响。他心不在焉地“喂”了两声后，见对方仍旧没有反应，只传来微微的喘息声，估计是无意中拨错了，刘春晓没多想挂断了电话。

刘春晓彻夜难眠，他已经记不清今晚自己是第几次听这盘催眠时的录音了，只是一遍又一遍地播放着，试图从中找出什么蛛丝马迹来。可是，关键的地方却都含糊不清。

关上了 MP3，刘春晓转而在纸上写下了自己心中的几个疑点——梅梅、陈伯伯、秋秋……

刘春晓陷入了苦苦的思索之中。

不知道过了多久，电话铃声又一次响了起来，在这寂静的夜里听上去格外刺耳，就仿佛硬生生地把窗外的夜色撕开了一道血淋淋的口子。刘春晓的心怦怦地跳了起来。在第二次铃声响起之前，他伸手接起了电话。

电话是王亚楠打来的：“你马上来一趟莫干山路。”

刘春晓本以为这么晚叫自己来是有了章桐下落的线索，可是，当他驾车在十多分钟后赶到电话中约定的地点莫干山路时，眼前的一幕却让他惴惴不安了起来。

凌晨的莫干山路上，刚刚下过一场大雨，路面湿滑，时不时地就有一处很深的积水，只要有车辆开过，立刻就会溅起老高的水花。刘春晓把车停在了警戒线外，锁好车后，径直向那被红蓝相间的警方专用警戒带围起来的现场走去。他边走边在心中暗自回忆着王亚楠刚才电话中那带有命令口吻的十个字，听上去没有任何让人感到异样的地方。可是看眼前这阵势，分明是公安局处理刑事案件的一般手法，就连自己最熟悉不过的法医现场车都来了，那么，王亚楠现在叫自己来案发现场，究竟是为了什么呢？

在出示了证件后，刘春晓戴上了一个警方身份牌，然后被允许进入案发现场的中心地带——一个简易的仓库内部。

一路上不断有身着制服的警察和自己擦肩而过，其中也不乏自己认识的，刘春晓一概含糊地点头打着招呼，他的所有注意力都被自己正在走近的案发现场给牢牢地吸引住了。

终于，王亚楠出现在了刘春晓的视线中。她正在和身边的助手说着什么，见到站在一边的刘春晓，她和助手打了声招呼，就走了过来。

“是不是有小桐的消息了？”刘春晓急切地问道，王亚楠的脸上一点表情都辨别不出来。

“你有多久没有见到赵俊杰了？”

“赵俊杰？他出什么事了？我昨天还见到他了。”

王亚楠指了指身后的一扇微微开启的冷库门：“我们找到了他的尸体，就在里面！”

“你说什么？”刘春晓的脸色煞白，他简直不敢相信自己的耳朵。

王亚楠并没有正面回答这个问题，她向身边的助手小郑点了点头，后者就把早就准备好的一个塑料证据袋递给了刘春晓，里面是一个屏幕被严重损坏的手机。

“这是不是赵俊杰的手机？我们在冷库旁边的花坛里找到的，刚才技术人员看了，里面最后一个电话拨打的时间是 19：15 分，通话时间很短。”

刘春晓的脑海里立刻闪现出了晚上接到的那个只隐隐约约听见喘息声音的电话，自己因为一时大意竟然错过了赵俊杰最后的求救电话？刘春晓不敢再继续想下去了。

“我想是打给我的那个电话，我没有仔细听……”

正在这时，虚掩着的冷库门被推开了，刺骨的寒冷夹杂着雾气迅速在刘春晓的面前扩散开来，刘春晓突然意识到了什么，不由得浑身打了个寒战，嘴里发出了痛苦的呻吟声：“这个傻瓜，他既然在最后的时候给我打了电话，为什么不报警？哪怕在电话里向我吱一声也好啊……”

“如果你是凶手，你在杀人的时候会遗留手机让人报警吗？根据手机遗弃的位置以及赵俊杰的死亡时间可以确定，凶手在把赵俊杰推进冷库之后就把手机抢走了。”王亚楠冷冷地说道。

天长市公安局的另一位法医老郑和助手一先一后地抬着个担架走了出来，担架上是一个黑色的装尸袋，可以很明显看出是一个人形，两只手臂在胸前扭曲着，双腿微微向上抬起。

见到王亚楠和刘春晓站在门边，老郑说道：“因为尸体是在冷库中发现的，具体死亡时间我暂时没办法确定，这要等回去尸体化冻后解剖完了，我才可以给你一个大概的范围。”

“死因呢？”

老郑想了想：“目前还不清楚，一有报告出来我就通知你。”

王亚楠点点头：“那就麻烦您了！”

目送着老郑和助手远去的背影，王亚楠长叹一声：“我叫你来的原因，是想问你赵俊杰最后在电话中给你说了什么。作为一名犯罪专栏记者，他的突然死亡肯定是有原因的。你最了解他，所以，我希望你能坚强点，能在这个案子上帮帮我，早日抓到凶手。”

刘春晓心情沉重地点点头，说：“他什么都没有来得及说……但是我会尽我所能的，王队，你放心吧！”

第二天一早，刘春晓径直来到了解剖室，站在赵俊杰的尸体面前，看着他苍白的脸，还有那双睁大的双眼，刘春晓生平第一次有了想哭的感觉。他的鼻子酸酸的，夹杂着彻骨的疼痛，不知不觉中，眼泪顺着眼角悄悄地滑落了下来。

章桐一连几天都毫无音讯，刘春晓记得很清楚，得知这个消息的赵俊杰非常紧张。他在消失了整整一天一夜后，突然兴冲冲地跑来找刘春晓，指手画脚地表示说他很快就可以有章法医下落的消息了，并且，他还故作神秘地宣布自己就要彻底揭开这个陈年旧案的谜底。当问及具体消息时，赵俊杰却说这是不久的将来《天长日报》的头版头条，他要保密。但是他一口答应只要有了章桐的下落，第一时间就会通知刘春晓。

看着赵俊杰那得意扬扬的神情，刘春晓的心里却并没有对他的话抱多大的希望。他对赵俊杰太了解了，再说，做记者的多多少少都会有一些神经质，所以，那天分别时，面对赵俊杰的信心满满，刘春晓却只是一笑了之。

他做梦都没有想到，这是和赵俊杰的最后一次见面。

“别伤心了，小伙子。”法医老郑在刘春晓的身后已经站了很长时间了，看着他因为努力抑制痛苦而在微微抖动的双肩，老郑实在想不出自己究竟该用什么样的字眼来安慰站在眼前尸体边正默默流泪的年轻人。

刘春晓抬手抹去了眼角的泪水，略微稳定了一下情绪，然后转身说道：“郑法医，谢谢你为他所做的一切，剩下的，就交给我们吧！”

老郑叹了口气，把一份厚厚的尸检报告递给了刘春晓，随即点点头，离开了冰冷的解剖室。

天长市公安局会议室，人们的脸上写满了悲伤，屋角那张赵俊杰经常坐的椅子上摆放了一朵洁白的小纸花。尽管屋子里几乎站满了人，但是却没有人会去把那朵纸花拿开，然后自己坐上去，相反，走过那张椅子的时候，大家都自发低头默哀。

赵俊杰不是公安局的人，但是因为平时和大家打成一片，见面时又没有架子，所以他的突然被害，让在场的很多人心情都非常低落。

王亚楠拿出了几张放大的现场相片贴在了白板上，语调沉重地开始讲述案情的经过：

“我们是在晚上十一点零五分的时候接到 110 报警中心的出警电话的。报警的是位于莫干山路上的一家冷冻厂的冷库夜班管理员。由于这家冷冻厂效益并不好，所以为了节约成本，冷库白天基本上就没有什么人值守，靠的只是大门口的一条大狼狗和一个看门人。只有到晚上十一点的时候，值班的冷冻厂冷库管理员才会来巡查一遍，核对冷库中一天下来的所有库存。就是在这个时候，他发现了被锁在里面的被害人赵俊杰，而冷库的温度已经被调到了最低值。在零下四十多度的环境条件下，被害人衣着又非常单薄……”说到这儿，王亚楠指着身后那张冷库中现场的相片，“被害人的尸体是在门边被发现的，发现时，他的手指都已经划破了，由此可以看出，被害人曾经试图自救离开冷库，可是，他最终还是失败了。但是，根据法医的尸检报告，被害人在这么寒冷的条件下努力支撑了整整三个小时，他很坚强！”

王亚楠的视线扫过了会议室中的每个人：“想必大家都已经知道，我们法政部门的章法医已经失踪好几天了，大家为了寻找章法医的下落也出了不少力。依我看来，赵记者的被害，极有可能和章法医失踪的案子有联系。”

这话一出，刘春晓的脑海里顿时响起了一片嗡嗡声，他急切地注视着王亚楠的一举一动。

王亚楠拿出了那个在现场找到的赵俊杰被损坏的手机：“技术部门已经帮我们恢复了里面的数据，我们在这个手机中最后几天的短信里发现了很多有关章法医的交流短信，内容涉及章法医妹妹的失踪被害案。可惜的是，对方的手机号码是不记名的神州行，经过和移动公司联系后，我们除了知道对方发短信时活动范围是在天长市市区的这一条线索外，对于对方的身份线索，我们一无所知。如今这个手机号码已经欠费停机了，时间就是在赵俊杰的尸体被发现的当天晚上。”

“动作太快了！”有人忍不住嘀咕了一句。

“对，凶手显然是有备而来，他不想留下任何和自己有关联的线索。”

“请大家注意这张标记为二号的相片。”说着，王亚楠伸手把二号相片从白板靠近边缘的地方拉到正中央，相片上所拍摄的是一些地面上用石头刻画的模糊的笔画，隐约可以辨认出是一句话——“章秋失踪和梅梅及陈海军有关”。

一直在一边默不作声的李局忍不住问道：“梅梅是谁？”

“‘梅梅’这个名字在本案中已经多次被提到。我今天来开会前曾经和被害女孩郭桂霞的父亲谈过，他回忆起了这个叫梅梅的女孩子，全名叫‘陈冬梅’，父亲叫‘陈海军’，在天长市医疗系统工作，是有名的神经外科医生，妻子早年意外亡故。郭父与陈海军关系不错，两家交情很深。陈冬梅随父亲出国前曾经和被害人郭桂霞共同就读于天长市第一小学，也就是现在的第一实验小学。被害人父亲郭先生一再提起说两个小孩子的关系非常好。我之所以把章法医妹妹被害案中的梅梅和这个梅梅联系在一起，是因为两个人都有共同的特征，那就是视力很差，戴着很重很厚的眼镜，性格比较内向。

“还有一点，我记得前段日子章法医曾经叫我调查过一个人的下落，这个人就是陈海军。她还给我看过一张很老的相片，是陈海军和她父亲的留影。据她回忆说，陈海军和她家关系很不错，平时都以伯父相称。

“我本来想和这个陈海军当面谈谈，但是人家现在是美籍华裔，这一次回国是应邀参加研讨会的，我去了几次，都在他们研讨会的人那儿碰了软钉子！他作为一名卓越的华裔学者，二十年来频繁往来于美国与国内之间。听说他再过十天就又要回美国了，李局，你看你那边能不能想想办法呢？”

李局想了想，随即用力地点点头：“好吧，这事就交给我，会议结束后我马上和那边联系。”

正在这时，重案一组的小郑匆匆忙忙地推门进来，把一份报告单递给了王亚楠。

王亚楠打开一看，顿时面露喜色。她把报告单递给了身边人，示意他传递下去，让在场的人员都看到，然后说道："我想凶手留下了一条狐狸尾巴。"

"怎么说？"

王亚楠示意站在一边的小郑靠近自己，然后伸出双手按在了他的胸口，做出用力推的样子："凶手在把死者用力推进冷库时，由于反作用力，在死者的身上留下了手掌印。如果在一般环境的温度条件下，掌印不会很明显，但是由于当时的环境是在零下三四十度，人体表面的皮肤变得非常脆弱，所以，在尸体解冻后一定时间里，死者胸口就会显现出很清晰的两个手掌印！"

"不对啊，在赵记者被推进冷库之前，体温是正常的，皮肤也正常，何况还穿着衣服，又不是先被冷冻再推进去的，怎么可能留下掌印？"李局的脸上露出了疑惑不解的神情，"他的衣服即使穿得再单薄，也不会这么明显吧？"

王亚楠点点头："像这种专业大型冷库的温度是非常低的，在周围环境的温度迅速改变的前提之下，人体的表皮细胞会迅速进入休眠的状态，从而尽可能地保持人体本身的温度来御寒。在这种特殊的环境下，人类一旦死亡，血液就会停止流动，而人在死前所受到的各种伤害，哪怕只是一个小小的手指印，只要你用力掐了，都会随着血液停止流动而显现出来，前提条件是——环境稳定、有一定的时间跨度，一般是死后两个钟头显示。话说回来，"她随即举起了自己的右手，"你看，我们人类的手掌分布着各种汗腺，不同的汗腺就会有温度，这加速了痕迹的遗留，所以如果我们的手用力接触了对方的身体，隔着衣服，就会留下掌印，而裸露着就更有可能会留下掌纹。死者只穿了一件薄薄的棉质衬衣，所以，死后，就能在胸口留下手掌印。"

"我明白了，原来是这个道理！"

"好像凶手的左手少了一根食指！"正在这时，有人注意到了尸检报告附件中的那张死者胸口的特写相片。

"对，我们要找的是一个左手少了一根食指的人！"

章桐醒过来的时候，眼前依旧一片漆黑，她努力睁大了双眼，眼睛上没有东西，可是却仍然什么都看不见。

“有人吗？有人在吗？救命啊！”章桐拼命呼救，耳边却只是传来轻微的回声。

自己这是在哪儿？为什么自己什么都看不见？难道自己瞎了吗？章桐的脑子里一片混乱，她强迫自己仔细回想失去意识前所发生的一幕，可是，除了几个零碎的片段外，她什么都想不起来。

手臂上一阵轻微的刺痛传来，章桐还没有来得及反应过来，没过多久，突然感觉到自己的手脚就像被冷冻一般正在逐渐失去知觉。顿时，一股说不出的恐惧感油然而生，章桐的心里不由得猛然一震，她确信自己肯定是被注射了某种类似于生物碱之类的药物，用不了多久，自己就会浑身麻痹，什么声音都发不出来，和一个死人没有两样。

由于恐惧，章桐的呼吸也变得急促了起来。她徒劳地张大了嘴，却只发出了嘶哑的“啊啊”声，她更加绝望了，因为紧接着而来的是感觉自己喘不过气来，体内的氧气正在逐渐消失……

意识再一次失去的那一刻，章桐轻轻地叹了口气，缓缓闭上了双眼，任凭自己坠入那无边的黑暗之中。

刘春晓从房门顶部门框上摸到了钥匙，然后打开了赵俊杰租住地的大门。自从亲眼看到赵俊杰的尸体被抬出冷库到现在，虽然已经过去了整整三天的时间，但是刘春晓的心里却还是难以接受老同学已经远离了的事实。

看着眼前依旧是一片凌乱的房间，脏衣服还在那被自己戏称为“狗窝”的床上胡乱堆放着，电脑边是吃了一半的变质的泡面，臭袜子被塞进了窗前的拖鞋里，当然了，还有那只似乎永远都清理不干净的烟灰缸，这里的每一件东西对于刘春晓来说都是那么熟悉。

赵俊杰和自己是同窗四年的大学室友，也是无话不说的好兄弟。而这个被称为狗窝的家，也是刘春晓回到天长市后心情不好时经常来光顾的地方。赵俊杰为此还特地把自己房门钥匙存放的地方告诉了刘春晓，用他的话来说：“怕你吃闭门羹！谁叫我是你的哥们儿呢！”

想到这儿，泪水早就已经无声无息地滑落了脸庞，以后或许再也找不到像赵俊杰这样的知心朋友了，刘春晓伤心地哭了。

“你没事吧？”身后传来了王亚楠关切的问候。

刘春晓赶紧用手背抹去了眼角的泪水，转身苦笑道：“还行，我挺得过去。你快进来吧，屋子里有些乱，没办法，单身汉都这样。”

听着刘春晓牵强的笑声，王亚楠的内心感到一阵酸痛，她暗暗叹了口气，把话题转移开了。

“你说过每遇到一个重要的有价值的新闻事件线索，他都会相应备有一个专门记录重要事件的摘录本，但我们已经找遍了现场和他的办公室，都一无所获。”说着，她环顾了一下整个房间，“现在就只剩下这儿了，你觉得他会放在哪里呢？”

“他的工作就是探究那些未破的陈年旧案，所以他也很清楚自己总有一天会惹上很大的麻烦。我问过他为什么不把资料存在电脑里，他说电脑现在很容易被人破解的，用最原始的方法那是最好不过的了。”刘春晓一边查看房间一边仔细想着，突然，他的视线落在了那异常干净的中央空调出风口上。

“应该就是这儿了。屋子里四处乱七八糟的，满是灰尘，那是因为他成年累月都懒得打扫；只有这儿，却非常干净，要是我没有猜错的话，就在里面了！”说着，他拉过一张板凳放在中央空调出风口下方，然后站了上去，小心翼翼地把右手伸进了出风口摸索着。没过多久，他的脸上露出了笑容，转头面对一边站着的王亚楠，“我想我找到了！”说着，他收回的右手上多了一本厚厚的黑色笔记本。

这是一本赵俊杰的日记。他详细地记录了自己调查章桐妹妹失踪案的经过以及所得到的线索。翻开笔记本的第一页，赵俊杰工整的字迹随即映入了刘春晓的眼帘，他突然有种感觉，自己虽然和赵俊杰认识已经有很多年了，其实自己却根本就不真正了解他。

日记中，赵俊杰从第一天得知这个案件开始，一直记录到自己被害前的那一个晚上为止。他几乎没有落下任何线索。刘春晓逐字逐句认真地读着，狭小的房间里一片寂静。

王亚楠忐忑不安地坐在刘春晓的对面，时间在一分一秒地过去，刘春晓的脸上却一点表情都看不出来。

终于，刘春晓合上了日记本，把它放进了王亚楠随身带来的塑料证据袋中。

“怎么样？有没有有用的线索？”王亚楠急切地问道。

“他也提到了‘陈冬梅’的名字，通过查询以前的胡杨林一带的失踪人口报案记录，他注意到了大部分案件中都有一个特征非常相似的女孩子出现。这一次章法医失踪后，他又得到消息说陈冬梅的父亲陈海军正在天长市这边做学术交流，就通过关系联系上了一个研讨会的工作人员，想采访陈海军教授。他最后写道，那个叫阿潘的工作人员有回音了，说陈教授同意近期见面，接受采访。”

“这么说他去见陈海军了？陈冬梅的父亲？”王亚楠神色凝重。

刘春晓点点头。其实他并没有把日记中所有写下的事情都一一告诉王亚楠，尤其是赵俊杰在记录这个案件的同时，字里行间也写下了自己对章桐点点滴滴的爱意。刘春晓终于明白了为什么每次和赵俊杰喝酒聊天时，只要一谈起章桐，赵俊杰的神情总是会变得若有所思。他也明白了自己这个朋友一反常态每天心甘情愿地待在冰冷的解剖室里的真正目的所在，原来他是心有所属了。

阿潘，大名叫潘蔚，不过周围的同事倒是更喜欢叫他“阿潘”，因为他的外貌实在和“小飞侠彼得·潘”长得太像了。阿潘在研讨会中每天的工作就是整理来往信件，安排外籍交流学者的一切生活起居等杂七杂八的事情，所以说通俗一点，那就是一个“打杂的”。

要不是早上一时无所事事看了那张该死的《天长日报》，阿潘的心情不会这么糟糕。《天长日报》的头版头条大幅刊登了专栏记者赵俊杰遇害的报道，全文言辞激烈，看得阿潘心惊肉跳。看看赵记者的被害日期，分明就是自己通知他约定和陈教授见面的日子，阿潘顿时浑身起了鸡皮疙瘩！回想起那个记者神神秘秘的样子，阿潘忐忑不安地扫了一眼自己的周围，除了几个正在侃大山的同事外，并没有人注意到自己，阿潘却还是心神不宁。他犹豫着自己是不是要像报纸上所说给公安局打电话提供线索，电话号码就印在报纸的下方，字迹非常醒目，阿潘不会看不到。可是一旦打了电话的话，自己好不容易争取来的工作很有可能就丢了，得罪外籍学者，这个罪名可不小，可是自己要是不说的话，那么自己的下半辈子也许就会生活在深深的良心谴责中了。小人物阿潘平生头一回感到了自己处境的棘手。

正在这时，一个人影出现在了自己的面前，阿潘一抬头，傻眼了。

既然李局亲自出面，陈海军就没有办法找借口推辞了。坐在李局办公室的沙发上，陈海军一副淡定从容的样子，双手交叉随意地搭放在自己的大腿上。

对于李局的问题，陈海军一问一答应对自如，谈到女儿陈冬梅，他也并没有回避任何问题，相反侃侃而谈，谈到女儿的病，谈到以前生活的种种艰辛，甚至还谈到了章桐家里所经历的变故。

王亚楠自始至终都在一边冷眼旁观，陈海军的言谈之间并没有什么有漏洞的地方，为了更加全面地看清楚陈海军双手，王亚楠甚至在中途还借倒水的机会仔细察看了他双手的十指。令她感到意外的是，陈海军修长的双手竟然是十指健全的，和留在死者赵俊杰胸口的那个缺少一指的手印完全不符合，手掌大小尺寸也不一样。难道自己的判断有误？陈海军和这个案件没有关系？王亚楠百思不得其解。

在送走陈海军后，李局一脸的愁容："小王，下一步怎么办？"

"别急，李局，还有一个人我们还没有问，你放心吧！总有办法抓住这只老狐狸的！"

李局默不作声地点点头，转身回办公室去了。

潘蔚，也就是阿潘，当王亚楠带着下属找到他家的时候，阿潘却已经再也说不了话了。此刻，这年轻人正大睁着双眼，静静地趴在公寓楼下的水泥地面上，身体就像一个破碎的洋娃娃一般，四肢僵硬地向一个完全不可能的方向扭曲着。而死者的身体底下则是一摊殷红的血迹，落日的余晖使地上的鲜血反射出一种异样诡异的光芒。

最先接到报警来到现场的当地派出所警察见到紧接着赶来的市局重案

组人员，不由得颇为诧异：“你们这么快就来了？我们还没有通知市局刑警队啊！”

王亚楠双眼紧盯着地面上趴着的尸体，一脸无奈：“我们还是来晚了！”

“你说什么？”派出所的警员一时没有弄明白王亚楠所指的来晚了究竟是什么意思。

“他是我正在处理的一个案件中的重要证人，”说着，她抬头看了看眼前这栋十多层高的公寓楼，问，“他到底是从哪一层掉下来的？”

派出所警员回答：“应该是十二层，从他自己家里，栏杆上有很明显的抓握跨踏痕迹。”

王亚楠皱了皱眉：“马上带我去现场。还有，小郑，你通知局里立刻调法医和技术部门的人过来。这很有可能是谋杀案，赶快通知技术部门的人马上赶到十二楼来找我。”

小郑迅速掏出了手机和局里总机联系。

王亚楠则紧跟着派出所警员走进了不到五米远的事发楼栋里，坐电梯来到了十二楼潘蔚所租住的公寓房门前。

这间公寓房并不大，也就是三四十平方米的样子，此时，整个公寓已经被一道警戒线紧紧包围了起来。

王亚楠和警员钻进了警戒线，来到房间里，正对房间门是一个很大的阳台，后者指了指阳台说道：“他就是从那边跳下去的，我的人在栏杆上发现了半个鞋印。”王亚楠走到阳台上，看着眼前美丽的落日景象，又回头看看整洁的公寓摆设，直觉告诉她这分明是一起杀人灭口的案子。想到这儿，她不由得为已经好几天下落不明的章桐的生死安危深深捏了一把汗，几天时间之内凶手已经杀了两个人，而知道真相的章桐很有可能就是下一个，或者，她已经被害。王亚楠不敢再往下想了。

痕迹鉴定组的人很快就到达了现场，王亚楠站在一边，她在等待，她确信谋杀的推论会被证实。

很快，负责阳台区域的工作人员就发现了新的情况。王亚楠来到栏杆边，蹲下身子，仔细查看在黑色指纹粉下所显现出来的指纹，心中不由得一动：死者如果是自己跨过栏杆往下跳的话，那么，就应该是手掌印在上方，手指印在下方，成握拳状态，但是栏杆上这一组却恰恰相反，手掌印在下方，手指印却是在上方。王亚楠比画了一下，一个人要是采用这种方式抓着栏杆的话，只有一种可能，那就是在拼命阻止自己往下坠落。

来到楼下时，法医老郑已经做完了现场初步尸检，正在做最后的扫尾工作。

“老郑，章法医不在，你辛苦了！”王亚楠这么说是有原因的。老郑还有一个礼拜就要退休了，身体也不好，却要没日没夜地像年轻人一样去跑现场。

老郑微微一笑：“我还没那么老，等小章回来，我就可以休息了！”

王亚楠点点头，转而问道：“那死者死因呢？”

“初步断定符合高空坠落死亡，死者体内所有脏器几乎都碎裂移位了。但是，”老郑指了指楼栋，“距离太近了，和楼上的起跳处几乎呈一个直线。我见过这种场面，王队长，死者应该是被别人推下来的！死亡时间是半个小时前，最长不超过四十分钟。”

“那么，老郑，请你解释一下为何你会认为他是被人推下楼的呢？”王亚楠顿时来了兴趣。

“如果是跳楼自杀的话，死者的尸体所在位置应该和楼房之间有一定的距离，因为起跳时的加速度会使人体呈抛物线下坠。但是这个死者，离楼栋门口不到五米，几乎是紧贴着楼层下坠。所以我推断他是被人推下来的。”

“太好了，这和我在上面死者阳台上所见到的情景对得上号。他是被杀的！谢谢你，老郑！”王亚楠松了口气。突然，她愣住了，死者血迹斑斑的左手吸引住了她的目光。

这是一只少了一根食指的左手！

“老郑，你看他的手！和你在冷库死者的胸口发现的掌印是不是很相近？”

一听这话，老郑赶紧转身查看死者的双手：“没错，没错，无论是从大小还是死者的指关节特征以及缺失的那一根食指所处的位置来看，这双手很有可能和上一个冷库案件中印在那个死者胸口的掌印有关联。我回去后马上再做一下细致的指模比对，尽快通知你结果。”

“那就拜托你了！”

在开车回局里的路上，王亚楠怎么也想不明白为何潘蔚的手掌印会留在赵俊杰的胸口，难道把赵俊杰推进冷库并且最终导致他死亡的人竟然就是潘蔚？潘蔚和这个案件至今一点关系都没有，唯一的连接点就在赵俊杰的那本日记上，可是，他又怎么会被牵连进来呢？最后竟然还被人残忍地灭了口！又或者是自己判断失误，整个事件根本就是伪装成他杀的自杀？

事情不会这么简单。

“王队，有人找！在你办公室呢！”

老远就有人提醒自己办公室里有访客，王亚楠心不在焉地点点头，伸手推开了办公室的门。

一个身材苗条、二十多岁年纪、长相颇像大明星的年轻女孩闻声立刻站了起来，抬头一脸歉意地和王亚楠打招呼：“你是王队长？我想和你谈谈阿潘跳楼的案子！”

王亚楠注意到女孩的眼角还有泪痕，就连精心修饰的妆容也被泪水弄花了，女孩却全然顾不上补妆，一脸的悲伤。

见此情景，王亚楠的口气顿时缓和了许多：“我是，请坐吧，我能帮你什么？”

“我是阿潘的同事，也是他的朋友，我叫李月荣。阿潘不可能自杀的！”

“为什么？”

“因为，因为今年圣诞节，我们就要结婚了！他不可能这么狠心丢下我不管的！”女孩的情绪越来越激动，“请相信我！他是个好人，从来都不得罪别人，肯定是被人杀害的，我有证据。”

王亚楠不动声色：“能让我看看这证据吗？”

女孩颤抖着双手从随身带着的小包里拿出了一个黑色的手机，递给了王亚楠：“这是我今天早上整理我办公桌时，在文件篮里发现的，这手机，是我今年刚送给他的生日礼物。里面有一段录音，你听一下吧，那就是证据！”说到这儿，女孩顿了一下，“另外，他还有留了一张字条给我，您看，我都带过来了。”说着，女孩小心翼翼地拿出了一张折叠得整整齐齐的字条，上面就一句话——如果我出事了，把手机录音交给警察！

王亚楠打开了手机录音文件夹，果然有一段录音，录制时间正是潘蔚坠楼身亡的前三个小时。

在一声轻微的“嘀”声后，手机的放音喇叭里就传来了一个年轻人愤怒的斥责声：“你是个骗子，那个记者死了，是被活活冻死的。你居然利用我杀人，你才是凶手……”

王亚楠看了一眼不知何时已经泪流满面的李月荣，后者点点头，肯定了这正是死者潘蔚的声音。

“是你把他推进去的，门也是你亲手锁上的，和我一点关系都没有！”这是一个年纪颇大的男人的声音。王亚楠心里一动，很熟悉，却一下子想不起来对方是谁。

“你说只是想教训一下他，还说半个小时后会放了他，却故意把温度调到最低，直到他死了你也没放……你这分明就是蓄意杀人。我要去举报……”

“举报？开玩笑！你可是收了我的钱的！”

“我……我……我会去自首，然后如数上缴。你就等着进监狱吧！”

“哼！我要是被抓了，你能捞着什么好处？”

“我至少下半辈子对得起自己的良心！”

录音中年纪颇大的男子发出了一声恼羞成怒的吼声，紧接着就是狠狠的关门声。

潘蔚深深地叹了口气，录音也就终止了。

根据录音对话内容分析，赵俊杰之死与潘蔚及这个神秘男人有着直接关联，凶手得知潘蔚欲报警故而恼羞成怒折返后动了杀机。王亚楠看着面前一脸愁容的女孩子，问道：“潘蔚收了人家的钱？”

女孩点点头，从小包里拿出了一张银行卡，轻轻放在了王亚楠的办公桌上：“都在这里，五千美金，我一分都没有动。密码是六个八。王队长，我们结婚买房的钱不够，但是我早就对阿潘说了，来历不明的钱我们不能拿。现在，他也走了，我把这钱交给你。”

“对了，这钱是通过银行转到你们账上的吗？”

"是的！"女孩不明白王亚楠问这句话的真正含义。

王亚楠站了起来，说："很感谢你把这个重要情况告诉我们，你放心吧，我们会尽快破案的。"

女孩鼻子一酸，眼泪又快要掉下来了。

王亚楠长叹一声，按下电话机上的内部通话键："小郑，来带李小姐去办理证据接收手续。"

经济大队的同事很快就确定了往潘蔚账上汇款的，是一个来自美国的运通卡号，卡主人叫罗伯特·陈，中文名字陈海军。

这个消息让王亚楠激动不已，因为她总算有了和陈海军联系上的直接证据。只要逮捕了陈海军，那么，自己就能知道章桐的下落，不管她是生是死，王亚楠都要找到她！

李局却提出了异议："小王啊，这个陈海军现在可是拥有美国国籍的人，我们没有权力批捕，我必须和省里联系。"

"可是李局，时间耽搁久了的话，他得到风声跑了怎么办？章法医还在他手里呢！"王亚楠急了。

"那也没有办法，我们必须按照程序走！"李局的话不容质疑。

"可是……"

李局摆了摆手："你不要再多说什么了，我不会同意的，到时候引起国际纠纷来怎么办？再说了，陈教授也是名人。要不这样，你就先派人盯着吧，我向省里汇报也是很快的！"

王亚楠没有办法了，只能无奈地转身离开了李局的办公室。

陈海军从众人的视线中突然消失了。当他打定主意悄悄离开酒店房间的时候，就已经做好了一切周密的打算，但是尽管如此，他仍然感觉到自己的手掌心在冒汗。时间到了晚上十点，酒店客房的走廊里已经听不到来往的脚步声了，静得就像停尸房一样，只是偶尔能听到酒店播放的轻柔的背景音乐。踩在松软的走廊地毯上，陈海军知道即使自己此刻遇到什么人，也绝对不会对自己刨根问底。因为自己的外籍身份，即使警察，也会对自己客客气气以礼相待。但是陈海军必须走，自己的秘密随着章桐的记忆苏醒，很快就会大白于天下。他也不想杀了那个赵俊杰，怪只怪他好奇心太大了，要知道对一些被岁月深深掩埋的东西太过于着迷是没有什么好处的。陈海军很庆幸自己是有备而来的，只不过花了一点小钱，就让一个乳臭未干的年轻人乖乖地当了替罪羊。陈海军唯一感到恼怒的是，这年轻人居然敢威胁自己！这是他所不能容忍的，所以，他毫不犹豫地把这个傻到极点且猝不及防的年轻人用力推下了十二层高楼，听着那凄厉的惨叫声划破天空的那一刻，陈海军有种熟悉的刺激的感觉。他知道自己不能在这个地方久留了，只要坐上飞机，他就自由了。不过在离开这儿之前，陈海军还有事情要办，而这件事情他在二十年前就应该完成了。

陈海军光明正大地从酒店大堂走了过去，尽管他拖着一只小小的行李箱，但是他知道酒店的工作人员不会阻拦自己，因为酒店的包房都是研讨会统一预订的，钱也是他们付的，自然结账也会由他们来处理，陈海军所要做的，就只是轻轻松松离开而已。

他来到酒店大堂的正门口，殷勤的门童还上前专门为他拉开了沉重的玻璃门。夜晚的空气清新宜人，陈海军不由得深吸一口，心情顿时舒畅了许多。

“请问您需要出租车吗？”见陈海军站在门口迟迟没有向前走，门童随即礼貌地上前问道。

陈海军微微一笑，点点头，同时塞了一张五元的美金在他手里。看到门童的脸上迅速闪过一丝感激的笑容，陈海军的心里骄傲极了，五美金算什么，他一分钟挣的都比这个要多很多，花五美金换得身边人的点头哈腰，这种感觉简直棒极了。

出租车很快就过来了，门童屁颠屁颠地帮陈海军打开了门，同时帮他把小型随身行李箱放进了出租车的后备厢。

车门被用力关上后，出租车很快就驶离了酒店门廊。

此时，一辆早就停在酒店门口不到十米远的马路对面黑暗中的白色本田雅阁静悄悄地开了出来，它无声无息地紧紧跟在出租车的后面，两车的车距保持在三十米左右。白色本田雅阁关上了车灯，在漆黑的夜里，坐在前面出租车里的陈海军根本就没有注意到身后那辆本田车。想象着过几天警察打开酒店房间门时脸上所浮现出的诧异和沮丧的表情，陈海军兴奋地笑了。

出租车在一栋老式居民楼前面停了下来，打发走出租车后，陈海军拉着行李箱向居民楼左侧的停车场走去。

这奇怪的一幕都被身后坐在白色本田雅阁车里的刘春晓看在了眼里，虽然自己只是和陈海军打过几次照面，并无交流，但是这张脸却是不容易忘记的。

此时，刘春晓不由得犯起了嘀咕，陈海军大半夜从酒店溜出来，葫芦里究竟卖的是什么药？刘春晓打定主意继续留在暗中观察陈海军的一举一动。

五分钟不到，一辆黑色奥迪开出了停车场，迅速拐上了大街，与黑暗中的白色本田雅阁擦肩而过。

刘春晓犹豫了，由于刚才黑色奥迪车的车速太快，他并没有来得及看清楚车里人的长相，也就没有办法确定开车出来的是否就是陈海军。是继续开车跟踪还是留在原地？现在再去停车场值班室打听已经来不及了，刘春晓一咬牙，松下手刹，汽车无声地滑出车道，继续悄悄地紧跟在黑色奥迪车的后面，事发突然，自己也就只能赌上一把了！

接近午夜的马路上，来往的车辆越来越少，为了不引起前面奥迪车的注意，刘春晓尽量拉长两车之间的车距。他感到有些憋闷，就随手打开了车窗，冰冷的夜风瞬间灌满了整个车厢，让他清醒不少。

奥迪车向城郊开去，路边闪过的标牌显示，前面十公里处就是那片一眼望不到边的胡杨林。

此时的刘春晓已经完全确信奥迪车中所乘坐的正是陈海军，自己并没有判断错误。他现在唯一担心的就是章桐的安危。

正在这时，车载电话响了，刘春晓把自己的手机转接到了车载电话上，扫了一眼话机屏幕，上面是王亚楠的号码。刘春晓犹豫了一下，还是按下了应答键。

“你好，王队。”

“刘春晓，你在哪儿？”

“有事吗？”

“我需要你的帮助。我要抓捕陈海军，可是他是美国国籍，我们这边权限不够，你们检察院能帮帮忙吗？尽快向上面汇报，时间拖得太久的话，我怕他得到风声后跑了，那就麻烦了！”

刘春晓微微一笑：“王队，这次你找到充分的证据了？”

“对，但是李局说我们没有权力逮捕陈海军，对于有影响的外籍人士，批捕要省里审核同意后才可以。”

“如果我们在作案现场抓住他的话，那就不用这么麻烦了。王队，我现在正紧跟在他的车子后面，你马上派人来吧，我估计他要去胡杨林，小桐肯定也在那边。”

“你说什么？你怎么可以一个人跟着他？你的具体位置现在在哪儿？”王亚楠急了，电话中传来了一阵稀里哗啦翻动的声音。

刘春晓查看了一下车里的 GPS 导航仪：“我刚经过省道三三六的二十五公里处，车速是每小时四十公里，他就在我前面大概五十米左右，开的是一辆黑色奥迪。”

“我知道了，你要注意安全，保持联系，我们会尽快赶过来的！”

电话挂断后，刘春晓注意到前面的奥迪车开始转弯了，他赶紧放慢车速，继续悄悄地跟在后面。

车道越来越窄，渐渐地，柏油马路变成了高低不平的泥土路，四周变得一片漆黑，安静得就跟坟墓里一样。

担心陈海军发现自己，刘春晓不得不又降低了车速。他不敢打开车灯，只能任由一片漆黑在车子周围环绕着。夜风吹过，耳边传来胡杨林沙沙的枝叶响动，仿佛无数个黑暗精灵在夜空中飞舞。

渐渐地，前面奥迪车红色的后尾灯由最初圆圆的一点变成了若隐若现的小红点。这时候，刘春晓很清楚自己已经没有后路可以退了，为了小桐，不管前面多么凶险，他必须咬着牙坚持下去。

汽车像一个喝醉酒的舞蹈者一样在一眼望不到头的泥土路上左冲右突，刘春晓死死地盯着前面的小红点，生怕它会突然消失，那么，自己就彻底迷失了方向。GPS导航仪早就失去了功效，屏幕上面除了一片空白以外什么都没有。

前面的小红点终于停住了，紧接着，车灯也被关闭了。刘春晓停下了车，紧张地注视着前方。他想给王亚楠打电话，可是，车载电话却显示已经超出服务区。时间已经容不得刘春晓再继续犹豫下去，他打开车门，手里拿了一个手电筒，用手帕蒙上，然后深一脚浅一脚地向陈海军停车的大概位置走去。

走了不知多久，借着朦胧的月光，刘春晓发现自己已经站在了奥迪车的旁边，可是，车里却空无一人。

他瞪大眼睛探头四处张望，左手方向十多米远处有一个黑洞洞的东西，像是一间被废弃的打猎人用的小屋。除此之外，周围就是密不透风的树林了。

刘春晓随即向小屋走去，并关闭了手电。来到小屋门口，他伸手一推，沉重的木门竟然被推开了，发出了轻微的“吱呀”声。

小屋已经有一定的年份了，空气中飘浮着呛人的灰尘，整间屋子里弥漫着一种怪异的药水味道。闻久了，刘春晓有一种难以抑制的想吐的感觉。

屋子里没有人，刘春晓打开了随身带着的手电筒，把光亮调到最低，然后仔细打量起了这间小屋。

这间小屋的内部是用水泥砌成的，包括天花板和地面，屋子没有窗户，摆设什么的都没有。除了进来的那道门以外，刘春晓注意到自己的面前还有一道门，而门里传出了微弱的光芒。他的心不由得一动，难道陈海军就在里面?

想到这儿，他轻手轻脚地靠近那道门，把耳朵贴在了门缝上，屏息静听。

“……你……你会不得好死的！我现在已经全都想起来了。就是你把秋秋带走的。我看见了，你躲不掉的。”

“你到现在才想起来？哼！我不得好死？我当初就该把你也杀了，挖了你的眼睛，让你们姐妹永远在一起，省得现在来找我的麻烦。”

“你根本不配做梅梅的父亲，怪不得你用梅梅车祸去世的谎言来掩盖她自杀的事实，想必你自己也接受不了梅梅是因为你的罪行而自杀吧？你还逼死了我父亲，我不会放过你的。你简直就是一个畜生，梅梅在临死前还指望你会痛改前非，投案自首，我看她是瞎了眼。”

“啪！”一记清脆的耳光，紧接着传来陈海军恶狠狠的声音：“别给我提梅梅，你不配提她的名字！你们没有一个人瞧得起她，尤其是你妹妹，多次嘲笑她是个睁眼瞎，你们才该死！你说不会放过我，你还有机会吗？我今天来就是要你的命的，做我二十年前早就该做的事情。当时只怪我心软，念在梅梅也为你求情的分上，只给你注射了麻醉药，以为让你永远睡过去就算了，没想到你苏醒了过来，失忆了二十年后居然还想起了所有事。别怪我狠。你就认命吧！”

章桐这才明白，原来陈海军此次回国之所以找到她，是为了试探她是否回忆起当年的事。此刻，章桐对自己的轻率感到后悔不已，早知道报警就不会有今天了。章桐又回想起曾经和梅梅玩游戏的情景，由于梅梅眼神不好，章桐经常让着她，有好吃的也会想着给梅梅留一份。没想到无意中的举动却让自己保住了命，而妹妹却失去了生命，想到这儿，章桐咬牙切齿地说：“童言无忌，难道就因为小孩子的戏言你就残杀无辜吗？要不是你，我父亲也不会自杀！”

“哼！我本来不想杀她！可她长得太漂亮，尤其那双眼睛，忽闪忽闪的就像会说话一样。”陈海军一阵奸笑，话锋一转，“可是，千不该万不该她不该嘲笑梅梅！你们一个个都比不上她！你们都是垃圾！至于你父亲……”说到这儿，陈海军的声音突然有些哽咽，长叹一声，随即咬牙切齿地说道，“这不能怪我！他找不到自己女儿就寻死，这能怨谁？”

“这些年，你不是已经移民去美国了吗？为什么还要杀那么多无辜的孩子？”章桐想起那些无辜枉死的孩子，忍不住怒吼道，“你到底还是不是人？”

“哼，你哪知道一个做父亲的痛苦？每次学术会议回国，看见那些活蹦乱跳的孩子，我就心如刀割，凭什么梅梅就该永远活在黑暗中，而她们就能享受阳光感受快乐？她们都该死，你们都该死，所有辱骂嘲笑过梅梅的人都不该活在这个世界上。还有你……”失去理智的陈海军举起一把尖刀刚要扎向章桐的眼睛，突然，刘春晓整个人犹如从天而降一般把陈海军扑倒在了地上。他双手死死地抱住了陈海军的身体，回头大声叫道：“小桐！快跑！”

见到突然出现的刘春晓，斜倚在地下室冰冷的水泥地面上的章桐又惊又喜，可是，她很清楚自己身体里的生物碱毒素还没有完全被清除，除了上半身以外，身体其余部位一点感觉都没有。努力挣扎了几次后，她无奈只能冲着刘春晓摇摇头：“不，我现在还动不了！他给我下了毒！”

此时的刘春晓却根本顾不上回答了，他与陈海军早就扭作了一团。虽然陈海军已经年过半百，但是由于经常锻炼的缘故，他的体力竟然比刘春晓好多了，再加上因为自己的秘密被揭破而恼羞成怒，陈海军死命抵抗。渐渐地，刘春晓就落了下风，他被陈海军控制在了墙角，那把明晃晃的尖刀抵在了他的颈动脉上。

“臭小子，想跟我斗，你休想！”

“你跑不了的，一会儿警察就会把这里给包围了。你把小桐放了，我留下当你的人质。我是检察官，比法医珍贵。”

“哈，来了一个充英雄的！”陈海军回头看了看对他怒目而视的章桐，“看来，有人陪你了！”说着，他狠狠地一刀扎进了刘春晓的腹部。

刘春晓一脸的惊愕，目光中充满了怒火，他挣扎了几次想要扑向面前的陈海军，却无能为力。

见此情景，章桐心疼得一声尖叫，猛地举起身边的木凳子用尽全身力气砸向陈海军的后脑勺。这突如其来的变故让陈海军没有反应过来就被砸倒在了地上，章桐扑了过去，像疯子一样拼命地举起凳子继续砸向陈海军脑后的颈椎骨，没有人比她更熟悉这个位置了。章桐一下一下用力地砸着，此时的她似乎已经没有了任何知觉，两眼紧紧地盯着那块微微凸起的颈椎骨，一下一下地砸着。陈海军从最初的扭动变成了无声无息的瘫软。可是章桐还是没有停下来的意思，她面无表情，泪水在眼眶里颤抖着。整个房间里一片死寂。

“小桐，小桐，快住手……”耳边传来微弱的说话声，章桐猛地惊醒。

她回过头，看见了脸色惨白的刘春晓正目光急切地注视着自己，而她身边躺着的陈海军早就没有了动静。

章桐挣扎着爬到奄奄一息的刘春晓身边，把他搂在怀里，眼泪再也止不住了，一边亲吻着刘春晓的额头，一边失声痛哭了起来。

“小桐，别哭！……我没事，我很……好。”刘春晓苍白如纸的脸上露出了微微的笑容，“没事了，你别怕，再也没有人伤害你了！”他竭力抬起沾满鲜血的手，试图替章桐抹去眼角的泪水，“你别哭，好吗？答应我……”话还没说完，一阵剧痛袭来，刘春晓的脸顿时扭曲了。章桐这才记起刚才那扎在刘春晓腹部的尖刀，赶紧低头查看伤口。这一看不要紧，章桐只觉得天旋地转，那致命的一刀深深地扎在了刘春晓的脾脏和肺部的间隔区，一旦身体移动或者血液流动不慎导致体内的刀口移动戳破肺部的话，那么，要不了半分钟的时间，大量鲜血就会涌进肺部，刘春晓就会被自己的鲜血给活活呛死！而救援不知道什么时候才会到。章桐急得直冒汗，刀这么留在身体里的话也不是个办法，失血过多也会要了他的命。

汗水刺痛了章桐的双眼，她的目光停留在了地下室一角的一个落满灰尘的小型手术包上。她突然意识到，此时此刻，或许只有自己赌上一把了。

想到这儿，章桐低头对怀里半醒半昏迷的刘春晓说道：“春晓，醒醒，快醒醒，千万别睡着了。我现在要把刀拔出来，你不要动，我一定要救你。”

刘春晓的意识正随着缓缓流出身体的鲜血在慢慢消失，但是他还是竭力地挤出了一丝笑容。

章桐顾不上伤心，她轻轻放下刘春晓，拖着渐渐恢复知觉的双腿来到墙角，打开手术包。谢天谢地，里面还有一套简单的手术工具。完全可以想象得出陈海军是为什么要在这里存放这么一个手术包的，章桐强迫自己不去注意手术刀上的褐色的物体，只拿出标注着酒精两个字的瓶子，拧开盖子，颤抖着双手给手术刀和缝合针消毒，最后给自己的双手消了毒。

一切准备停当，她重新又来到刘春晓的身边，用力撕开了他的衬衣，露出伤口，然后把半瓶酒精都倒在了他伤口上，刘春晓疼得哼了一声。

章桐赶紧弯腰凑近他的耳边：“坚持住，我要给你动手术！”

可是刘春晓已经什么都听不到了。

这或许是章桐这一辈子最难熬的一个晚上了，当她扎紧血管，顺利取出扎进腹部的尖刀时，已是大汗淋漓，几乎都要虚脱了。可是，抬头看着刘春晓毫无血色的脸，还有那因为剧痛而紧闭着的双眼，章桐不敢休息，她必须咬牙坚持。

直到最后包扎好伤口，章桐这才疲惫地趴在刘春晓的脚边睡着了。

刘春晓再次醒来时，他坚信自己已经死了，因为蒙蒙眬眬之间，映入他眼帘的是一片雪白的世界，耳边还传来嘀嘀的声音。

眼皮像灌了铅一样沉，但是刘春晓可不想再睡了，他努力把自己的脑袋转向一边，看到了一个穿着白大褂的女医生。

“我还没死吧？医生？”

一听这话，女医生的脸上露出了笑容：“你还没死，命大，只不过睡了半个月而已！你这是在医院，不是在天堂！”

刘春晓放心地笑了，他心满意足地又闭上了双眼。

一个月后。

刘春晓终于熬到了可以出院的日子。他已经有很长时间没有见到章桐了，只是从来医院探望自己的同事那边听说案件破了后，她被派去了外地进修，别的一切都好。

由于进医院时很匆忙，刘春晓没有太多的个人用品，所以出院时，也就没有那些大包小包的累赘。

今天是一个阳光明媚的好日子，刘春晓还从来都没有这么心情放松过，他在同事的陪同下来到了医院门口。出租车很快就来了，刘春晓刚要弯腰钻进出租车，却突然打消了这个念头，转而叫同事先坐车走，自己则另外打了一辆车，径直来到了天长市公安局。

老远就见到了正匆匆走出大门口的王亚楠，刘春晓伸手打了个招呼。

“王队！”

“哟，是刘大检察官啊！你出院了？”王亚楠面露喜色，迎了上来，“你怎么不回去休息？那么重的伤，可不是一天两天能好的！”

“章法医呢？”刘春晓有些尴尬，“她进修回来了吗？我打她手机总是关机！”

“她还没有回来。说真的，刘春晓，你是应该好好谢谢人家小桐，如果没有她的话，说不定你早就死了！”王亚楠一扫刚才的满脸笑容，“我们赶到现场的时候，她已经替你做了紧急抢救手术，要不是她，我们现在就得给你开追悼会了！”

“她救了我？”刘春晓喃喃地说道。

王亚楠点点头：“她给你处理了伤口，止住了血，把刀拔出来了。后来急救的医生说了，要是那把刀还继续留在你的身体里的话，要不了多长时间，你就会失血而死了，完全撑不到我们把你送医院。”

“那她呢？她没受伤吧？”

“她没事，还好。过几天应该就会回来了。这样吧，等她回来后，我打电话通知你！”

“好的，谢谢！”

看着刘春晓转身离开时那洋溢着幸福的背影，王亚楠的心里酸溜溜的，她默默地叹了口气，脸上又一次浮现出了舒心的笑容。好朋友总算情有所属，自己应该为她感到高兴才对！

天长市公墓，章桐独自一人站在父亲的墓前已经有很长时间了，天空中阴沉沉的，飘着蒙蒙细雨，她却任由雨水混杂着泪水在自己脸上流淌。

“……父亲，我总算明白了你的苦心，你想用自己的死来向女儿赎罪，可是，父亲，你太傻了，妹妹的死不是你的错啊。

“好在陈海军也已经得到了应有的报应，他唯一的女儿宁可自杀也不肯认他。其实有时候我觉得他也很可怜，他深深地爱着梅梅，目睹自己女儿的双眼渐渐失明，他就痛恨身边所有和梅梅同龄，有着一双明亮的大眼睛的孩子，他用救人的双手把自己变成了一个魔鬼。那片森林，就是他寻找心灵慰藉的地方，也是妹妹沉睡了整整二十年的地方。父亲，现在我把秋秋放在你身边，你不会再孤单了，秋秋会陪着你的！

“父亲啊，你用自己的死来对妹妹做出补偿，这样做真的不值得啊！你说呢……”

雨越下越大，章桐却丝毫没有想躲避的意思，她依旧呆呆地站在原地。明天，妹妹的骨灰就可以安放在这儿了，陪着父亲，想到这儿，章桐的脸上露出了欣慰的笑容。

正在这时，她突然感觉到自己头顶的雨竟然停了。她诧异地抬起头，映入自己眼帘的是刘春晓的笑容，他的手中正撑着一把伞。